प्यासी शबनम

रानू

डायमंड बुक्स

www.diamondbook.in

© प्रकाशकाधीन

प्रकाशक   : डायमंड पॉकेट बुक्स (प्रा.) लि.

           X-30 ओखला इंडस्ट्रियल एरिया, फेज-II

नई दिल्ली : 110020

फोन   : 011-40712200

ई-मेल   : ebooks@dpb.in

वेबसाइट   : www.diamondbook.in

मुद्रक   :

Pyasi Shabnam

By : Ranu

प्यासी शबनम

सूर्य ने बहुत देर बाद अपने विश्रामगृह में करवट बदली। परन्तु बादलों का लिहाफ उठाकर उसने बाहर नहीं झांका। हल्का दूधिया वातावरण दूर-दूर तक गहरे कोहरे में डूबा हुआ था - उदास। फिर भी पक्षियों ने अपने नीड़ छोड़ दिए थे। कोहरे के घनत्व में यह दिखाई नहीं पड़ रहे थे। परन्तु उनकी चहक कानों तक अवश्य सुनाई पड़ रही थी। यह चहक मानो चहक न होकर एक प्रकार की दर्द भरी चीख और पुकार थी। वातावरण के गाल कोहरे के आंसुओं से तर थे। ऊंचे-ऊंचे वृक्ष, आम और नीम के, पीपल और बरगद के, ताड़ और खजूर के समीप से देखने में भी एक छाया समान थे। यह वातावरण शहर से दूर एक गांव, दुर्गापुर का था। जिसके एक किनारे कोहरे में डूबे मन्दिर के अन्दर बजते घण्टे और शंख का स्वर भी दर्दनाक वातावरण में शान्ति की लहर फैलाने में असमर्थ था। यह मन्दिर वन्दना के दादा ठाकुर नरेन्द्र सिंह का बनवाया हुआ था। वन्दना, जो इस समय अपनी कोठी की सबसे ऊंची मंजिल पर खड़ी गांव का कोहरा-भरा समां बहुत खामोश तथा उदास नजरों से देख रही थी। यह मन्दिर ही क्या, यह सारा गांव दिन के उजाले में उसकी या किसी की भी दृष्टि इस ऊंची कोठी से जहां-जहां पहुंच सकती या और नहीं भी पहुंच सकती थी, सब-कुछ वन्दना के बाप दादों का अपना था। दुर्गापुर के नरेन्द्र सिंह एक खानदानी जमींदार थे। स्वतन्त्रता के बाद सरकार ने उनसे सब-कुछ छीन लिया था, भूमि किसानों में बांट दी परन्तु इस बात का ठाकुर नरेन्द्र सिंह की शान में कोई अन्तर नहीं आया था। अब अफसोस भी नहीं हुआ था। वह अब भी जीवित हैं। धन-दौलत की कमी नहीं। कमी है तो एक बात की, मन की शांति की। प्रसन्नता तो उनसे सदा के लिए रूठ चुकी है, अब वह चाहें भी तो कभी नहीं मुस्करा सकते।

वन्दना ठाकुर नरेन्द्र सिंह की पोती है। दुर्गापुर में उसका बचपन बीता है। यहां के खेतों, मुंडेरों तथा पगडण्डियों पर वह चौकड़ियां भरती नहीं थकती थी। यहां के वातावरण में उसने जीवन के निश्चित दिन बिताए हैं। बचपन से ही उसे घुड़सवारी का शौक था इसलिए वह हर स्थान पर घोड़े दौड़ाए नहीं थकती थी। यह उसका क्षेत्र था, उसके बाप-दादों का। यहां के लोग उसकी प्रजा थे। तब वह मुस्कराती कली थी जो अब फूल बनी भी तो मुस्करा न सकी। मुस्कान उसके होंठों से सदा के लिए छिन गई थी। यही कारण था कि इस समय मन में उदासीनता लिए कोठी की सबसे ऊंची मंजिल पर खड़ी कोहरे भरे समां को बहुत उदास देख रही थी जिसके घनत्व ने उदय होते सूर्य के प्रकाश को पूर्णतया धरती पर पहुंचने से पहले ही रोक रखा था।

स्वतन्त्रता से बहुत पहले दुर्गापुर की जागीर एक ओर से एक नदी तक सीमित थी जहां जागीरदार नरेन्द्र सिंह ने एक मन्दिर बनवाया था। नदी के उस पार कभी शमशेर सिंह की

जागीर बेलापुर थी। जागीरदार नरेन्द्र सिंह चरित्रवान थे, दयालु थे, अपनी प्रजा के सुख का उन्होंने सदा ही ध्यान रखा था। गांव की स्त्रियां उनकी मां, बहन, बहू तथा बेटियां थीं, यही कारण था कि स्वतन्त्रता के बाद आज भी पुराने लोग उन्हें राजा कहकर पुकारते हैं। परन्तु नरेन्द्र सिंह के चरित्र के विपरीत जागीरदार शमशेर सिंह बहुत ही चरित्रहीन था, एक नम्बर का अय्याश तथा जालिम। अपनी प्रजा पर वह अपना व्यक्तिगत अधिकार समझता था। अपनी वासना की प्यास बुझाने के लिए उसने बेलापुर की जनता पर क्या अत्याचार नहीं किए। उसके राज्य में लड़कियां जवान होने से पहले ही उसके बदमाशों और गुण्डों द्वारा उठाकर उसके रंगमहल में पहुंचा दी जाती थीं ताकि वह उनसे जी भरकर रंगरेलियां मनाए। उसके बाद उनकी हत्या करवाकर वह पांच मील दूर चील कौओं तथा जंगली पशुओं के लिए जंगल में फिंकवा देता था। उसकी जनता उससे तंग आ चुकी थी परन्तु अपनी गरीबी के कारण आवाज नहीं उठा सकती थी। जिसने आवाज उठाने का प्रयत्न किया उसके जीवन की सलामती नहीं रहती थी।

जब शमशेर सिंह का दिन बेलापुर की सुन्दरियों से भर गया तो उसने अगल-बगल की जागीरों पर भी हाथ फैलाना आरम्भ कर दिया। एक रात दुर्गापुर की बारी भी आई। शमशेर सिंह के आदमियों ने जब दुर्गापुर की एक लड़की को उठाना चाहा तो लेने के देने पड़ गए क्योंकि गांव में शोरगुल मचते ही नरेन्द्र सिंह के सिपाहियों ने कुछ डाकुओं को पकड़ लिया। पेशी पर पता चला कि वह किस जागीर के आदमी हैं और उनका मकसद क्या था, तो शमशेर सिंह की करतूतों का पता चल गया। नरेन्द्र सिंह अपनी अच्छाइयों के कारण बड़े-बड़े अंग्रेज गवर्नर्स तथा अफसरों में लोकप्रिय थे। अंग्रेजी सत्ता में उनकी पहुंच थी। उन्होंने बात अंग्रेजी सरकार के आगे बढ़ाई। गुप्त रूप में जांच हुई और जब शमशेर सिंह की वास्तविकता प्रकट हुई तो अंग्रेज अफसरों ने अपने राज्य को बदनामी से बचाने तथा जनता का दिल जीतने के लिए शमशेर सिंह की जागीर बेलापुर छीनकर जागीरदार नरेन्द्र सिंह को दे दी जिसके कारण अपना अपमान समझकर शमशेर सिंह भड़क उठा। अपनी सारी बर्बादी का कारण जानने में उसे देर न लगी। अंग्रेजी सरकार की आज्ञा का पालन न करते हुए उसने खुलेआम जागीरदार नरेन्द्र सिंह से मोर्चा लेना चाहा तो अनेक हत्याएं हुई। जब अंग्रेजी सरकार ने उसके इस अपराध पर उसे सजा देना चाहा तो वह अपने आदमियों सहित भाग निकला। सभी के परिवार साथ थे परन्तु उसका अपना परिवार कोई नहीं था। अय्याशी से समय ही नहीं मिलता था तो विवाह क्या करता। अपने आदमियों सहित जंगल के उस पार, चट्टानों के अन्दर खोई हुई गुफाओं में वह ऐसे स्थान पर बस गया जहां कानून के हाथ पहुंचना अब तक असंभव सिद्ध हो रहा था। कुछेक चट्टानों के ऊपर से पानी झरने के रूप में इस प्रकार गिरता था कि कहीं-कहीं गुफाओं का मुंह पानी की मोटी चादर से ढका रहता था। ऐसे गुप्त अड्डे में सुरक्षित होने के बाद शमशेर सिंह ने प्रण कर लिया था कि जब तक वह जागीरदार नरेन्द्र सिंह के वंश का नाम नहीं मिटा देगा चैन की सांस नहीं लेगा। यहीं से उसने लूट-मार आरम्भ किया और फिर शीघ्र ही वह

ठाकुर से डाकू शमशेर सिंह कहलाने लगा। यहीं रहकर उसने अपने साथी की एक बहन से विवाह भी कर लिया। यहीं उसकी पत्नी के एक बालक उत्पन्न हुआ जिसका नाम उसने शेर सिंह रखा।

जब शेर सिंह उत्पन्न हुआ तो जागीरदार नरेन्द्र सिंह के पास एक सोलह वर्षीय लड़का था। नाम था सुरेन्द्र सिंह। वह अपने पिता के समान ही दयालु था। गांववासियों का ध्यान वह उतना ही रखता था जितना उसके पिता नरेन्द्र सिंह रखते थे।

उन्हीं दिनों देश स्वतंत्र हुआ। सरकार ने राजाओं, महाराजाओं तथा जागीरदारों आदि की जमीनें छीनकर किसानों को दे दीं तो डाकू शमशेर सिंह छिपा-चोरी से एक रात अपने एक जागीरदार भाई से मिला जो दूसरे शहर में रहता था। अपने भाई को उसने अपार धन-दौलत तथा अय्याशी का लोभ दिया। उसे अपने अड्डे को नया तथा और भी सुरक्षित रूप देने का वह नक्शा दिखाया जो उसने एक जर्मन इंजीनियर द्वारा बनवाया था, अपने अड्डे में ही उसे रखकर उसने कहा था, 'मैंने उस जर्मन इंजीनियर को अपनी रियासती दौलत की चमक दिखाकर लालच देते हुए उसे अपने पास उस समय तक रोक लेने पर विवश कर दिया है जब तक कि मेरे अड्डे की पूर्ति नक्शे अनुसार नहीं हो जाएगी।'

'परन्तु यदि वह इंजीनियर तुम्हारी इतनी दौलत प्राप्त करके जर्मनी जाने के बाद तुम्हारे गुप्त अड्डे का स्थान किसी को बता दे तब क्या होगा?' शमशेर सिंह के भाई ने रुचि प्रकट करके पूछा था।

'इसकी नौबत कभी नहीं आएगी।' शमशेर सिंह ने अपने भयानक इरादों की पुष्टि करते हुए दांत पीस कर कहा था, 'नक्शे के अनुसार अड्डे की पूर्ति होते ही मैं उस इंजीनियर का ही नहीं उसके साथ काम करने वाले एक-एक मजदूर का भी नाम और निशान इस धरती पर से सदा के लिए मिटा दूंगा। फिर जब नरेन्द्र सिंह के खानदान का सर्वनाश करने के बाद मेरे दिल के अन्दर बदले की आग ठण्डी हो जाएगी तो मैं इसी खुफिया तथा वैज्ञानिक अड्डे के सहारे स्मगलिंग का धंधा अन्तर्राष्ट्रीय पैमाने पर करूंगा। फिर मैं इतना धन कमाऊंगा, इतना कमाऊंगा कि---'

सहसा वहां पुलिस वैन का साइरन सुनाई पड़ा। जाने कैसे पुलिस को सूचना मिल गई थी कि डाकू शमशेर सिंह अपने भाई से मिलने आया हुआ है। पुलिस यूं भी डाकू शमशेर सिंह के लिए उसके भाई से प्रायः पूछताछ करती ही रहती थी। साइरन सुनकर शमशेर सिंह अपनी बात अधूरी छोड़कर चौंक गया। भाई को भी अपनी इज्जत की चिंता हुई।

'तुम इस नक्शे को अपने पास रखो। इस पर ध्यान दो और जब चाहना इसके रास्ते द्वारा मेरे पास चले आना।' शमशेर सिंह ने अपने भाई को नक्शा थमाते हुए कहा 'इसकी कापी हमारे पास सुरक्षित है। मैं चल रहा हूं। फिर मिलूंगा। शमशेर सिंह पुलिस के डर से वहां से भाग निकला।

पुलिस आई। भाई से शमशेर सिंह के विषय में पूछा। भाई ने अज्ञानता प्रकट की। पुलिस बिना कोई सबूत पाकर वापस चली गई तो भाई सोच में पड़ गया कि अब तक तो उसका सम्मान सुरक्षित है परन्तु कल यदि वह भी अपने भाई के समान डाकू बन गया तो क्या उसे ऐसी स्वतन्त्रता प्राप्त हो सकेगी कि वह मनमानी अपने परिवार के साथ जहां चाहे तथा जब चाहे आ-जा सके? आखिर कानून से कोई कब तक बच सकता है?

शमशेर सिंह अपनी लूट-मार में फिर लग गया परन्तु उसका एक इरादा सदा के समान अटल था। जब तक वह जागीरदार नरेन्द्र सिंह के खानदान का नाम और निशान नहीं मिटा देगा चैन की सांस नहीं लेगा।

जागीरदार नरेन्द्र सिंह का लड़का सुरेन्द्र सिंह सीनियर कैम्ब्रिज पास कर चुका था इसलिए जागीरदार साहब ने अपने बेटे को लंदन पढ़ने भेज दिया। परन्तु सुरेन्द्र सिंह लंदन क्या गया मानो हाथ से निकल गया। वहां उसने एक अंग्रेज लड़की से प्यार ही नहीं किया वरन् अपने माता-पिता को बताए बिना चुपचाप विवाह भी कर लिया। फिर जब सुरेन्द्र सिंह ने अपने माता-पिता को लिखा कि वह विवाह कर चुका है तो नरेन्द्र सिंह के दिल को बहुत धक्का लगा क्योंकि उन्होंने अपने बेटे के लिए पहले ही एक बहुत बड़े ठाकुर घराने में लड़की देख रखी थी। उन्होंने तुरन्त सुरेन्द्र सिंह को भारत लौटने की आज्ञा दी। सुरेन्द्र सिंह भारत लौटा परन्तु अपनी पत्नी के साथ। विवश होकर जागीरदार नरेन्द्र सिंह को अपनी विदेशी बहू स्वीकारनी पड़ गई। उसके बाद अपना सम्मान तथा शान स्थिर रखने के लिए उन्होंने कुछ दिनों बाद एक शानदार दावत दी। दावत में मेहमानों का समूह भर गया। परन्तु मेहमानों में भेष बदलकर शमशेर सिंह भी अपने आदमियों सहित आ धमका। ऐसे अवसर की ही तो उसे प्रतीक्षा थी। बिना किसी संकोच के, बिना कोई सन्देह उत्पन्न किए उसने अपनी पॉकेट से रिवॉल्वर निकालकर गोली तुरन्त नरेन्द्र सिंह के जवान बेटे सुरेन्द्र सिंह की छाती में दाग दी जो एक सोफे पर अपनी पत्नी के साथ निश्चिंत बैठा मुस्करा रहा था। सुरेन्द्र सिंह एक ही झटके में सोफे पर अपनी पत्नी के कंधे पर गिरता हुआ ढेर हो गया। तभी चीख और पुकार मच गई। कोठी की ओर से भी बंदूकें निकल आईं तो शमशेर सिंह अपने आदमियों के साथ भाग निकला। उसके केवल दो साथी मारे गए। यदि जीवित पकड़े भी जाते तो शमशेर सिंह के लिए कोई चिंता की बात नहीं होती क्योंकि उसके अड्डे को केवल गिने-चुने साथी ही जानते थे जिनका काम डकैती करने के बजाए यह था कि जो डाकू डकैती करने के लिए जाते थे उन्हें वह आंखों पर पट्टी बांधकर अड्डे से काफी दूर सुरंग के अन्दर शमशेर सिंह के साथ छोड़ देते थे। फिर वहीं छिपकर लौटने की प्रतीक्षा भी करते थे ताकि उनकी आंखों पर पट्टी बांधकर उन्हें अड्डे के अंदर भी ले जाएं। इस प्रकार शमशेर सिंह के साथ डाका डालने वाले डाकुओं को स्वयं ही ज्ञात नहीं था कि उनके छिपने का अड्डा किस स्थान पर है। अड्डा ऐसा था जिसके अंदर पहुंचकर मुख्य द्वार पर ताला डाल दिया जाता था ताकि कोई डाकू भागकर इस अड्डे

का पता न चला सके। शमशेर सिंह ने अपने सभी साथियों को पूरी सुविधाएं, ऐश और आराम दे रखा था। अनेक डाकू अपने पूरे परिवार के साथ अड्डे के अन्दर रह रहे थे।

नरेन्द्र सिंह का इकलौता लड़का सुरेन्द्र सिंह मारा गया तो पुलिस ने शमशेर सिंह की खोज की परन्तु उसके ठिकाने का कोई पता नहीं चला। नरेन्द्र सिंह का संसार सूना हो गया। विदेशी बहू मां बनने से पहले ही विधवा हो गई। बेटे की मृत्यु ने नरेन्द्र सिंह के दिल में बदले की आग भड़का दी परन्तु इस आग से होता ही क्या था? जब पुलिस को ही शमशेर सिंह के ठिकाने का पता नहीं मालूम था तो उन्हें क्या पता चलता? फिर भी अब वह बन्दूक हर क्षण अपने पास ही रखते थे। शमशेर सिंह की तलाश में वह अकेले ही जंगल की ओर निकल जाते परन्तु उन्हें उनकी पत्नी तथा विधवा बहू के प्यार ने रोक रखा था।

कुछ दिनों बाद जागीरदार नरेन्द्र सिंह की विधवा बहू को एक संतान उत्पन्न हुई। संतान एक नन्ही-मुन्नी बच्ची थी, बहुत ही प्यारी लड़की, बिल्कुल अपनी विदेशी मां के समान। बच्ची नरेन्द्र सिंह के स्वर्गवासी बेटे की एकमात्र निशानी थी। इसलिए नरेन्द्र सिंह के गमों के सागर में चन्द बूंदें कम हो गईं। बच्ची का नाम उन्होंने वन्दना रखा। वन्दना को अपने दादा-दादी से इतना प्यार मिला कि वह मां से अधिक उन दोनों के साथ ही रहती। मां के पक्ष में यह अच्छा ही हुआ। जब उसके अंग्रेज माता-पिता ने उसे लंदन बुलाया ताकि जीवन का नया मोड़ एक बार फिर आरम्भ करे तो वह वन्दना को छोड़कर चली गई। वन्दना दुर्गापुर के वातावरण में पली, घूमी-फिरी और चढ़ती आयु की ओर बढ़ी। मां ने लंदन जाकर दूसरी शादी कर ली थी परन्तु साल-दो साल में एक बार भारत आकर वह अपनी बेटी को अवश्य देख लेती थी। दिल चाहता था कि बेटी को अपने साथ वह लंदन ले जाए परन्तु उसका प्यार अपने दादा-दादी की ओर अधिक देखकर वह बेटी को उनसे अलग करना उचित नहीं समझती थी।

उधर शमशेर सिंह की डाकाजनी जोरों पर थी। नक्शे के अनुसार वह अपना अड्डा बनवा चुका था। अड्डे की पूर्ति होने के बाद उसने जर्मन इंजीनियर को ही नहीं उन मजदूरों को भी धोखाधड़ी से मरवा दिया था जिन्होंने अड्डे को बनवाने में साथ दिया था। उसका बेटा शेर सिंह भी अब बड़ा हो चला था। बचपन से ही वह डकैतों में अपने पिता के साथ रहता था जिससे अब उसका डकैती करने का धड़का खुल चुका था। बाप ने बचपन से ही बेटे के दिल में नरेन्द्र सिंह के लिए घृणा भर रखी थी इसलिए एक रात जोश में आकर अपने पिता के साथ उसने भी नरेन्द्र सिंह की कोठी पर चढ़ाई कर दी। परन्तु नरेन्द्र सिंह अपने आदमियों के साथ अब सदा सतर्क रहने लगा था। शेर सिंह को नरेन्द्र सिंह की शक्ति का अनुमान तब हुआ जब नरेन्द्र सिंह की गोली का शिकार शमशेर सिंह हुआ। वह वहीं मारा गया तो उसके आदमी भाग खड़े हुए। विवश होकर शेर सिंह को भी अपनी जान बचाना आवश्यक हो गया। वह भाग निकलने में सफल तो हो गया परन्तु उसके दिल के अन्दर नरेन्द्र सिंह से बदले की आग और अधिक भड़क उठी। कुछ दिनों के लिए डाकाजनी ठण्डी पड़ गई। समय के साथ शेर सिंह ने

भविष्य के लिए ठण्डे दिल से सोचा। अब वह डाकुओं का सरदार था क्योंकि अड्डे की बहुत सी खुफिया बातों को वह तथा उसकी मां ही जानती थी। दूरदर्शिता से काम लेते हुए उसने अपने ही गिरोह के साथियों के साथ एक चाल चली - एक नई तथा अनूठी चाल। वह दिल का पत्थर तथा बुद्धि का बहुत तेज था। उसने धीरे-धीरे अपने ही आदमियों की हत्या रहस्यमय ढंग से करनी आरम्भ कर दी। उनके स्थान पर जो भी नए डाकू रखे उनके सामने जाने की कभी आवश्यकता ही नहीं पड़ी। एक विशेष कमरे में बुलाकर वह डाकुओं को टेलीविजन जैसे यन्त्र पर देख सकता था परन्तु उसके नए डाकू उसे देखना तो दूर, यह भी नहीं जानते थे कि वह कहां से आज्ञा देता है? इस प्रकार शेर सिंह ने अपने केवल दो विशेष डाकुओं को छोड़कर सभी पुराने डाकुओं को मृत्यु के घाट उतार दिया जिनकी लाशों का भी पता नहीं चला। यह दो विशेष डाकू जालिम सिंह तथा बब्बन खां थे जो शेर सिंह के बड़े विश्वास के आदमी थे। पुराने डाकुओं की लाश का पता इसलिए नहीं चलता था क्योंकि शेर सिंह के अड्डे पर उसके निजी कमरे से लगाकर एक बड़े कमरे बराबर गैस चैम्बर था, बिल्कुल ऐसा ही जैसा दूसरे महायुद्ध में हिटलर ने यहूदियों को उसमें ठूंस कर मरवाने के लिए बहुत बड़े पैमाने पर बनवाया था - और वह भी एक नहीं अनेक गैस चैम्बर्स में हिटलर यहूदियों को, क्या पुरुष और क्या स्त्रियां, क्या बूढ़े और क्या दूध पीते बच्चे, सभी को लाखों की गिनती में बन्द कराकर जब गैस के बटन दबाता था तो तड़पते शरीर से गल कर राख होते बन्दियों की चीख और पुकार भी बाहर नहीं सुनाई पड़ती थी क्योंकि 'एयर प्रूफ' होने के कारण चैम्बर्स 'साउण्ड प्रूफ' भी होते थे। फिर जब चैम्बर्स खोले जाते थे तो चैम्बर्स की ठोस दीवारों पर उन बन्दियों के अमिट साये नक्श होकर मिलते थे जिन्होंने घुटती सांसों के कारण क्षण भर के लिए भी दीवार से चिपककर अपना असफल बचाव करने का प्रयत्न किया था। ऐसी तेज गैस थी यह जो मानव का नाम और निशान तो मिटा ही देती थी साथ में मजबूत दीवारों पर उन मरनेवालों की छाया भी अंकित कर देती थी, जो अपनी असहनीय तड़प के कारण दीवार में चिपक जाते थे।

शेर सिंह का गैस चैम्बर्स भी कुछ ऐसा ही था परन्तु छोटे पैमाने पर, जिसे उसके पिता डाकू शमशेर सिंह ने ही बनवाया था, उसी जर्मन इंजीनियर द्वारा। अब यह चैम्बर शेर सिंह की योजना पूरी करने में बड़ा लाभदायक सिद्ध हो रहा था। शमशेर सिंह ने अपने जीवन काल में गैस चैम्बर के बनते ही इसका सर्वप्रथम उपयोग उस जर्मन इंजीनियर पर किया था जिसने यह भयानक गैस चैम्बर बनाया था। धोखेधड़ी से उसने जर्मन इंजीनियर के साथ उन सभी मजदूरों को गैस चैम्बर में बंद करके गैस का बटन दबाते हुए सबके शरीरों को गलाकर भस्म कर दिया था। उसके बाद वह निश्चिंत हो गया था। लोगों को राख में भस्म करके लाश का कोई भी चिह्न न बच सकने का उसे यह एक अनमोल यन्त्र मिला था जिसका उपयोग उसने अपहरण किए गए पुलिस अधिकारी, सरकारी जासूस तथा अपने और अपने आदमियों की अय्याशी के बाद ठुकराई गई स्त्रियों पर भी किया और खूब किया, आनन्द उठा-उठाकर किया, परन्तु शेर सिंह

अपने पिता से भी दो हाथ आगे था। वह किसी प्रकार का रिस्क न लेने के लिए पुलिस अधिकारी, सरकारी जासूस तथा अय्याशी के बाद ठुकराई हुई स्त्रियों को गैस चैम्बर में बन्द करके उनका चिह्न तो समाप्त कर ही देता था परन्तु उन लोगों को भी उसने गैस चैम्बर में बन्द करवाकर मरवाते हुए उनका चिह्न सदा के लिए मिटा दिया जो उसके पिता के समय से डाकू थे, जिनकी छाया में पलकर वह जवान हुआ था, जो उसे पहचानते थे तथा जिनसे उसे भय समाया रहता था कि उसे नवयुवक तथा स्वयं को अनुभवी समझकर वह उसके साथ उसकी मां को भी मारकर अड्डा अपने अधिकार में ले लेंगे। इस प्रकार जब पुराने डाकू समाप्त हो गए और जो नए डाकू आए उनके सामने शेर सिंह कभी नहीं गया तो नए डाकुओं के लिए उसे पहचानने का प्रश्न ही नहीं उत्पन्न हुआ। उसे पहचानते थे तो केवल उसके दो विश्वासी डाकू - जालिम सिंह और बब्बन खां। यह दो डाकू नए डाकुओं पर शेर सिंह के मन्त्री बन कर हुक्म चलाते थे। नए डाकुओं को भी मन्त्रियों की आज्ञा का पालन करने में कोई आपत्ति नहीं थी क्योंकि शेर सिंह की ओर से सभी विवाहित तथा अविवाहित डाकुओं को पूरी सुविधाएं उपलब्ध थीं, ऐश और इशरत के साधन उपलब्ध थे। डाका उसी पुराने ढंग पर डाला जाता था जैसा कि शमशेर सिंह के समय में था परन्तु शेर सिंह स्वयं अब डाका डालने के पक्ष में नहीं था। वह अपने अड्डे पर ही रहता था तथा डाकुओं पर राजा बनकर राज्य करता था।

शेरसिंह के नए डाकू इस प्रकार शेरसिंह की वास्तविकता से अनभिज्ञ थे उसी प्रकार वह उसके भयानक गैस चैम्बर के विषय में भी कुछ नहीं जानते थे। शेरसिंह को अपने पिता के समान अन्तर्राष्ट्रीय पैमाने पर स्मगलिंग करने में कोई रुचि नहीं थी। उसने दूरदर्शिता से काम लेकर अपने इस गैस चैम्बर का उपयोग अपने किसी भी नए डाकू पर नहीं किया था। अपनी योजना के अनुसार उसने इस गैस चैम्बर का उपयोग केवल एक ही दिन तथा अन्तिम बार करने की ठान रखी थी। उसके पास धन की कमी नहीं थी परन्तु फिर भी उसने अपना इरादा बना लिया था कि जब वह लूट-मार द्वारा अपार धन एकत्र कर लेगा तो पुलिस का भय दिखाकर अपने सभी नए आदमियों को उनके परिवार सहित इस गैस चैम्बर की वास्तविकता छिपाते हुए इसमें शरण लेने को भेज देगा। फिर गैस का बटन दबाकर इनका नाम और निशान सदा के लिए मिटा देगा। उसके बाद वह धोखे से जालिम सिंह तथा बब्बन खां की हत्या कर देगा। और फिर उसके बाद वह अपना सारा धन समेटेगा, मां को साथ लेगा और फिर एक टाइम बम रखकर अड्डे को उड़ाने का प्रबन्ध करते हुए वह सदा के लिए यहां से चला जाएगा। उसके यहां से जाने के बाद इस संसार में उसे कोई भी पहचानने वाला नहीं होगा क्योंकि उसे पहचानने वाले उसके दो साथी जालिम सिंह तथा बब्बन खां भी तब इस संसार में नहीं रहेंगे। परन्तु उसकी मां को देखकर कोई भी पुराना व्यक्ति संदेह कर सकता था कि वह डाकू शमशेर सिंह की पत्नी हो सकती है। उसके पिता शमशेर सिंह के साथ उसकी मां की तस्वीरें भी पुलिस स्टेशनों पर हो सकती थीं इसलिए अपने इस इरादे को साकार रूप देने में

शेरसिंह कभी-कभी झिझक भी जाता था। झिझक कर आने वाले उचित समय तथा अवसर की प्रतीक्षा करने लगता था। युग बीत जाता है परन्तु मानव का मुखड़ा नहीं बदलता। युगों के बाद भी मानव के अन्दर कोई न कोई बात ऐसी अवश्य रह जाती है जिससे उसे पहचाना जा सकता है। फिर पुलिस की दृष्टि तो विशेष रूप से डाकू शमशेर सिंह तथा उसके परिवार पर बिछी हुई थी। शेरसिंह एक चतुर डाकू था। उसने कभी ऐसा रिस्क नहीं लिया जिससे उसकी इतनी सारी मेहनत पर पानी पड़ जाए। वह पकड़ा जाए और फिर कहीं का भी न रहे।

अपने नए आदमियों से गैस चैम्बर का भेद छिपाए रखने के लिए उसने अपने आदमियों को उनकी छोटी-सी भूल पर भी जो सजा दी वह उन्हें गैस चैम्बर में डालकर भस्म करने की सजा कभी नहीं दी। एक छोटी-सी भूल पर भी वह अपने आदमियों को कभी नहीं क्षमा करता था। उनके लिए हर बात की सजा मृत्यु थी। किसी पर शेरसिंह को अकारण ही गद्दारी का सन्देह हो जाता था तो वह उसे जालिम सिंह या बब्बन खां द्वारा गर्दन से कटवाकर शरीर जंगल में या झील में फिंकवा देता था। फिर उन गद्दारों का सिर अपने अड्डे के ऐसे स्थान पर टांग देता था जिसे हर आने-जाने वाला देखकर कोई व्यक्ति अपने सरदार के साथ गद्दारी करने का स्वप्न भी नहीं देखे। जंगल में या नदी में बहती ऐसी अनेक लाशें पाई जाती थीं। पुलिस को यह भी अनुमान था कि इस क्रूर हत्याओं के पीछे केवल शेर सिंह का हाथ है फिर भी अनथक प्रयत्न करने के पश्चात् पुलिस शेर सिंह के अड्डे का पता लगाने में असमर्थ थी। शेर सिंह के अत्याचार से गांववासी ही क्या अच्छे नागरिक तथा सरकारी विभाग के पुलिसवाले भी भय खाते थे।

उन्हीं दिनों शेरसिंह की मां का निधन हो गया। परन्तु मरते-मरते भी मां ने उसे चुनौती देकर उसके अन्दर बदले की वह भावना ताजी कर दी थी जिसे उसका पति शमशेर सिंह अधूरी छोड़ गया था। मां की दृष्टि में उसके पति की सारी बर्बादियों का जिम्मेदार ठाकुर नरेन्द्र सिंह सदा ही रहा था। न ही उसका पति बर्बाद होकर बदले की भावना में डाकू बनता और न ही आज उसके एकमात्र बेटे शेरसिंह को भी डाकू बनकर यह दिन देखना पड़ता। मां एक खूंखार डाकू की बहन थी, निर्दयता की छाया में उसने सांसें ली थीं इसलिए मरते समय भी यदि उसने अपने बेटे को नरेन्द्र सिंह से बदले के लिए उकसाया तो कोई बड़ी बात नहीं की। शेर सिंह ने भी मां की तड़पती सांसों को वचन देकर शांत कर दिया था कि वह अपने खानदान की बर्बादी का बदला अवश्य लेगा, कभी-न-कभी, किसी-न-किसी स्थिति में ही, उसके खानदान का नाम मिटाते हुए।

मां का निधन हो गया तो शेरसिंह को अपना इरादा पूरा करने का आसानी से मौका मिल गया। अब वह अपने साथियों का खात्मा धोखे-धड़ी से करके इस अड्डे को भी डाइनामाइट द्वारा तहस-नहस कर सकता था। उसके बाद वह अपना सारा धन लेकर जहां भी जाता कोई भी उसे नहीं पहचान सकता था। शेर सिंह गैर कानूनी काम करते-करते थक गया था। उसका

स्वभाव आरम्भ से ही एडवांस था। अड्डे की बन्द दीवारों से अन्दर वह उत्पन्न हुआ था। बचपन में यहां के बन्द माहौल में उसकी सांस कभी-कभी घुटने भी लगती थीं। इसलिए अब वह हर समय स्वतन्त्र जीवन की आवश्यकता महसूस करता रहता था जिसे वह तुरन्त सदा के लिए प्राप्त भी कर सकता था क्योंकि यहां से जाने के बाद उसे कहीं कोई भी पहचानने वाला नहीं था कि वही डाकू शेर सिंह है। अपना नाम शेर सिंह से बदल कर वह कुछ भी रखते हुए एक नया जीवन आरम्भ कर सकता था। देश-विदेश की सैर करते हुए स्वतन्त्र होकर अय्याशी कर सकता था या एक घर बसा सकता था। पत्नी तथा बच्चों में खोकर वह अपना गन्दा अतीत भी भूल सकता था। मां की मृत्यु ने उसके लिए स्वतन्त्रता के रास्ते खोल दिए थे।

परन्तु वह यह सब तभी कर सकता था जब मां की अन्तिम सांसों में उसे दिया वचन निभाता, ठाकुर नरेन्द्र सिंह के खानदान का नाम और निशान मिटाकर अपने पिता की आत्मा की शांति का साधन बनता। और ऐसा करने के लिए वह तैयार था - पूरे मन से तैयार था वरना वह अपने-आपको ठाकुर समझ कर कभी नहीं क्षमा करता। और इसीलिए शेर सिंह को अपने नए जीवन का आरम्भ स्थगित कर देना पड़ा, उस समय तक के लिए जब तक वह अपना वचन निभाने में कामयाब नहीं हो जाता है।

* * *

दुर्गापुर पर छाया कोहरा कम होने लगा। सूर्य ने बादलों का लिहाफ उठाकर झांकना आरम्भ किया तो दूधिया वातावरण में चमक उत्पन्न होने लगी। किसानों ने अपने खेतों पर जाना आरम्भ कर दिया था। गांव की कुछ औरतें भी अपने-अपने कामों पर निकल पड़ी थीं। खपरैल तथा कुछेक अधपक्के मकानों के समाने जहां कहीं अंगीठियां जल रही थीं, अब केवल वहीं धुएं ने छटते कोहरे में मिलकर घनी धुंध बना रखी थी। वृक्ष की पत्तियों का रंग झलकने लगा था। पंछी छाया बनकर दिखाई पड़ने लगे। गांव का मन्दिर भी झलक आया। एक किनारे पुलिस की वह चौकी भी साफ दिखाई दे रही थी जिसका प्रबंध सरकार ने अभी कुछ ही दिन पहले इस गांव में पहली बार किया था। इस चौकी का प्रबंध सरकार को डाकुओं से तंग आकर करना पड़ा था।

वन्दना अब तक उसी प्रकार अपनी कोठी की सबसे ऊंची मंजिल पर खड़ी हुई थी। दुर्गापुर का वातावरण देखती हुई वह इस प्रकार खोई हुई थी कि मानो आज वह अन्तिम बार अपने गांव को विदाई दृष्टि से देख रही थी। दुर्गापुर में उसका कोई भी अन्तिम दिन हो सकता था क्योंकि वह इस क्षेत्र, इस शहर, बल्कि इस देश का छोड़कर किसी भी दिन लंदन के लिए निकल सकती थी। वह दो मास पहले ही लंदन से अपने देश, अपने गांव वापस आई थी, कुछ ही दिनों के लिए, लंदन की नागरिकता प्राप्त करने के बाद, परन्तु अपनी कोठी में आते ही उसे ऐसी दुर्घटना का सामना करना पड़ गया था कि उसका सब-कुछ लुट गया। यहां से लंदन

11

किसी भी समय जाने के लिए उसका अपना पासपोर्ट तैयार था जो वह लंदन से बनवाकर लाई थी परन्तु रुकी हुई इसलिए थी क्योंकि वह अपने साथ अपने दादाजी को भी लंदन ले जाना चाहती थी। उनके पासपोर्ट के लिए जांच आ सकती थी, किसी भी समय पासपोर्ट भी आ सकता था जिसकी प्रतीक्षा वह प्रतिदिन करते हुए हर दिन को ही दुर्गापुर में अपना अन्तिम दिन समझने पर विवश थी।

छंटते कोहरे में कोठी से दूर वन्दना की दृष्टि एक बूढ़े ताड़ के वृक्ष पर पड़ी जो चोटी से गंजा था। उसके पत्ते जमाने की हवा के साथ जाने कब झड़ गए थे। ताड़ का तना एक बल्ली समान दिखाई पड़ रहा था। इस ताड़ से वन्दना के बचपन की कुछ यादें संबंध रखती थीं। यादें बचपन की थीं इसलिए मासूम थीं जिसमें किसी प्रकार का कोई सपना नहीं सम्मिलित था। तब इस ताड़ के लम्बे-लम्बे हरे पत्ते हवा के बहाव पर सरसराकर बड़ी शान से झूमते रहते थे। वन्दना तब दस वर्ष की थी।

एक दिन वन्दना दुर्गापुर में घोड़े पर सवार होकर घूमने के बाद शाम के समय इसी ताड़ के वृक्ष के समीप से निकल रही थी कि अचानक इस ताड़ के वृक्ष के नीचे एक बारह तेरह वर्षीय लड़के को अपनी ओर पीठ किए परन्तु सिर पर छाता लगाकर नीचे बैठा हुआ देखकर वह चौंक पड़ी थी। उसे आश्चर्य भी बहुत हुआ था। गम का सुहाना वातावरण, वर्षा व धूप, फिर वह लड़का छाता क्यों लगाए है? अचानक वन्दना की दृष्टि लड़के के समीप जमीन पर रखे चार-पांच ताड़ी के घड़ों पर पड़ी। वह लड़के को बहुत ध्यान से देखने लगी। लड़के ने उसकी उपस्थिति से अज्ञात बहुत सन्तोष के साथ घड़े में से एक गिलास में ताड़ी निकाली। तभी वन्दना के कानों में ताड़ के वृक्ष के ऊपर से चीखने और चिल्लाने का स्वर सुनाई पड़ने लगा। वन्दना ने ऊपर देखा। ताड़ के पत्तों में एक ताड़ीवान था। वह नीचे बैठे लड़के को गन्दे शब्द कहते हुए उसे ताड़ी चुराने से मना कर रहा था। परन्तु ताड़ीवान की बातों का लड़के पर कोई प्रभाव नहीं पड़ रहा था। उसने निश्चिंत होकर अपना ताड़ी से भरा गिलास वहीं पीकर खाली कर दिया। ताड़ी उसने घड़े से दोबारा निकाली। गिलास को एक बार फिर समाप्त किया। उसके बाद वह उसी प्रकार सिर पर छाता लगाए खड़ा हुआ और फिर वन्दना की ओर देखे बिना ही आगे बढ़कर एक खपरैलदार मकान की ओट में लुप्त हो गया।

कुछ देर बाद ही लड़कर फिर वापस आया परन्तु इस बार उसके हाथ में छाता नहीं था। छाता वह कहीं छिपाकर आया था। लड़के ने वन्दना को देखा, परन्तु वह जरा भी नहीं चौंका। उसका विचार था कि ठाकुर नरेन्द्र सिंह की पोती अभी-अभी यहां आई है। उसने बहुत भोलेपन से वन्दना को हाथ जोड़कर झुकते हुए नमस्ते कर दिया। लड़का वन्दना से कुछ दूरी पर अनजान बनकर टहलने लगा।

उसी समय ताड़ीवाला भी ताड़ से नीचे उतरा। उसकी कमर से ताजी ताड़ी से भरा एक घड़ा लटक रहा था। नीचे आने के बाद उसने कमर से बंधा घड़ा नीचे रखा। फिर इधर-उधर

देखा। उसके बाद वह लड़के के पास पहुंचा। कुछ तुनककर उसने लड़के से पूछा, 'ऐ लड़के, तुमने यहां किसी छाते वाले को इधर से जाते देखा है?'

'छाते वाले को?' लड़के ने अनजान बनकर आश्चर्य प्रकट किया। बोला, 'इस समय धूप या वर्षा हो रही है जो कोई छाता लगाकर कहीं निकलेगा?'

'अरे धूप या वर्षा के कारण वह छाता नहीं लगाता है।' ताड़ीवाले ने खिसियाकर कहा, 'दरअसल वह अकसर मेरी ताड़ी यहां आकर चुराते हुए मुफ्त ही पी जाता है और मैं उसके सिर पर छाता होने के कारण उसे पहचान तक नहीं पाता जो उस बदमाश को पकड़ सकूं।'

'तो फिर तुम उसे तुरन्त उसी समय वृक्ष से उतरकर क्यों नहीं पकड़ लेते हो?' लड़के ने सब-कुछ जानते हुए उसे सुझाव दिया।

'अरे मूर्ख, इतनी ऊपर से उतरते-उतरते तो मुझे समय लग जाता है। इतनी देर में वह भाग नहीं जाएगा?' ताड़ीवाले ने कहा, 'और फिर दोबारा ताड़ पर चढ़ूंगा तो वह भी दोबारा छाता लिए वहीं आ पहुंचेगा? एक ही बार में तो ऊपर चढ़ने में सांस फूल जाती है।' ताड़ीवाले की सांस फूल रही थी।

वन्दना की समझ में आ गया कि यह लड़का छाता लगाकर क्यों ताड़ी चुराने आया था। वह इस लड़के की बचपन भरी बुद्धिमानी पर मुस्करा दी। ताड़ीवान अपने ताड़ी के घड़े संभालकर चला गया तो वन्दना ने घोड़े को ऐड़ लगाई और लड़के के पास जा पहुंची। लड़का उसे भयभीत-सा देखने लगा। कहीं उसकी चोरी तो नहीं पकड़ी गई।

'क्या नाम है तुम्हारा?' वन्दना ने पूछा।

'जी?' लड़के ने सहमकर कहा, 'अमर - अमर सिंह।'

'अमर सिंह?' वन्दना ने लड़के को आश्चर्य से देखा।

'जी हां।' लड़के ने कहा, 'मैं ठाकुर मोहन सिंह का पुत्र हूं, वही ठाकुर मोहन सिंह जिन्हें अक्सर आपके दादाजी की सेवा करने का सम्मान मिल जाता है।'

मोहन सिंह गांव का एक ऐसा साहसी तथा बहादुर व्यक्ति था जिसने गांव के गिने-चुने साहसी व्यक्तियों के साथ मिलकर गांव पर डाकुओं के अनेक आक्रमण असफल बना दिए थे। उन्होंने ठाकुर नरेन्द्र सिंह पर होने वाले आक्रमण में भी डाकुओं के विरुद्ध ठाकुर नरेन्द्र सिंह का पूरा साथ दिया था। वह अब भी नरेन्द्र सिंह की कोई भी सेवा करने के लिए कोठी में अपनी उपस्थिति दे आते थे। नन्ही वन्दना को वह बेटी कहकर पुकारा करते थे। वन्दना ने कहा, 'तुम्हारे पिता इतने साहसी तथा ईमानदार व्यक्ति हैं और तुम एक बुजदिल के समान चोरी करते हो? क्या ऐसा करते तुम्हें शर्म नहीं आती?'

'जी?' अमर चौंक गया। उसे मानो वन्दना से ऐसे शब्दों की आशा नहीं थी। उससे भी एक कम आयु की लड़की उसे समझा रही है! वह मन-ही-मन बहुत लज्जित हुआ। उसने

कहा, 'दरअसल एक दिन मुझे विचार आया कि ताड़ी पीने के लिए लोग ताड़ी की दुकान पर इतनी दूर जाते हैं तथा वहां पहुंचने के बाद भी पैसे खर्च करके ही ताड़ी पीते हैं, परन्तु मैं ऐसा क्यों करूं जबकि मुझे यहीं पर ताड़ी पीने को मिल सकती है और वह भी मुफ्त? बस इसीलिए ताड़ी पीने का यह ढंग अपना लिया था। परन्तु अब आप विश्वास कीजिए, आपके एक ही वाक्य ने मेरी आंखें खोल दी हैं। मैं आपको वचन देता हूं कि अब कभी ऐसा काम नहीं करूंगा। बल्कि शीघ्र ही अपने पिता समान एक साहसी तथा ईमानदार व्यक्ति भी बनकर सारे गांव को दिखा दूंगा।'

'परन्तु ईमानदार बनने का यह मतलब नहीं कि तुम चोरी छोड़ने के बाद अब ताड़ी खरीदकर पियो। तुम्हारी आयु बहुत कम है इसलिए ताड़ी को तुम हाथ भी नहीं लगाओगे वरना साहसी बनने की सारी इच्छाशक्ति यूंही धरी की धरी रह जाएगी।' वन्दना ने मानो उसे आज्ञा दी।

'आप विश्वास कीजिए, मैं ताड़ी तो क्या अब किसी भी नशे को जीवन भर हाथ नहीं लगाऊंगा।' अमर ने वन्दना के भोलेपन से प्रभावित होकर अपनी सारी इच्छाएं मानो सदा के लिए उसके आगे भेंट चढ़ा दीं। अपनी बात जारी रखते हुए उसने कहा, 'आपको अब मुझसे कभी भी कोई शिकायत नहीं होगी।'

वन्दना हल्के से मुस्करा दी। अमर उसे बहुत ध्यान से देख रहा था, उसकी दृष्टि में वन्दना के प्रति असीम श्रद्धा थी, शायद प्यार भी था जिसे वन्दना का नन्हा दिल समझ नहीं सका। उसने घोड़े को ऐड़ लगाई और फिर अपनी कोठी की ओर लौट पड़ी।

अगले दिन शाम के समय वन्दना एक कमरे से दूसरे कमरे में जा रही थी कि तभी अपने दादा जी के कमरे से अमर सिंह का नाम सुनकर ठिठकती हुई वह रुक गई। स्वर ठाकुर मोहन सिंह का था, वह कमरे के अन्दर चली गई। कमरे में उसके दादा-दादी बैठे हुए थे जिनसे मोहन सिंह बातें कर रहे थे।

'क्या बताएं जागीरदार साहब-' मोहन सिंह आश्चर्य से कह रहे थे, 'मैंने तो कभी सोचा भी नहीं था कि अमर सिंह अपना जीवन आज से बिल्कुल ही बदल देगा। अब आप ही देखिए, पहले न कुश्ती में शौक लेता था न कसरत में। जब देखिए तब बस घूमता ही रहता था या गांव के निकम्मे लड़कों के साथ गिल्ली-डंडा या कबड्डी खेलता रहता था। समझाऊं लाख परन्तु टाल जाता था। मैं तो समझता था कि हमारी पीढ़ी के बाद गांव में सब के सब नवयुवक कायर और डरपोक ही निकलेंगे।'

'समझता तो मैं भी यही हूं।' ठाकुर साहब ने कहा। फिर पूछा, 'परन्तु क्या कोई नई बात हो गई है?'

'कमाल हो गया है जागीरदार साहब, कमाल हो गया है।' मोहन सिंह ने जोर देकर कहा, 'कल रात उसने मेरे सामने सौगन्ध खाई कि वह साहस और बल में इतना नाम कमाएगा कि

दूर-दूर के गांववाले भी उसका लोहा मानेंगे और देखिए, अपनी सौगन्ध पूरी करने के लिए उसने आज सुबह तड़के से ही मेहनत आरम्भ कर दी।'

'चलो लड़का देर में संभला तो सही', ठाकुर नरेन्द्र सिंह ने अपनी छाती फुलाकर छाती पर हाथ मारा। अपनी बात उन्होंने जारी रखी। बोले, 'आखिर उसकी रगों में खून किसका है? मेरा - एक ठाकुर का।'

'यदि गांव के सभी लड़कों के दिल में इसी प्रकार की लगन समा जाए तो गांव का कल्याण हो जाए।' सहसा बीच में ठाकुर नरेन्द्र सिंह की पत्नी ने कहा, 'वर्ना डाकू आएंगे और बहुत आसानी से सारा गांव लूटकर ले जाया करेंगे।'

'हमारा क्या है। बस भगवान हमें इतनी आयु दे दे कि हम अपने जीते जी पोती का विवाह एक अच्छे घराने में कर दें।' ठाकुर नरेन्द्र सिंह ने वन्दना की ओर देखते हुए कहा, 'उसके बाद पोती अपने पति के साथ यहां नहीं रहे तो अच्छा है। इस गांव से दूर किसी शहर में रहकर कम-से-कम वह डाकुओं के भय से तो दूर रहेगी। फिर हमें अपने जीवन की कोई चिन्ता नहीं रहेगी। हां, शमशेर सिंह से बदला लिए बिना यदि हम मर गए तो मुझे अफसोस बहुत होगा।' वन्दना ने सुना तो हल्के से मुस्करा दी - मन-ही-मन। सोचा, जब वह घड़ी होगी तो जाने किससे उसका विवाह होगा। दस वर्षीय वन्दना विवाह का अर्थ समझती थी। वह उस कमरे से बाहर निकलने लगी तो उसने सूना।

'यदि आपको कुछ हो गया जागीरदार साहब तो विश्वास कीजिए आपका बदला, यदि भगवान ने चाहा, तो मैं लूंगा - मैं।' मोहन सिंह ने छाती ठोंक कर 'मैं' शब्द पर जोर दिया। बोला, 'यदि मैं भी किसी कारण आपका बदला लेने में असमर्थ रहा तो मेरा बेटा आपका बदला लेगा। हमने आपका नमक खाया है। आप स्वयं जानते हैं कि ठाकुरों के लिए नमक का मूल्य उसकी जान से बढ़कर होता है।

वन्दना अपने कमरे में पहुंची और खिड़की द्वारा बाहर गांव का वातावरण देखने लगी। वह सोचने लगी कि उसकी एक छोटी-सी बात ने अमर के अन्दर कितना बड़ा परिवर्तन उत्पन्न कर दिया है। भगवान करे वह अपने प्रयत्न में सफल रहे। उसकी इच्छाशक्ति उसका साथ दे। वन्दना के सोचने में केवल बचपन की भावना थी। और किसी भी बात का इसमें दखल नहीं था। क्या अगर वह गांव के सभी लड़कों को इसी प्रकार समझाए तो वे सब सुधर कर बड़े होने के बाद अपने गांव की रक्षा करने को तैयार हो जाएंगे? उनमें बल का साहस उत्पन्न हो सकेगा? उसने सोचा, प्रयत्न करने में हर्ज ही क्या है? उसने प्रयत्न करने का निर्णय भी कर लिया। परन्तु अगले ही दिन लंदन से उसकी अंग्रेज मां आ गई। इस बार उसकी मां चार वर्ष बाद आई थी। साथ में अपने दूसरे पति को लाई थी। पति भारत पहली बार आया था, भारत का कोना-कोना देखने की योजना बनाकर। वन्दना के लिए उसकी मां सदैव समान इस बार भी उसकी आयु अनुसार एक से एक बढ़कर विदेशी खिलौने, कपड़े, टॉफियां आदि लेकर

आई थी। वन्दना अपनी मां से इतने वर्षों बाद मिली थी इसलिए प्रसन्नता का ठिकाना न रहा। मां को उसने एक क्षण के लिए भी न छोड़ा। इसलिए उसे गांव के अन्य बालकों का सुधार करने या शिक्षा देने का समय ही नहीं मिला।

ठाकुर नरेन्द्र सिंह तथा उनकी पत्नी ने अपनी बहू के दूसरे पति - अंग्रेज पति - को पहली बार देखा था। पति अंग्रेज था परन्तु सगी बहू के कारण उसके दूसरे पति को देखने के बाद उन्हें अपना बेटा याद आना स्वाभाविक था। उन्होंने उसका ऐसा स्वागत किया मानो उनका अपना बेटा वर्षों बाद लंदन से आया है। मां ने उसकी बलाइयां लीं। ठाकुर नरेन्द्र सिंह ने उसको जी भरकर आशीर्वाद दिया। उसके लम्बे जीवन की कामना की। उसके स्वागत में उन्होंने दो दिन बाद एक शानदार पार्टी दी जिसमें गांव के ही नहीं शहर के भी प्रतिष्ठित लोगों को आमंत्रित किया। शाम को अपने निश्चित समय पर जब पार्टी आरम्भ हुई तब देखते ही लगता था। रंगीन बल्बों से कोठी इस प्रकार सजी थी कि आंखें चौंधिया जाती थीं। पार्टी में गांव के गिने-चुने प्रतिष्ठित व्यक्तियों के साथ मोहनसिंह का परिवार भी आमंत्रित था। जिस समय मोहनसिंह अपनी धर्मपत्नी के साथ पार्टी में पधारे तो द्वार पर स्वागत करते समय ठाकुर नरेन्द्र सिंह उपस्थित थे। उस समय वन्दना भी वहीं समीप ही अपनी सहेली के साथ खड़ी बातें कर रही थी। ठाकुर नरेन्द्र सिंह ने मोहन सिंह तथा उनकी पत्नी को पार्टी में सम्मिलित होते देखा तो स्वागत करने के बाद पूछा, 'अरे, केवल आप ही दोनों आए हैं क्या? आपका लड़का नहीं आया?' नरेन्द्र सिंह ने अमर के लिए इधर-उधर देखा।

'क्या बताएं जागीरदार साहब, अब वह सुबह तो सुबह, शाम को भी कुश्ती लड़ने अवश्य जाता है।' मोहन सिंह ने विवशता प्रकट की। बोले, 'कहता है कि अब दूर-दूर के गांव तो क्या दूर-दूर के शहर भी मेरे साहस, मेरे दांव-पेंच तथा बल का मुकाबला नहीं करने पाएंगे। जब तक मैं इस लगन को पूरा नहीं कर लूंगा, चैन की सांस नहीं लूंगा।'

वन्दना के कान मोहन सिंह के इस वाक्य को सुने बिना नहीं रह सके। परन्तु उसके दिल में किसी प्रकार की धड़कन नहीं उत्पन्न हुई। दस वर्ष की लड़की वह अवश्य थी। प्यार का थोड़ा-बहुत अर्थ तो समझती थी, परन्तु प्यार की भावना लेकर उसका दिल एक बार भी नहीं धड़क सका। उसे खुशी हुई - केवल खुशी, जिसका प्यार से कोई सम्बन्ध नहीं था। उसने सोचा अगले दिन वह अवश्य गांव के अन्य बालकों में ऐसी ही जागृति उत्पन्न करने का प्रयत्न करेगी। परन्तु तभी प्रसन्नता के सुनहरे मौके पर अचानक गम का एक तूफान उमड़ पड़ा। शेर सिंह के आदमियों ने नरेन्द्र सिंह की कोठी पर चढ़ाई कर दी। यानी एक युद्ध छिड़ गया। गोलियां चलीं। मोहन सिंह ही नहीं उसकी बहादुर पत्नी ने भी नरेन्द्र सिंह के घराने की रक्षा करने में पूरा साथ दिया। दोनों ही मारे गए। वन्दना के सौतेले तथा विदेशी पिता ने एक डाकू पर काबू पाना चाहा तो घायल हो गया। गोली बाएं कन्धे पर लगी इसलिए जान बच गई। डाकुओं को मुकाबला उनकी ताकत से अधिक मिला था। नरेन्द्र सिंह की दी गई पार्टी में गांव के

साहसी व्यक्ति भी सम्मिलित थे इसलिए डाकू भाग खड़े हुए। परन्तु कोठी में कोहराम मच गया था, कोहराम मचा रहा। चीखें-चिल्लाहट जारी रहीं। मोहन सिंह की हत्या क्या हुई मानो नरेन्द्र सिंह का ही नहीं गांव का भी दाहिना हाथ कट गया।

अमर सिंह को पता चला तो वह दौड़ा-दौड़ा कोठी पहुंचा। आकर पिता की छाती से लिपट गया। फूट-फूट कर वह रो पड़ा। बच्चा ही तो था। अब उसका इस संसार में कौन था जो उसे पालता-पोसता? कुछेक मेहमान उसे तसल्ली दे रहे थे परन्तु उसे तसल्ली मिलती भी कैसे? वह तो अनाथ हो चुका था।

वन्दना वहीं भयभीत-सी खड़ी अमर को देख रही थी। उसका सौतेला पिता घायल हुआ था। मां दूसरे कमरे में उसकी मरहम पट्टी कर रही थी। वहीं ठाकुर नरेन्द्र सिंह तथा उनकी पत्नी भी थी। परन्तु वन्दना अमर के पास से नहीं हटी। उससे अमर के आंसू देखे नहीं जा रहे थे। अब यह अनाथ बालक अपने जीवन में क्या करेगा? कहीं यह अपने बढ़ते साहस के पगों को पीछे न खींच ले? अपने उद्देश्य से मुंह न मोड़ ले? बुरे रास्ते की ओर फिर न चल पड़े? वन्दना अमर की रोती स्थिति को देखकर यही सोच रही थी।

'वन्दना डार्लिंग-' तभी उसकी मां ने उसका हाथ पकड़ कर उसे अपनी ओर खींचते हुए मिली-जुली हिन्दी तथा अंग्रेजी में कहा, 'कम ऑन, अब हम इस घर में एक मिनट भी नहीं रहेगा।'

'जी मम्मी?' वन्दना मानो कुछ समझी नहीं।

'हम इसी वक्त लन्दन के लिए यह जगह छोड़ देगा।' उसकी मां ने कहा, 'और साथ में तुमको भी ले जाएगा। तुम्हारे डैडी को हम पहले ही खो चुके हैं। अब यहां छोड़ तुम्हें नहीं खो सकता। वन्दना की मां दुःखी हुई थी। आज वह उसी ढंग पर अपना दूसरा पति भी खो सकती थी जिस ढंग पर उसने अपना पहला पति लगभग दस वर्ष पहले यहीं खोया था। आज वह एक बार फिर विधवा बन सकती थी जैसे दस वर्ष पहले विधवा बनी थी।

वन्दना ने जाते-जाते पलटकर अमर को देखा। वह अपनी मां के पगों पर आंसू बहाता हुआ सिसक रहा था। वन्दना के मन में टीस उठी - ऐसी टीस जिसमें अमर के प्रति सहानुभूति के अतिरिक्त कुछ भी नहीं था। वह अपनी मां के साथ दूसरे कमरे में चली गई। उसके पिता के कंधे पर पट्टी बंध चुकी थी। उसने अपने दादा-दादी जी को देखा। सारा बचपन उसने उनकी छाया में बिताया था। उनसे बिछड़ने का अहसास करके वह अपने दादाजी से लिपट गई। दादी ने भी उसे अपनी छाती से लगा लिया। दादाजी ने उसके सिर पर प्यार से हाथ रखा। फिर भर्राए स्वर में कहा, 'तेरा जीवन लंदन में ही सुरक्षित है बेटी, वर्ना मैं स्वयं बहू से तेरी भीख मांग लेता। जा, और सुखी रहना।' उन्होंने उसे दिल की गहराई से आशीर्वाद दिया।

वन्दना अगली सुबह ही अपने माता-पिता के साथ शहर के लिए रवाना हो गई थी ताकि हवाई अड्डे से लन्दन जाने वाला पहला जहाज पकड़ सके।

लंदन पहुंचने के बाद जिस प्रकार की शिक्षा उसने प्राप्त की उसने उसे बिल्कुल ही अंग्रेज बना दिया। आरम्भ से ही अंग्रेज मां पर उसका रंग-रूप गया था, आयु के साथ रंग-रूप उभरा तो वह मिसरी की सफेद डली बन गई। सत्रह वर्ष की आयु में उस पर दृष्टि ठहरना कठिन हो गया। दृष्टि ठहरती तो फिर चिपक कर ही रह जाती। लम्बा कद, छरेरा शरीर, अंग-अंग फूटता हुआ, सुनहरी रेशमी लटें, नीली आंखें इस प्रकार मानो नील नदी का गहरा पानी, सुर्ख कलियों जैसे पतले होंठ, गोल मुखड़ा, पतली गर्दन भगवान ने मानो स्वयं अपनी कला का प्रदर्शन करते हुए उसे सफेद संगमरमर में छांटकर मूर्ति बनाने के बाद उसमें आत्मा फूंक दी थी।

वन्दना के दिल में प्यार की पहली कली ने उस समय अंगड़ाई ली जब वह एक शाम वर्ल्डलैण्ड (होटल) में अपने माता-पिता के साथ नृत्य उत्सव में सम्मिलित होने गई हुई थी। यूं तो वहां लगभग सभी दिन संगीत तथा नृत्य का प्रोग्राम होता था परन्तु वह रात चौबीस दिसम्बर की रात थी जिसके बारह बजने के बाद क्रिसमस (ईसाइयों का त्योहार, बड़ा दिन) आरम्भ होता है। उस दिन होटल के नृत्य हॉल में जैम सैशन था। भीड़ इतनी थी कि ऑर्केस्ट्रा की धुन पर नृत्य करते जोड़े एक-दूसरे से कदम-कदम पर टकरा जाते थे। यही कारण था कि वन्दना अपने माता-पिता के साथ एक किनारे खामोश बैठी हुई थी। उसके पिता के सामने मेज पर व्हिस्की का जाम रखा हुआ था। मां के सामने भी वाइन (सॉफ्रट ड्रिंक) का जाम था। परन्तु वन्दना केवल कॉफी द्वारा ही अपना काम चला रही थी। अंग्रेज मां से उत्पन्न होने तथा इतने वर्षों लन्दन में रहने के पश्चात् वह उस वस्तु को होंठों से लगाना पाप समझती थी जिसमें नाममात्र भी मदिरा मिली हो। परन्तु इसका यह अर्थ नहीं कि उसे ऊंचा समाज पसन्द नहीं था। ऊंचा समाज किसे पसन्द नहीं यदि वह वास्तव में एक ऊंचा समाज है। ऊंचा समाज वास्तव में केवल वही होता है जिसमें ऊंची हस्तियों का संगठन होता है चाहे वह मनोरंजन के लिए हो या किसी और बात के लिए।

ऑर्केस्ट्रा की सुरीली धुन हॉल के वातावरण में तैर रही थी। जवान जोड़े एक-दूसरे की बांहों में बांहें डाले थिरक रहे थे। हॉल के अन्दर का प्रकाश अपने नए-नए सुन्दर रंगों का लिहाफ बदल रहा था। रात के बारह बजने में अभी काफी देर थी। अचानक प्रकाश नीला हुआ - फिर गहरा नीला। नृत्य करते जोड़े छाया बन गए। अचानक ऑर्केस्ट्रा की धुन ड्रम की तेज गूंज में परिवर्तित हो गई। फिर अचानक ही संगीत ठहर गया। इसके साथ ही हॉल जगमगाहट से प्रकाशमान हो उठा। हॉल के अन्दर लोगों की आंखें चकाचौंध हो उठीं। बहुत जोर की ताली बजी। नृत्य का यह भाग समाप्त हो चुका था। लोग अपनी-अपनी जगहों पर वापस चले गए।

कुछ देर बाद ऑर्केस्ट्रा की धुन फिर आरम्भ हुई। स्वर में साज की प्राथमिकता सेक्सोफोन की थी। सेक्सोफोन की मधुर धुन ने जोड़ों को फर्श पर आकर हल्का नृत्य करने के लिए आमंत्रित किया। नवयुवक अपने हसीन साथियों के साथ फर्श की ओर बढ़ गए। वन्दना उसी प्रकार खामोश बैठी हुई थी। अचानक अपने समीप एक स्वर सुनकर वह चौंक गई।

'मे आई हैव द प्लेजर ऑफ डांस विद यू?' कोई उससे कह रहा था।

वन्दना ने देखा, उसके सामने एक भारतीय नवयुवक खड़ा है। वह झुककर बहुत अदब के साथ, अपना एक हाथ शहजादों के समान अपनी कमर के सामने फैलाते हुए उसने निवेदन किया था। देखने में भी वह किसी राजकुमार से कम नहीं था। लम्बा कद, घनी लटें, चौड़ी कलमें, बिल्कुल गोरा-चिट्टा। उसकी आंखों में एक मुस्कराती चमक थी, होंठों पर हल्की परन्तु बड़ी सुन्दर और आकर्षक मुस्कान जिससे वन्दना प्रभावित हुए बिना नहीं रह सकी। उसने नवयुवक को ऊपर से नीचे तक देखा, उसके शरीर पर राजकुमारों जैसा ही कोट था, लाल, गुलाब समान, जिसके कॉलर पर एक सफेद गुलाब टंका हुआ था। क्रीम रंग की पैंट, क्रीम रंग के पेरिस के बने जूते वह पहने हुए था जिनका सारे संसार में कोई मेल नहीं। उसकी पैंट के रंग से ही मेल खाती गर्दन की टाई थी जिस पर लहरदार पतली धारियों का रंग उसके कोट समान लाल था। ऐसे सुन्दर तथा 'मैचिंग' पहनावे में उस नवयुवक का व्यक्तित्व निखरकर और प्रभावशाली बन गया था। वन्दना के शरीर में भारतीय पिता का रक्त था। इतने सुन्दर भारतीय नवयुवक को देखकर उसकी इच्छा हुई कि वह तुरन्त उसके साथ नृत्य के लिए खड़ी हो। परन्तु उसके अन्दर एक भारतीय नारी की आत्मा के साथ लाज भी जीवित थी। वह तुरन्त नहीं उठ सकी, उसने अपनी मां की ओर देखा।

'गो अहेड माई डॉटर।' अंग्रेजी सभ्यता में रंगी वन्दना की अंग्रेज मां ने वन्दना को उत्साहित किया।

वन्दना उठी, बिल्कुल इस प्रकार मानो कली बहारों का हल्का-सा झोंका पाकर फूल बन जाना चाहती हो। खड़ी होने पर वन्दना का कद उस नवयुवक को शायद कुछ ऐसा ही लगा था। वन्दना ने बड़ी कोमलता के साथ अपने कंधे पर से 'केप' उतारकर कुर्सी पर टांगा। फिर नवयुवक के साथ वह नृत्य के लिए फर्श की ओर बढ़ गई। नवयुवक ने भी बड़ी कोमलता से अपने हाथों को आगे फैलाया तो फूलों से लदी टहनी के समान वन्दना नवयुवक की बांहों में चली गई। नवयुवक ने उसके मुखड़े के फूल को अपने कोट के कॉलर से लगा लिया। बांहों में लेकर वह उसे बहुत प्यार के साथ हल्के-हल्के 'फोक्स-ट्राट' करने लगा। नवयुवक की सांसों की गर्मी वन्दना को बहुत अच्छी लगी।

'क्या मैं आपका शुभ नाम जान सकता हूं?' कुछ देर उसी प्रकार नृत्य के बाद नवयुवक ने पूछा।

'वन्दना।' वन्दना ने छोटा-सा उत्तर दिया।

'मुझे रोहित कहते हैं।' नवयुवक ने अपना परिचय दिया।

'आप भारत से आए हैं?' वन्दना ने अपने स्वर में कंपन के साथ पूछा।

'जी नहीं। रोहित ने कहा, 'मैं तो लन्दन का ही निवासी हूं यहीं उत्पन्न हुआ, यहीं पढ़ा-लिखा तथा जवान हुआ हूं। हां, मेरे माता-पिता कभी अवश्य भारतवासी थे। परन्तु अब उन्होंने भी यहां की राष्ट्रीयता प्राप्त कर ली है।'

'परन्तु मैं तो भारत की उत्पत्ति हूं।' वन्दना ने कहा।

'अरे!' रोहित ने आश्चर्य प्रकट किया। बोला, 'देखने में तो आप बिल्कुल अंग्रेज लगती हैं। क्या आपके माता-पिता भारत के दौरे पर थे जब आप वहां उत्पन्न हुईं?'

'जी नहीं। मेरे पिताजी भारतीय थे। भारत में ही रहते थे वह-' वन्दना ने अपने विदेशी तथा सौतेले पिता की ओर इशारा करते हुए कहा, 'मेरी मम्मी के दूसरी पति हैं। यह मेरा दुर्भाग्य है कि मेरे उत्पन्न होने से पहले ही मेरे पिता इस संसार से चल बसे।' वन्दना गम्भीर हो गई।

'आई एम सॉरी।' रोहित ने खेद प्रकट किया। फिर नृत्य के मध्य उसने वन्दना को अपनी छाती के और भी करीब कर लिया। ऐसा न हो कि वन्दना ऐसे सुन्दर उत्सव में अपने पिता की याद द्वारा दुःखी हो जाए। वन्दना से उसे एक अलग सहानुभूति भी हो गई।

नृत्य के मध्य दोनों बहुत घुलमिल गए। बॉल-डांस अपरिचित लोगों में परिचय बढ़ाने का बहुत बड़ा कर्त्तव्य अदा करता है। शायद खाने के बाद टहलने का बहाना नृत्य द्वारा पूरा करके स्वास्थ्य बनाने का मकसद पूरा करने के साथ-साथ परिचय बढ़ाना भी बॉल-डांस का एक विशेष मकसद है।

ऑर्केस्ट्रा की मीठी धुन हॉल के वातावरण में तैर रही थी। रंगीन वस्त्रों में हसीन जोड़े एक-दूसरे की बांहों में बांहें डाले बहुत प्यार से नृत्य कर रहे थे। ऐसा लगता था मानो आकाश से अप्सराएं उतरकर धरती के युवकों के साथ नृत्य कर रही हों। पहले समान हॉल के अन्दर धीमे-धीमे रंगों का वातावरण फिर नीला हुआ - नीला - और नीला - और गहरा नीला। एक बार फिर नृत्य करते जोड़े छाया बन गए। एक ओर दीवार पर टंगी घड़ी की दोनों सुइयां अंक बारह की ओर बड़ी अधीरता के साथ बढ़ रही थीं। उत्सव रात की अंगड़ाई लिए अपने भरपूर यौवन पर था। रोहित ने वन्दना को अपनी छाती के बिल्कुल ही समीप कर लिया। वन्दना के दिल की धड़कनें ऑर्केस्ट्रा की धुन की गति के साथ बहुत तेज हो गईं। वन्दना ही क्या, रोहित तथा सभी जोड़ों के दिल की धड़कनें ऐसे रंगीन वातावरण में अपनी चरम सीमा पर पहुंच चुकी थीं। वन्दना की इच्छा हुई कि यह समय कभी समाप्त न हो। धुन इसी प्रकार बजती रहे। समय अपने स्थान पर ठहर जाए। परन्तु समय कभी अपने स्थान पर नहीं ठहरता। इस बात को ज्ञात करके वन्दना को अधिक देर नहीं लगी। घड़ी की दोनों सुइयां एक बनकर अंक बारह पर पहुंच चुकी थीं। दिन समाप्त हो चुका था जिसकी घोषणा ऑर्केस्ट्रा की तेज धुन तथा क्षण भर के उस घने अंधकार ने कर दी जिसे हॉल के अन्दर सारी ही बत्तियां बुझाकर प्रवेश करने का अवसर दे दिया गया था। इस क्षण भर के अंधकार में किस किस कली या फूल से कुछ कहा या चुम्बन लिया किसी को अपने अतिरिक्त दूसरे के विषय में कुछ पता नहीं चला। परन्तु वन्दना को अपने विषय में इतना अवश्य ज्ञात हो गया कि उसके भंवरे ने उससे कुछ न कहकर भी बहुत कुछ कह दिया था। उस क्षण भर के अंधकार में रोहित की बांहें केवल क्षण भर के लिए ही उसके शरीर पर सख्त होकर रह गई थीं। तभी ऑर्केस्ट्रा की धुन एक गूंज के साथ समाप्त हो

गई। इसके साथ ही हॉल नीअन लाईट्स से प्रकाशमान हो उठा। नृत्य करते जोड़े अचानक चौंककर एक-दूसरे से अलग हो गए। बड़े दिन का प्रारम्भ हो चुका था। लोगों ने दिल खोलकर जोर और शोर से ताली बजाते हुए इस शुभ दिन का स्वागत किया।

उसके बाद नृत्य के और भी अनेक दौर चले। वन्दना हर क्षण रोहित की बांहों में ही रही। दोनों एक-दूसरे के और भी समीप आ गए, इस प्रकार मानो वर्षों से एक-दूसरे को जानते हों। नृत्य रात के दो बजे तक चलता रहा परन्तु वन्दना के पग इतना समय होने के पश्चात् जरा भी नहीं थके। फिर जब नृत्य समाप्त हो गया तो वन्दना को रोहित ने उसकी मेज के समीप छोड़ा। वन्दना के लिए रोहित ने उसकी कुर्सी कुछ पीछे खींचकर मेज से अलग की। वन्दना ने कुर्सी पर रखा 'केप' उठाकर अपने शरीर पर डाला। फिर कुर्सी पर बैठ गई और मुस्कराती दृष्टि से रोहित को देखा।

'थैंक यू वेरी मच फॉर द कम्पनी।' रोहित ने उसी सभ्यता के साथ झुककर कहा जिस प्रकार उसने आकर उसे नृत्य के लिए पूछा था।

वन्दना कुछ कहना चाहकर भी कुछ नहीं कह सकी। शायद दिल में अचानक समाई मीठी धड़कन ने उसके अन्दर लाज भर दी थी। उसके स्थान पर उसकी मम्मी को रोहित से कहना पड़ा, 'यू आर वेल्कम माई बॉय।'

रोहित चला गया।

उस दिन के बाद वन्दना की रोहित से इसी होटल में इक्कीस दिसम्बर, अर्थात् नए वर्ष से एक रात पहले फिर मुलाकात हुई। वह रात भी जश्न की थी जो अपने यौवन पर आने की प्रतीक्षा कर रही थी ताकि नए वर्ष का शुभ दिन प्रारम्भ करे। उस दिन भी वन्दना हर क्षण रोहित की बांहों में रही। उस रात रोहित ने दूसरे ढंग का रंगीन वस्त्र पहन रखा था। परन्तु उसके कॉलर पर लगे गुलाब का रंग वही सफेद था जो इस बार उसकी सफेद रंग के फूल में रुचि का प्रमाण दे रहा था। यद्यपि आज के सूट में उसका वह व्यक्तित्व नहीं झलक रहा था जो एक सप्ताह पहले इसी होटल में चौबीस दिसम्बर की रात को लाल कोट तथा क्रीम रंग की पैंट के साथ लाल तथा पतली लहरदार टाई में झलका था फिर भी देखने में यह किसी भारतीय राजकुमार से कम नहीं था। वन्दना को उसकी संगति में प्यार का अगाह सागर प्राप्त हो गया था।

फिर मुलाकातें बढ़ीं, बढ़ती ही चली गईं, हर आने वाले दिनों में, कुछ इस प्रकार कि अब दोनों एक-दूसरे के बिना रह ही नहीं पाते थे। मुलाकातों के मध्य वन्दना को पता चला कि रोहित का इस संसार में कोई नहीं है। मां का निधन बहुत पहले हुआ था। पिता का निधन छह मास पहले ही हुआ था। कभी उसके पिता का अच्छा बड़ा कारोबार था। लन्दन में इमारतें बनाने वाली एक कम्पनी के वह छोटे-से भागीदार थे परन्तु आमदनी अच्छी थी। अपने बेटे रोहित को वह इंजीनियरिंग दिलाकर आर्किटेक्ट की स्पेशल ट्रेनिंग दिलाना चाहते थे, क्योंकि रोहित को बचपन से ही इसका बहुत शौक था। रोहित की शिक्षा पूरी होने के बाद वह लन्दन

की कम्पनी में अपना शेयर समाप्त करके स्वाधीन काँट्रैक्टर बनना चाहते थे। रोहित से उन्हें बहुत सारी आशाएं बंधी हुई थीं। रोहित ने अपनी शिक्षा के मध्य अपनी योग्यता का कमाल ऐसा दिखाया था कि उसके अंग्रेज शिक्षक भी दंग रह जाते थे। प्रायः इमारत के जिस नक्शे को वह एक बार देख लेता था उसे दोबारा देखने की आवश्यकता उसे कम ही पड़ती थी। आवश्यकता उस समय देखने की पड़ती थी जब उसके 'ट्रेसर्स' नक्शे की कापियां बनाकर अन्तिम मिलान के लिए उसके सामने रखते थे। रोहित की तेज बुद्धि में एक विशेष गुण था। वह गुण यह था कि किसी भी नक्शे को देखने के बाद नक्शे की कापी उसके दिल और दिमाग के कैनवास पर अंकित हो जाती थी। ऐसे लोग संसार में बहुत कम होते हैं। ऐसे बुद्धिमान लोगों को युद्ध में अच्छी पदवी के लिए विशेष प्राथमिकता दी जाती है। इन्हें शत्रु के या नष्ट करने वाले अड्डे का नक्शा अच्छी तरह दिखाकर उनकी बटालियन के साथ युद्ध में भेजा जाता है। रास्ते में यदि सतर्क शत्रु के अचानक हमले के कारण नक्शा नष्ट हो जाता है तो बटालियन का वह बुद्धिमान इंजीनियर अपनी स्मृति के सहारे अपनी बटालियन के बचे-खुचे फौजियों को शत्रु के अड्डे तक ले जाने में कामयाब हो जाता है क्योंकि नक्शा नष्ट होने के पश्चात् नक्शे की छाप उसके दिल और दिमाग पर उसी प्रकार बनी रहती है।

छह मास पहले पिता की मृत्यु हुई तो रोहित ने स्वयं को संसार में पहली बार बिल्कुल अकेला पाया। परन्तु फिर परिस्थितियों पर काबू पाकर उसने लन्दन की कम्पनी में अपने पिता का शेयर समाप्त कर लिया। जो धन मिला उसे बैंक में डाल दिया और अपनी शिक्षा जारी रखी। शिक्षा समाप्त करने के बाद वह अब भी अपने स्वर्गवासी पिता की इच्छा का आदर करते हुए एक स्वाधीन काँट्रैक्टर बनना चाहता था तथा इमारतों के नक्शे अपनी पसन्द से बनाना चाहता था। यह उसका एक बहुत बड़ा स्वप्न था जिसे वह अपनी तेज बुद्धि के कारण बहुत आसानी से पूरा कर सकता था। यही कारण था कि वह लंदन की बड़ी-बड़ी फर्मों में नौकरी का प्रस्ताव आकर्षक होते हुए भी सदा ठुकराता चला आया था।

वन्दना को पता चला कि रोहित अनाथ है तो उसे उससे सहानुभूति भी हो गई। उसकी योग्यता के विषय में जब उसे जानकारी प्राप्त हुई तो उसने अपने भाग्य को धन्य कहा। उसने ही नहीं उसकी अंग्रेज मां ने भी ईश्वर को धन्य कहा जिसने वन्दना के जीवन में प्रेम की डोर रोहित जैसे गुणी नवयुवक से बांध दी थी। रोहित को उसने मां का प्यार दिया। यूं भी रोहित के विषय में सब-कुछ जने बिना उसकी अन्तरात्मा रोहित को बेटी के लिए पहले ही पसन्द कर चुकी थी। वन्दना के सौतेले पिताजी भी वन्दना तथा अपनी पत्नी की प्रसन्नता में पूर्णतया सम्मिलित थे।

* * *

धूप और चढ़ गई। दुर्गापुर गांव में अपनी कोठी की ऊपरी मंजिल पर वन्दना को अच्छी धूप लग रही थी परन्तु उसका दिल बहुत उदास था। पिछली बातें याद करके जब उसका मन

और भी भारी हो गया तो उसने मंजिल से नीचे उतर जाना चाहा। अभी वह सीढ़ियों की ओर पलटी भी नहीं थी कि तभी उसने देखा एक नवयुवक बहुत ध्यान से उस ताड़ के तने की चोटी को देख रहा है जिससे वन्दना के बचपन की एक मासूम याद सम्बन्धित थी। युवक अपरिचित था। वह गांव में पहली बार दिखाई दे रहा था। लंदन से दस वर्ष बाद वहां लौटने पर गांव के सभी वासियों ने उससे मुलाकात भी की। भारत को स्वतन्त्र हुए एक युग बीत गया था फिर भी 'छोटी रानी-छोटी रानी' कहकर सभी ने उसका आदर किया था। उससे हार्दिक सहानुभूति प्रकट की थी। सहानुभूति दिखाने उसके यहां आने के अगले ही दिन से उससे उसके गम कम हो गए थे। गम? कैसा गम था उसको? उसने वहां क्या खो दिया था? अपने जीवन की सारी प्रसन्नताएं। लंदन से दस वर्ष बाद लौटी थी, अकेली नहीं, रोहित के साथ, अपने दादाजी के सैक्रेटरी का तार प्राप्त करके, क्योंकि उसकी दादी का निधन हो गया था। उधर उसके सौतेले पिताजी का स्वास्थ्य भी ठीक नहीं था इसलिए मां नहीं आ सकी थी। सौतेले पिता का स्वास्थ्य अचानक ही खराब हो जाने के कारण ही मां संसार की लंबी यात्रा पर भी नहीं निकल सकी थीं जिसका प्रबन्ध वह पहले ही पासपोर्ट तथा वीसा लेकर कर चुकी थीं। यात्रा के मध्य भिन्न-भिन्न देशों में ठहरने का समय सीमित था इसलिए वह इस सीमित समय का उपयोग अपने पति के स्वस्थ होते ही तुरन्त करने के पक्ष में थी। पता नहीं फिर संसार की ऐसी सुन्दर यात्रा का अवसर कब मिलता या कभी नहीं भी मिलता? इस संसार में कुछ ऐसे ऐतिहासिक देश हैं जहां यात्रा का नियम बदलते अधिक देर नहीं लगती। वन्दना की विदेशी मां भारत नहीं आई परन्तु उदार मन की होने के कारण वन्दना के कहने से उसने रोहित को उसके साथ जाने की आज्ञा दे दी थी। यूं भी वन्दना की मां को अपने भारतीय सास ससुर से कोई लगाव नहीं था जिनकी व्यक्तिगत शत्रुता के कारण उसने भारत आते ही अपना पहला पति खो दिया।'

दस वर्ष बाद वन्दना रोहित के साथ दुर्गापुर पहुंची थी तो शाम ढल चुकी थी। गहरा अन्धकार था। गहरी खामोशी थी। गांववासी बहुत संतोष की नींद सो रहे थे। वन्दना अपनी दादी की मृत्यु के दस दिन बाद ही दुर्गापुर पहुंची थी क्योंकि लंदन में अनथक प्रयत्न करने के पश्चात् पासपोर्ट या अन्य आवश्यक कागजात प्राप्त करने में इतना समय लग गया था। तब तक तो उसकी दादी की चिता की राख भी ठण्डी हो चुकी थी।

दुर्गापुर में आकर वन्दना जब अपनी कोठी में प्रविष्ट हुई तो उसके दादाजी बेहोश थे, जीवन से थके-हारे। कोठी का वही पुराना सैक्रेटरी था जो वर्षों से उसके दादाजी की सेवा बहुत वफादारी से कर रहा था। दादाजी की दिन-रात देखभाल के लिए सैक्रेटरी ने एक नर्स भी रखी थी जो नियमित समय से उन्हें दवा और इंजेक्शन देती रहती थी। परन्तु वन्दना के दादाजी को कोई भी लाभ अब तक नहीं हुआ था। बेहोशी में वह अपनी पत्नी के साथ बेटे का नाम भी ले रहे थे। बेहोशी में कभी-कभी दांत पीसकर वह शेर सिंह से भी बदले की भावना प्रगट कर रहे थे। शायद ऐसा इसलिए था क्योंकि उनकी पत्नी ने मरने से पहले स्वयं भी बेटे को बहुत याद

किया था जिसकी हत्या का सदमा उन्हें बहुत बड़ा पहुंचा था। बेटे की हत्या के बाद वह सदा अन्दर ही अन्दर घुटती रहती थीं। नर्स के साथ सैक्रेटरी भी कोठी के अलग कमरे में दिन-रात रहता था। कोठी में तो वह आरम्भ से ही रहता आया था परन्तु उसका परिवार शहर में उसके सास-ससुर के यहां था, जहां कभी-कभी वह अपने परिवार से मिलने चला जाता था क्योंकि उसके बच्चे शहर के ही स्कूल में पढ़ते थे। कोठी में खाना पकाने के लिए एक महाराजिन भी थी, जो सुबह आती थी और शाम को चली जाती थी।

वन्दना ने अपने दादाजी की दयनीय स्थिति देखी तो दिल फट गया। दादाजी की छाती से लिपटकर वह फूट-फूटकर रो पड़ी। उसने तय कर लिया कि वह अपने दादाजी को एक बड़े शहर के बड़े अस्पताल में ले जाकर उनका पूरा इलाज करवाएगी, रोहित से भी वन्दना के दादाजी की हालत देखी नहीं गई। उसने वन्दना के इरादों में पूरा साथ देना आवश्यक समझा। वन्दना के दिल की शांति में ही उसका अपना प्यार सुरक्षित था।

उसी रात जब वन्दना अपने दादा के कमरे में लेटी हुई थी तो एक युग के बाद डाकू शेरसिंह के आदमियों ने अचानक हमला किया। हमला करने का कारण था, शेर सिंह को अपने सूत्रों द्वारा पता चल गया था कि ठाकुर नरेन्द्र सिंह की खूबसूरत पोती अपने दादा से मिलने आई है। यही कारण था कि उसने उसका अपहरण करने के लिए अपने आदमियों को सुबह होने से पहले ही भेज दिया था। हमला अचानक था। इतने वर्षों बाद था। फिर भी गोलियों का धमाका सुनकर गिने-चुने साहसी युवक कोठी की ओर दौड़ पड़े थे। हमले का मुकाबला रोहित तथा नरेन्द्र सिंह के सैक्रेटरी ने भी बन्दूकों द्वारा किया, जिसमें निर्दोष नर्स भी अकारण ही मारी गई। नरेन्द्र सिंह के सैक्रेटरी को भी अपनी जान से हाथ धोना पड़ा। फिर भी अपहरण असफल रहा। डाकू भाग खड़े हुए तो रोहित ने उनका पीछा किया लेकिन बहुत दूर से। उस दिन के बाद से रोहित कभी नहीं जीवित लौटा।

आक्रमण के दो दिन बाद एक गली-सड़ी लाश समीप की नदी में पाई गई थी जिसका सिर काटकर धड़ से अलग कर दिया गया था। यदि उसके शरीर पर रोहित के कपड़े नहीं होते तो वन्दना भी उसे नहीं पहचान सकती थी। रोहित के लिए वन्दना ही सब कुछ थी और वन्दना के लिए रोहित। वन्दना को इस बात ने बहुत सहारा दिया कि रोहित के लिए आंसू बहानेवाला इस संसार में उसके अतिरिक्त कोई नहीं था। संसार में रोहित का और था भी कौन? वन्दना अपने दिल पर सब्र का मनोबोझ पत्थर रखकर चुप हो गई थी। उसे तसल्ली देने के लिए वहां केवल गांववासी ही रह गए थे, दादाजी तो अब अर्द्ध बेहोश थे। उन्हें तो यह भी पता नहीं था कि उनके सिर पर से कयामत का इतना बड़ा तूफान निकल गया है। यदि वन्दना के सामने शेर सिंह पड़ जाता तो वह अपनी जान की चिन्ता न करते हुए उसका मुंह नोच लेती। उसे पेड़ से बंधवाती और फिर अपने हाथों से उस पर पैट्रोल छिड़ककर आग लगा देती। कमबख्त के बाप ने उसके पिता को उसके उत्पन्न होने से पहले ही मृत्यु के घाट उतार दिया था। उसी के कारण

ही आज उसके दादाजी एक जीती-जागती लाश बने हुए थे। और अब उसके बेटे शेर सिंह के कारण उसके प्रेमी, उसके होने वाले मंगेतर को भी अपनी जान से हाथ धोना पड़ गया था। वन्दना के अन्दर शेर सिंह के प्रति इतनी अधिक घृणा भर गई थी कि वह उसे मरवाने के लिए अब अपने जीवन की हर बाजी लगाने को तैयार थी।

रोहित की लाश के अन्तिम संस्कार में गांव के सभी वासी सम्मिलित हुए थे।

कुछ दिनों के बाद शेर सिंह के आतंक से परेशान होकर सरकार ने दुर्गापुर में एक पुलिस चौकी का प्रबन्ध कर ही दिया परन्तु अब क्या होता है? सब कुछ तो उसका लुट गया। रोहित की हत्या के बाद वन्दना तुरन्त अपनी मां के पास चली जाना चाहती थी परन्तु बीमार दादाजी को छोड़ने का साहस नहीं हुआ। मां को भी उसने रोहित की हत्या के विषय में तुरन्त बताना उचित नहीं समझा था। मां उसे तुरन्त भारत छोड़कर आने की आज्ञा दे देती। अपने पति की हत्या के बाद अब वह अपनी एकमात्र बेटी के जीवन पर किस प्रकार भय मोल ले सकती थी? वन्दना अपने दादाजी को लेकर शहर के अस्पताल पहुंच गई थी। अस्पताल में दादाजी की स्थिति कुछ सुधरी तो उन्होंने इच्छा की कि वह अपनी अन्तिम सांसें उसी कोठी में तोड़ना चाहते हैं जहां उनके बेटे तथा पत्नी ने दम तोड़ा है, अपने खानदानी स्तर का ध्यान रखते हुए। परन्तु वन्दना की जिद के आगे उनकी एक भी नहीं चली। आखिर वह स्वस्थ हो ही गए। स्वस्थ होकर वह कोठी में आराम करने फिर चले गए ताकि कुछ दिनों बाद जब पासपोर्ट बन जाए तो वह अपनी पोती के साथ लंदन चले जाएं। वहां जाकर यदि इच्छा हुई तो वह अपने भारतीय परिचित लोगों द्वारा कोठी को बेच देंगे या फिर यहां वापस चले आएंगे। जीवन के अब दिन ही कितने शेष थे? इसके पश्चात् शेर सिंह से बदले की भावना अब भी ज्वाला समान उनके दिल के अन्दर भड़क रही थी।

रोहित की हत्या हुए आज दो मास से भी अधिक हो चले हैं। वन्दना को अपने दादाजी के लिए पासपोर्ट की प्रतीक्षा है परन्तु दादाजी की अस्वस्थता के कारण पासपोर्ट मिलने में विलम्ब हो रहा है। फिर भी पासपोर्ट तो मिल ही जाएगा। आखिर लोग अस्वस्थ होने के कारण इलाज कराने के लिए भी तो लंदन जाते हैं। ठाकुर नरेन्द्र सिंह की अस्वस्थ कमजोरी का यह हाल था कि अभी अपने शरीर का भार संभालकर चलना भी उनके लिए कठिन था। फिर भी कोठी के अन्दर वह दो चार पग चल ही लेते थे। आखिर एक स्थान पर बैठे-बैठे भी तो आदमी का मन उकता जाता है।

इस बीच वन्दना को अपनी विदेशी मां से केवल एक पत्र आया। उसका पति स्वस्थ हो चुका है और अब वह शीघ्र ही उसके साथ विदेश की एक लम्बी यात्रा पर जा रही है। वह एक प्रयोगात्मक जीवन पर विश्वास करती थी इसलिए उसने इतनी लम्बी यात्रा द्वारा समय नष्ट करके इतना धन खर्च करके भारत आने के बाद शोक में केवल दो शब्द कहना बिल्कुल मूर्खता समझा। रोहित की हत्या से अनभिज्ञ उसने नरेन्द्र सिंह की पत्नी की मृत्यु पर खेद प्रकट

करते हुए अपने पत्र में केवल दो पंक्तियों से ही काम चला लिया था। अपने पत्र का उत्तर देने के लिए भी उसने वन्दना को मना कर दिया था क्योंकि अपने पति की इच्छा पर वह किस देश में कितने समय तक रहेगी, पहले से स्वयं नहीं जानती थी। उसने लिखा था कि आवश्यकता पड़ने पर वह कभी-कभी उसे स्वयं पत्र डाल दिया करेगी। वन्दना के पक्ष में यह अच्छा ही सिद्ध हुआ। न वह अपनी मां को पत्र लिखेगी और न उसे रोहित की हत्या के विषय में कुछ बताने का अवसर ही मिलेगा।

* * *

धूप और चढ़ रही थी परन्तु वन्दना की दृष्टि उस नवयुवक पर आकृष्ट होकर ठहर गई थी जो गंजे ताड़ के समीप अब तक खड़ा जाने क्या सोच रहा था। अचानक वन्दना ने देखा कि वह नवयुवक उसकी कोठी की ओर बढ़ रहा है। वन्दना ने उसमें रुचि नहीं ली, फिर भी वह पलट कर उतरती सीढ़ियों की ओर नहीं गई। नवयुवक जैसे-जैसे कोठी के समीप आता गया, वन्दना को ऐसा लगा जैसे उसने उस नवयुवक को कभी देखा है। कब? कहां? वह याद नहीं कर सकी तो अपने मस्तिष्क पर जरा जोर देने लगी। फिर भी कुछ नहीं याद आया तो वह अपना मन झटक कर नीचे जाने के लिए सीढ़ियां उतरने लगी। वह बीच के कमरे में पहुंची तो दरवाजों के परदों के बीच उसने देखा कि वह नवयुवक कोठी के बरामदे की सीढ़ियां चढ़ रहा है। वन्दना तुरन्त बाहर निकल गई। नवयुवक उसके सामने पहुंचकर रुक गया। हट्टा-कट्टा नवयुवक, रंग सांवला था फिर भी उसके व्यक्तित्व में एक विचित्र ही आकर्षण था। काली घनी लटें, काली आंखें, घनी भवों के नीचे यह आंखें मुस्कराती चमक रखती थीं। उसके होंठों पर भी एक बहुत ही हल्की मुस्कान थी। इन गुणों के पश्चात् वन्दना को वह नवयुवक जरा भी अच्छा नहीं लगा बल्कि उसके होंठों पर अपने प्रति मुस्कान देखकर उसे सख्त क्रोध आ गया। उसने अपने मस्तक पर बल डालकर उस नवयुवक से सख्ती के साथ पूछा, 'किससे मिलना है?'

'आप जागीरदार साहब की पोती वन्दना ही हैं ना?' नवयुवक ने वन्दना के रुष्ट व्यवहार की चिंता न करते हुए उसी मुस्कान से पूछा।

'हां', वन्दना ने उत्तर दिया। पूछा, 'क्यों?'

'मैं---अमर हूं, अमर सिंह।' नवयुवक ने अपना परिचय दिया।

'अमर सिंह! कौन अमर सिंह?' वन्दना मानो उसे जानती ही नहीं थी।

'जी---' अमर ने कहा, 'मैं मोहन सिंह का लड़का हूं, वही मोहन सिंह जो आपके दादाजी के सेवक थे। मैं भी कभी इसी गांव में रहता था। माता-पिता की हत्या हो गई तो मैं इस संसार में अनाथ रह गया हूं। आपके लंदन जाने के बाद मैं बम्बई चला गया था। वहीं एक अंग्रेज शिकारी बाबू के यहां नौकरी मिल गई। अब शिकारी बाबू अपने देश वापस चले गए तो अपने माता-पिता की बदले की भावना मुझे अपने गांव वापस ले आई है। कल ही रात मैं गांव पहुंचा

26

हूं। गांव के चाचा के यहां ठहरा हूं। वहीं से आपके विषय में पता चला तो बहुत दुःख हुआ। सोचता हूं कि मेरे पिता आपके पिता के सेवक थे इसलिए अब क्यों न डाकू शेर सिंह तथा उसके आदमियों से मैं अपने साथ आपका बदला भी ले लूं।'

'तुम्हें ज्ञात नहीं कि शेर सिंह कितना भयानक आदमी है?' वन्दना ने अमर के व्यक्तित्व को परखते हुए कहा, 'जब पुलिस उसके अड्डे का पता नहीं चला सकी तो तुम क्या कर सकते हो?'

'जब तक यहां हूं इस गांव में कम-से-कम आपके पिता की सुरक्षा का भार तो संभाल ही सकता हूं।' अमर ने कहा।

'बहुत विश्वास है अपने ऊपर?' वन्दना ने व्यंग्यात्मक ढंग से पूछा, जैसे उसका मजाक बना रही हो।

'बहुत अधिक।' अमर ने पूरे विश्वास से मुस्कराकर कहा, 'चाहें तो आप मेरी योग्यता की परीक्षा ले सकती हैं।'

तभी अंदर से उन दोनों का स्वर सुनकर ठाकुर नरेन्द्र सिंह बरामदे में आ गए। उन्होंने अमर को बहुत ध्यान से देखा, अपनी बूढ़ी आंखों पर जोर डालते हुए, इस प्रकार, मानों पहचानने का प्रयत्न कर रहे हों। तभी अमर ने हाथ जोड़कर उन्हें नमस्ते किया और फिर अपना परिचय दे दिया। ठाकुर नरेन्द्र सिंह को अमर के पिता तुरन्त याद आ गए। उनके होंठों पर एक ठंडी आह चली आई। वह वहीं बरामदे में रखी एक कुर्सी पर बैठ गए। कमजोरी के कारण वह थोड़ी ही देर में खड़े-खड़े थक गए थे। उन्होंने अमर सिंह से उसका हाल-चाल पूछा। अमर ने उन्हें भी बताया कि वह यहां से जाने के बाद एक अंग्रेज शिकारी के यहां काम करता था। उनके साथ वह अधिकतर शिकार पर रहा करता था। साथ रहते-रहते वह भी बन्दूक और रिवॉल्वर का अचूक निशानेबाज बन गया है। उसने अपनी जेब से एक रिवॉल्वर निकाली। एक चमकती हुई विदेशी रिवॉल्वर - छोटी-सी, खिलौने समान, जिस पर ठाकुर नरेन्द्र सिंह की ही नहीं उनकी बेटी वन्दना की भी दृष्टि ठहर गई। उसने कहा, 'एक बार मैंने उस अंग्रेज शिकारी की जान डाकुओं से बचाई थी। इसीलिए उन शिकारी बाबू ने मुझसे खुश होकर यह रिवॉल्वर हमेशा के लिए मुझे ही दे दी है। उसने रिवॉल्वर अपने हाथों में खिलौने समान नचाई। फिर रिवॉल्वर नरेन्द्र सिंह की ओर बढ़ा दी।

नरेन्द्र सिंह ने रिवॉल्वर अपने हाथों में लिया। उनके निर्बल हाथों के लिए रिवॉल्वर भारी था। उन्होंने अपने कुर्ते की पॉकेट से अपना चश्मा निकाला। उसे आंखों पर लगाया। उलट-पुलट कर वह रिवॉल्वर को देखने लगे। रिवॉल्वर छोटी परन्तु असाधारण थी। रिवॉल्वर उन्हें बहुत पसन्द आई।

'दादाजी-' तभी वन्दना ने ठाकुर नरेन्द्र सिंह से कहा, 'इसे अपने ऊपर कुछ अधिक ही विश्वास का भ्रम है। यह शेर सिंह से बदला लेना चाहता है। बल्कि गांव में रहकर हमारी सुरक्षा का भार संभालना चाहता है। इसे समझाइए कि यह क्यों अपनी जान का दुश्मन बना हुआ है।'

'तुम्हारे माता-पिता ने हमारी जान की रक्षा करते हुए अपनी जान की बाजी लगा दी थी।' नरेन्द्र सिंह ने अमर को समझाया, 'अब तुम भी हमारी जान की रक्षा करते हुए अपनी जान गंवाओ, यह हम नहीं सहन कर सकेंगे। आखिर तुम क्यों हमारे जीवन की सुरक्षा करने के लिए इतने उत्सुक हो?' नरेन्द्र सिंह का स्वर कमजोरी के कारण कुछ कांप रहा था।

'मैं आपके जीवन की सुरक्षा ही नहीं करना चाहता बल्कि शेर सिंह से अपने माता-पिता के साथ आपका भी बदला लेना चाहता हूं।' अमर ने कहा।

'मेरा बदला?'

'जी हां।' अमर ने कहा, 'पिताजी ने अपने जीवनकाल में मुझसे एक बार कहा था कि बेटा यदि मैं जागीरदार साहब का बदला शेर सिंह से नहीं ले सकूंगा तो यह काम तुम अवश्य पूरा कर देना।'

ठाकुर नरेन्द्र सिंह की आंखों के सामने ही वह दृश्य नहीं आया बल्कि वन्दना के कानों में भी मोहन सिंह के वे शब्द गूंज गए जब उन्होंने कहा था, 'यदि आपको कुछ हो गया जागीरदार साहब तो विश्वास कीजिए आपका बदला, यदि भगवान ने चाहा, तो मैं लूंगा -मैं। यदि मैं भी किसी कारण आपका बदला लेने में असमर्थ रहा तो मेरा बेटा आपका बदला लेगा।' ठाकुर नरेन्द्र सिंह को अपने प्रिय सेवक, अपने मित्र की उन बातों का मूल्य आज पता चल रहा था। मोहन सिंह मर गया था परन्तु अपने वचन को निभाने में उसने कोई कमी नहीं छोड़ी थी। उन्होंने अमर को बहुत ध्यान से देखा। कुछ समझ में नहीं आया कि अपने स्वार्थ के लिए वह इस नवयुवक के जीवन को कैसे नर्क के रास्ते पर ढकेलें?

'एक दिन आपकी पोती ने मुझे ईमानदारी की शिक्षा दी थी।' अमर ने ठाकुर नरेन्द्र सिंह को असमंजस में देखा तो कहा, वन्दना को एक बार देखने के बाद, 'यह उसी शिक्षा का परिणाम है जिसने मुझमें तुरन्त एक नया व्यक्ति बनने की लगन उत्पन्न कर दी थी। यह उसी लगन का परिणाम है जो आज मैं अपने पिता की इच्छा का आदर तथा आज्ञा का पालन करने के लिए आपकी सेवा का सौभाग्य प्राप्त करना चाहता हूं।'

वन्दना की आंखों के सामने वह दृश्य घूम गया जब उसने अमर को ताड़ के नीचे छाता लगाकर बैठे हुए ताड़ी चुराकर पीते देखा था। परन्तु वह उस शरारत भरी घटना याद करके इस गम्भीर अवसर पर मुस्करा नहीं सकी। आगे चलकर न सही, परन्तु अपने दादाजी के पासपोर्ट बनने तक तो उसे निश्चय ही इस कोठी के लिए एक व्यक्तिगत रक्षक की सख्त आवश्यकता थी। ऐसा ही नरेन्द्र सिंह ने भी सोचा। उन्हें अपने से अधिक अपनी बेटी के जीवन की चिंता थी। शेर सिंह के आक्रमण करने पर पता नहीं पुलिस कोठी कब तक पहुंचे?

'जब तक तुम हमारी रक्षा करोगे तब तक हम अच्छे-से-अच्छा मूल्य वेतन के रूप में चुकाते रहेंगे।' वन्दना ने कहा, 'परन्तु जिस दिन तुम शेर सिंह से बदला लेने में सफल हो गए, जिस दिन तुम उसे जीवित या मुर्दा गिरफ्तार करने में सफल हो गए तो हम तुम्हें तुम्हारी

मुंहमांगी कीमत भी अदा कर देंगे। परन्तु---' वन्दना ने कुछ सोचकर पूछा, 'इसका क्या सबूत है कि तुम हमारी सुरक्षा करने में वाकई सफल हो जाओगे?'

'इस बात का अनुमान आप मेरा कमाल देखकर लगा सकती हैं।' अमर ने नरेन्द्र सिंह के हाथ में अपनी रिवॉल्वर देखते हुए कहा।

नरेन्द्र सिंह ने उसे रिवॉल्वर वापस कर दिया। अमर को मानो अपना कमाल दिखाने के लिए चुनौती मिल चुकी थी। उसने रिवॉल्वर को एक बार खिलौने के समान नचाया। फिर उसे अपनी जेब में रखकर कोठी के उजड़े लॉन में उतर गया। वह थोड़ा आगे बढ़ा तो उसका कमाल देखने के लिए वन्दना बरामदे के किनारे पर आकर खड़ी हो गई। नरेन्द्र सिंह वहीं बैठे-बैठे ही कमाल देखने के लिए उत्सुक हो गए।

अमर ने लॉन में खड़े होने के बाद अचानक एक बड़ी चुस्ती दिखाई। उसने अपने बाएं हाथ द्वारा पैंट की बायीं जेब से लोहे का एक सिक्का निकाला और हवा में उछाल दिया, फिर उसी क्षण एक झटके से कमर को बल देकर उसने दाहिने हाथ द्वारा अपनी बायीं पॉकेट से रिवॉल्वर निकाली। इसी तेजी तथा फुर्ती के साथ उसने हवा में उछले सिक्के पर अपनी रिवॉल्वर द्वारा एक गोली चला दी। धमाका हुआ और धमाके के साथ गोली सिक्के पर लगी। ठन! सिक्का ऊपर को उछला। अमर ने सिक्के पर गोली फिर चलाई। निशाना अचूक था। ठन के साथ सिक्का फिर उछला। अमर ने एक और गोली चला दी। इस बार सिक्का आड़ा होकर उछला। वह जमीन पर गिर जाना चाहता था कि अमर ने सिक्के पर एक गोली और दाग दी। सिक्का दूर जाकर गिर पड़ा। अमर ने रिवॉल्वर की नली अपने होंठों द्वारा फूंकी। फिर उसे अपनी पैंट की पॉकेट में रखा। उसके बाद उसने लपककर सिक्का उठा लिया। सिक्का एक ओर से टेढ़ा होकर फट गया था। सिक्का लिए अमर नरेन्द्र सिंह के पास आया। वन्दना तथा नरेन्द्र सिंह उसे बड़े आश्चर्य के साथ फटी-फटी दृष्टि से देख रहे थे। अमर ने सिक्का नरेन्द्र सिंह के हाथ में थमा दिया। नरेन्द्र सिंह ने सिक्के को बहुत ध्यान से देखा। यदि उन्होंने वास्तव में ऐसा निशाना अपनी आंखों से नहीं देखा होता तो कभी ऐसे निशानेबाज के होने के विषय में वह सोच भी नहीं सकते थे। ऐसे निशानेबाज की गिनती तो केवल अमेरिका के 'काऊ बॉयज' में 19वीं सदी में हुआ करती थी। जाने किस दबाव के अन्तर्गत ठाकुर नरेन्द्र सिंह को विश्वास हो गया कि यह नवयुवक बहुत काम का है। शायद यह उनकी अन्तरात्मा थी जिसने उन्हें विश्वास दिला दिया कि अमर उनके खानदान का बदला शेर सिंह से लेने में सफल हो जाएगा। उनके दिल के अंदर शेर सिंह से बदला लेने की ऐसी आग भड़क रही थी कि जिसे बुझाने के लिए वह किसी पर भी विश्वास करने को तैयार हो सकते थे। उस बाप के दिल के अन्दर कोई झांककर देखे कि उस पर क्या बीतती है जिसने अपना हंसता-खेलता एकमात्र तथा निर्दोष बेटा केवल हत्या के कारण खो दिया है। उन्होंने आशाओं की एक किरण देखकर गहरी सांस ली। फिर बोले, 'निश्चय ही तुम्हारे अन्दर ऐसा अचूक निशानेबाज देखकर मेरे अन्दर शेर सिंह

से बदले की भावना एक बार फिर जागृत हो उठी है। मुझे निस्संकोच तुम पर विश्वास करना भी चाहिए। परन्तु इसके लिए तुमको चौबीसों घंटे मेरी कोठी में ही रहना पड़ेगा। तुम्हें इस कोठी के अन्दर मेरे सैक्रेटरी वाला कमरा दे दिया जाएगा।'

अमर के लिए इससे बढ़कर और क्या बात हो सकती थी। उसने जो इच्छा नहीं की थी वह भी बिना मांगे पूरी हो गई। वन्दना को देखने के बाद तो उसमें वन्दना का व्यक्तिगत रक्षक ही बनने की इच्छा हुई थी। वन्दना के पास दिन-रात कोठी में रहने का उसे अवसर मिला तो उसने स्वयं को धन्य कहा।

'बेटी-' नरेन्द्र सिंह ने वन्दना को देखा। अमर के दिल में उमड़ती इच्छाओं से अनभिज्ञ उन्होंने वन्दना से कहा, 'ऐसा करो, अब तुम अकेली ही लंदन चली जाओ। यहां रहकर मैं अब एक बार और अपने दिल के अन्दर बदले की भभकती ज्वाला को ठंडा करने का प्रयत्न करना चाहता हूं। मरने से पहले मेरी यह इच्छा पूरी हो जाएगी तो मैं बहुत शांति के साथ दम तोड़ सकूंगा।'

अमर अचानक उदास हो गया, वन्दना के लिए ही तो वह इस कोठी में रहकर नरेन्द्र सिंह तथा वन्दना के जीवन का रक्षक बनने का इच्छुक हुआ था। बदला लेने के लिए तो वह शेर सिंह के जंगल में भी चक्कर लगाकर अपना समय काट सकता था। अब वह इस विषय में नरेन्द्र सिंह से क्या कहे?

'आप लंदन नहीं चलेंगे तो भला मैं कैसे जा सकती हूं?' वन्दना ने कहा, 'आपकी देखभाल करने के लिए मेरा आपके पास रहना अत्यन्त आवश्यक है। चलिए मैं भी रुक जाती हूं। जाने की बात हम तब सोचेंगे जब आपका पासपोर्ट बनकर आ जाएगा। तब तक आप और स्वस्थ हो जाएंगे।'

वन्दना की बात सुनकर अमर के दिल में मुरझाता फूल एक बार फिर आशाओं की किरण देखकर मुस्करा दिया। कैसी आशाएं थीं इस किरण के पीछे? दिल के अन्दर यह कैसा फूल था जो वन्दना से बिछड़ने का आभास करके मुरझा चला था और न बिछड़ने के एहसास से मुस्करा रहा था?

तभी वहां रिवॉल्वर के धमाके सुनकर गांववाले आ गए। पुलिसवाले भी लपक आए थे। ऐसा तो नहीं कि डाकुओं ने नरेन्द्र सिंह की कोठी पर फिर आक्रमण कर दिया है? गांववालों को पुलिसवालों का बहुत सहारा था। उनके सहारे ही वे डाकुओं को मुकाबला करने को चले आए थे। पुलिसवालों के हाथों में बन्दूक थीं तो गांववालों के हाथों में लाठी। नरेन्द्र सिंह ने पुलिस की जांचपर इंस्पेक्टर को अमर के कमाल के निशाने के विषय में बताकर अपना लंदन न जाने का इरादा बताया तो सब सन्तुष्ट होकर चले गए। नरेन्द्र सिंह को ही नहीं गांववालों को भी शेर सिंह जैसे लुटेरे से बचने के लिए अमर सिंह जैसे नवयुवक की सख्त आवश्यकता थी।

* * *

30

अमर को कोठी में रहते हुए कुछेक दिन बीत गए। इन दिनों उसने अपने निशाने का अभ्यास खूब जारी रखा। नरेन्द्र सिंह ने उसे रिवॉल्वर रखने की एक पेटी भी दे दी थी। पेटी को कमर पर बांधकर इसमें दो रिवॉल्वर रखी जा सकती थीं। उन्होंने अमर को अपनी भी एक रिवॉल्वर अपने साथ इस पेटी में रखने के लिए दे दी। दोनों ही रिवॉल्वर का उपयोग अलग-अलग दोनों हाथों से एक साथ करने में अमर को कोई कठिनाई नहीं हुई। उसका निशाना सदा अचूक रहा।

नरेन्द्र सिंह ने अमर को एक बड़ी बन्दूक भी दे दी थी जिसे अपने साथ अमर सिंह पलंग पर रखकर ही खटके की नींद सोया करता था। रात के समय हल्का-सा खटका होते ही वह बन्दूक लिए कोठी के चारों ओर चक्कर लगा लेता था। बन्दूक हाथ में होती और रिवॉल्वर कूल्हे पर पेटी के अन्दर। नरेन्द्र सिंह तथा वन्दना शयन-कक्ष का द्वार चारों ओर अन्दर से अच्छी तरह बन्द करके ही सोते थे। चौकी के पुलिसवाले रात के समय कोठी के चारों ओर विशेष चक्कर लगाते थे।

अमर को नरेन्द्र सिंह से अधिक अब वन्दना की चिन्ता लगी रहती थी। रात के समय जब वह पलंग पर लेटता तो केवल वन्दना के लिए ही सोचता रहता। वन्दना के मुखड़े पर सदा छाई रहनेवाली गंभीरता तथा उदासीनता उसके दिल में उतर गई थी। वह सोचता कि बचपन में वन्दना कितनी भोली-भाली थी - बिल्कुल एक गुड़िया समान। उसके एक ही बार कह देने से उसका अपना जीवन कितनी आसानी के साथ बदल गया था। तब शायद अनजाने तौर पर ही उसका दिल वन्दना की इच्छा पूरी करने को उतावला हो गया था परन्तु अब जब वह वन्दना के इतना समीप रहने लगा तो उसके दिल में वन्दना के प्रति सहानुभूति ही नहीं, प्यार का बीज फूट पड़ना स्वाभाविक था। परन्तु वह अपनी औकात का ध्यान रखते हुए सदा चुप ही रहा। वन्दना को अपने रोहित से प्यार था इसलिए अमर भी अपने प्यार से खामोश प्यार करता हुआ संतुष्ट हो गया। यही कारण था कि वन्दना के मुखड़े पर फूल जैसी मुस्कान लाने के लिए वह कुछ भी करने को तैयार था। शेर सिंह से आमने-सामने टक्कर लेने के लिए उसकी बांहें सदा ही फड़कती रहती थीं। वन्दना को वह देखता तो चोर दृष्टि से, वन्दना की दृष्टि बचाकर। फिर भी जाने कैसे, शायद मनोवैज्ञानिक तौर पर या अपनी अन्तरात्मा द्वारा, जब वन्दना महसूस करती कि कोई उसे छिपकर देख रहा है तो वह पलट पड़ती थी, तब अमर तुरन्त दूसरी ओर दृष्टि फेरकर ऐसा प्रगट करता मानो उसके मन में वन्दना के प्रति कुछ नहीं है। वन्दना तब भी अमर पर सन्देह करने लगती कि अमर के दिल में उसके जीवन की रक्षा करने की इच्छा होने के साथ कुछ और भावना का लक्ष्य भी है। परन्तु यह सन्देह उसका अपना सन्देह था जिसे प्रकट करके या अमर से इस विषय में कुछ पूछ के वह उसकी दृष्टि में शक्की बनने का साहस नहीं कर पाती थी। क्या विदेश में, जीवन व्यतीत करने के बाद भी ऐसे सन्देह का शिकार होना उस पर शोभा दे सकता था जिसके विषय में वह कुछ भी तो नहीं जानती थी? आखिर अमर एक नवयुवक ही तो है। यदि उसे देख रहा था तो क्या हुआ? जाने उसके दिल में उसके प्रति कुछ है भी या नहीं? यदि वन्दना को अमर की नीयत पर किसी भी प्रकार का सन्देह हो वह

निश्चय ही उसे निकाल बाहर करती और फिर पासपोर्ट मिलते ही अपने दादा नरेन्द्र सिंह को लंदन ले जाने पर विवश कर देती। यद्यपि उसके दादा को अमर पर बहुत विश्वास था, उन्हें अमर से बहुत सारी आशाएं बंध गई थीं। परन्तु रोहित के प्रति अपना प्यार दिल में कम न करते हुए वह अमर के समीप एक क्षण भी रहना नहीं पसन्द करती। अमर पर किसी प्रकार का सन्देह न करने का एक मनोवैज्ञानिक कारण यह भी था कि उसके दादाजी ने अपने जीवन में असीमित गम उठाए थे, निर्दोष होते हुए अगणित अत्याचार सहे थे। आखिर क्यों नहीं उन्हें अपने दिल की भड़कती आग को ठंडा करने का अधिकार मिलना चाहिए। वन्दना स्वयं भी तो अपने पिता तथा अपने रोहित के जीवन के बदले की आग में सुलग रही थी। शेर सिंह से बदला लेने को वह कुछ भी करने को तैयार थी। परन्तु अपने प्यार तथा अपने सम्मान की सुरक्षा की सीमा के अन्दर। अमर ने अपना कमाल दिखाकर वन्दना को दिल-ही-दिल में अनजाने तौर पर विश्वास दिला दिया था कि वह शेर सिंह तथा उसके आदमियों से बदला लेने का गुण रखता है। मन-ही-मन वह उसकी सराहना भी करती थी, परन्तु यह सराहना केवल सराहना ही थी। अमर के लिए और किसी प्रकार का स्थान उसके दिल में नहीं था। स्थान था तो केवल अपने रोहित के लिए, अटूट प्यार का स्थान, अमिट प्यार का स्थान।

अमर सिंह की बहादुरी तथा गुणों की सूचना शेर सिंह को पहुंच गई। परन्तु उसने अमर सिंह की जरा भी परवाह नहीं की। बल्कि उसे खुशी प्राप्त हुई कि अब ठाकुर नरेन्द्र सिंह की सुन्दर पोती ने लंदन जाने के विचार में ढील दी है। यदि नरेन्द्र सिंह नहीं गया तो निश्चय ही उसकी देखभाल के लिए अब उसकी पोती भी नरेन्द्र सिंह के जीते जी लंदन नहीं जाएगी। उसने तय किया कि जब तक वह नरेन्द्र सिंह की पोती का अपहरण करके अपनी वासना की भूख नहीं मिटा लेगा तथा इसके साथ ही नरेन्द्र सिंह को तमाम समाज में अपमानित नहीं कर देगा तब तक नरेन्द्र सिंह की हत्या नहीं करेगा। परन्तु समस्या यह थी कि अब वन्दना का अपहरण किया कैसे जाए, क्योंकि गांव में एक पुलिस चौकी का प्रबंध सरकार कर चुकी थी। पुलिसवालों के रहते हुए गांव पर आक्रमण करना आसान नहीं था। परन्तु शीघ्र शेर सिंह की इस समस्या को स्वयं ही हल होते अधिक देर नहीं लगी। जब एक दिन शहर में देश के प्रधानमंत्री का आना हो गया तब उनकी सुरक्षा के लिए शहर तथा आसपास और दूरदराज के गांव के पुलिसवालों को ड्यूटी अदा करने के लिए शहर के उस स्थान पर जाना पड़ गया जहां प्रधानमंत्री को अपना भाषण देना था। दुर्गापुर की पुलिस चौकी पर इस विशेष दिन केवल दो ही पुलिसवाले रह गए जिसका पता जब शेर सिंह को हुआ तो उसने इसे सुनहरा अवसर समझकर पूरा लाभ उठा लेना आवश्यक समझा।

* * *

मंगल का दिन था। शाम के साढ़े चार, पांच बजे होंगे। वन्दना गांव के मन्दिर से प्रसाद लेकर लौट रही थी। मन्दिर जाते समय उसके पीछे-पीछे अमर भी गया था परन्तु मंगल होने के कारण मन्दिर में गांववासियों की इतनी भीड़ थी कि अमर को भगवान का दर्शन प्राप्त करने

32

तथा प्रसाद लेने में कुछ देर हो गई। मंगल को भगवान के दर्शन प्राप्त करना आवश्यक था क्योंकि यह उसका एक धर्म था। इसीलिए उसे मन्दिर में कुछ क्षणों के लिए रुक जाना पड़ गया।

वन्दना जिस समय कोठी लौट रही थी उसे पूरा विश्वास था कि उसके पीछे-पीछे कुछ दूर पर अमर भी आ रहा है। चलते-चलते जब वह पुलिस चौकी से कुछ दूर गांव के एक निराले स्थान पर पहुंची तो अचानक घोड़ों की टाप सुनकर चौंक गई। वह गर्दन घुमाती हुई पलटी तभी कांपकर उसके शरीर के रोम-रोम खड़े हो गए। उसकी ओर गर्दन उठाते हुए पांच घुड़सवार बहुत तेजी के साथ बढ़ रहे थे। रंग रूप से ही घुड़सवार डाकुओं समान थे। दांत निकाल हंसकर वे अपनी जीत का प्रदर्शन कर रहे थे। वन्दना के हाथों से प्रसाद छूटकर नीचे गिर पड़ा। उसे तुरन्त अमर की आवश्यकता महसूस हुई। वहां से वह भाग निकली। ऐसा न हो कि वह डाकुओं की पकड़ में आ जाए। परन्तु तभी एक घुड़सवार डाकू ने उसे सामने से रोकते हुए तथा सावधान करते हुए एक हवाई गोली चला दी। डाकू ने उसे ही नहीं अन्य आने-जाने वाले गांववासियों को भी सावधान कर दिया कि कोई उनके काम में बाधा न डाले वरना उसे मौत के घाट उतरते एक क्षण भी नहीं लगेगा। गांववालों के कदम जहां-तहां कांपकर रुक गए, धरती से चिपक गए। वंदना भी कांपकर घुड़सवार डाकू के सामने रुक गई। उसका रक्त शरीर के अन्दर जमने लगा। यदि उसकी मौत सामने मंडराती तो वह आंखें बन्द करके स्वयं को मौत के आगे समर्पित कर देती परन्तु वह जानती थी कि यह डाकू उसका अपहरण करने आए हैं। उसकी हत्या करनी होती तो आते ही उस पर गोली चलाकर मार दिया होता। उसने इधर-उधर देखा ताकि भाग निकलने का अब भी कोई रास्ता मिल जाए।

सहस एक सिपाही अपना कर्त्तव्य निभाता हुआ अपनी बन्दूक लिए तुरन्त आ पहुंचा, उसने एक डाकू पर गोली चला दी। डाकू कंधे से घायल हो गया। सिपाही का साहस देखकर डाकुओं का रक्त उबल गया। एक डाकू ने सिपाही की छाती पर अपनी बन्दूक द्वारा एक अचूक निशाना बनाया और गोली दाग दी। सिपाही तड़पकर वहीं गिर गया। बन्दूक उसके हाथ से छूटकर दूर जा गिरी। गांववाले तथा वन्दना सन्न रह गए। एक डाकू घायल सिपाही के पास आया। वह अपने घोड़े से उतरा। घोड़े की जीन पर टंगी उसने एक रस्सी निकाली। रस्सी का एक फन्दा बनाकर उसने घायल सिपाही के दोनों पैरों को मिलाकर बांधा। फिर उसने घायल सिपाही की बन्दूक उठाई। रस्सी का दूसरा कोना लिए वह अपने घोड़े पर सवार हुआ। तभी दूसरे सिपाही ने चौकी से निकलना चाहा परन्तु डाकुओं का अत्याचार देखकर वह आगे बढ़ने का साहस नहीं कर सका। जिस डाकू ने अधमरे सिपाही को अपनी रस्सी द्वारा बांधा था, उसने अपने घोड़े को ऐड़ लगाई। घोड़ा तेजी के साथ आगे बढ़ा। इसके साथ ही रस्सी से बंधा अधमरा सिपाही घोड़े के साथ खिंचकर जमीन पर रगड़ खाने लगा। वह घुड़सवार डाकू सिपाही को खींचते हुए तथा उसका शरीर जमीन पर रगड़ते हुए वहीं आसपास तेजी से चक्कर

लगाने लगा। गांववासियों ने यह अत्याचार देखा तो उनके शरीर के रोंगटे खड़े हो गए। स्त्रियों और पुरुषों ने अपनी-अपनी सन्तानों को छाती से लगा लिया। वन्दना भी ऐसे अत्याचार को सहन नहीं कर सकी। उसने अपनी आंखें बन्द कर लेना चाहा। दिल की धड़कन इस समय केवल अमर को ही पुकार रही थी। शायद इसीलिए अमर उसके दिल की आवाज गोली के एक धमाके के रूप में वहां आ गया। गोली चली थी परन्तु डाकुओं पर नहीं, घोड़े से बंधी उस रस्सी पर जिसके दूसरे किनारे पर बंधा सिपाही जमीन से निरन्तर रगड़ खाते हुए रक्त में नहाने के बाद अब किसी भी समय अपना दम तोड़ने ही वाला था। रस्सी कट गई तो सिपाही ने रस्सी के बंधन से मुक्त होने के बाद अपना दम तोड़ दिया। रस्सी वाला घुड़सवार डाकू चौंककर रुक गया। अन्य डाकुओं ने अमर का साहस देखा तो अपनी गोली द्वारा उसे भी निशाना बनाकर सिपाही जैसी सजा देना चाही परन्तु अमर उनकी समझ से आगे था - फुर्तीला अलग। वह पहले ही खतरे के लिए तैयार था। उसने तुरन्त झुकते हुए दो गोली अपनी अलग-अलग रिवॉल्वर द्वारा दोनों हाथों से एक साथ चलाकर दो डाकुओं के हाथों को घायल कर दिया और उनकी बन्दूकें नीचे गिरा दीं। इसके साथ ही वह तुरन्त जमीन पर लेट गया और बिजली के समान करवटें लेकर आगे बढ़ते हुए दो गोलियां दोनों हाथों से एक साथ फिर चलाईं। पांचवीं गोली द्वारा उसने पांचवें डाकू को भी घायल करके जमीन पर ढेर कर दिया। चार डाकू जमीन पर लाश बनकर तड़प रहे थे परन्तु पांचवां डाकू हाथ से बन्दूक छूटने के पश्चात् घायल होकर अपने घोड़े पर सवार था। उसे सख्त क्रोध आया कि गांव के एक छोकरे ने पांच बहादुर डाकुओं को अपनी बहादुरी का शिकार इतनी आसानी से बना लिया। ऐसा तो वह कभी स्वप्न में भी नहीं सोच सकता था। अमर अभी पूर्णतया खड़ा भी नहीं हुआ था कि उस घुड़सवार डाकू ने वन्दना को ले भागना चाहा। घोड़े को ऐड़ लगाकर वह वन्दना की ओर लपका। वन्दना अमर की ओर भाग खड़ी हुई। अमर के खड़े होते-होते वन्दना उसकी छाती से लिपट गई। डाकू ने अपना घोड़ा अमर पर चढ़ा देना चाहा परन्तु अमर के दोनों हाथों में अब भी रिवॉल्वर थीं। उसने वन्दना को अपनी छाती में समाने के पश्चात् एक गोली डाकू की छाती तथा दूसरी गोली दूसरे हाथ द्वारा घोड़े के मस्तक पर मार दी। घोड़ा अमर तथा वन्दना के शरीर पर चढ़ते-चढ़ते नहीं उनके समीप ही गिरकर ढेर हो गया। डाकू भी मर चुका था। एक सन्नाटा-सा छा गया। वन्दना अब भी अमर की छाती से बुरी तरह लिपटी हुई थी, उसकी बांहें अमर की गर्दन का हार बनी सख्त थीं। उसकी सांसें तेज-तेज चल रही थीं। दिल की धड़कन बहुत तेज होकर मानो अमर की छाती में समा जाना चाहती थी। वन्दना की आंखें बन्द थीं। शरीर अब तक हल्के-हल्के कांप रहा था।

अमर का मन हुआ वन्दना इसी प्रकार उसकी छाती से लगी रहें उसकी बांहें उसके गले का हार संदा इसी प्रकार बनी रहें। परन्तु तभी घोड़े की टाप सुनकर वह चौंक गया, उसने देखा कि एक डाकू घायल होने के पश्चात् घोड़े पर सवार होकर भाग रहा है। अमर का मन हुआ कि

वह डाकू का पीछा करे परन्तु वन्दना की बांहें उसके गले का हार ही नहीं बनी थीं बल्कि वन्दना के सारे शरीर का स्पर्श उसके कदमों की बेड़ियां बन गई थीं। मन करता था कि समय अपने स्थान पर ठहर जाए। वन्दना उससे कभी अलग न हो। यह क्षण कभी न बदले। परन्तु गांववालों का शोर सुनकर वन्दना को समझते देर नहीं लगी कि भय निकल चुका है। उसने अपनी आंखें खोलकर देखा। गांववाले घायल दो डाकुओं पर काबू पा चुके थे। दो मौत के घाट भी उतर चुके थे। उसने अपनी स्थिति का अहसास किया। उसे लाज-सी आई। वह तुरन्त अमर से अलग हो गई। उसका अहसान चुकाने के लिए वह अमर से नजर भी नहीं मिला सकी तो वह अपनी कोठी की ओर चल पड़ी। अमर ने अपनी दोनों रिवॉल्वरों का निरीक्षण किया। उनमें खाली जगहों पर गोलियां भरीं। फिर रिवॉल्वरों को पेटी में रखकर वह वन्दना के पीछे-पीछे चल पड़ा। आज उसे सन्तोष था, खुशी थी तथा गर्व भी था कि वह अपनी परीक्षा में खरा उतरते हुए वन्दना के काम आ गया। वन्दना के ही क्यों, उसकी रक्षा करके वह ठाकुर नरेन्द्र सिंह की लाज बचाने के भी काम आ गया था।

वन्दना का विश्वास अब अमर पर और दृढ़ हो गया। दिल की धड़कनों ने मानो चुपचाप उसे बता दिया कि अमर से अच्छा रक्षक उसे जीवन भर नहीं मिल सकता। अमर जब उसके पीछे-पीछे कोठी पहुंचा तो वन्दना ने उससे आज की कृपा के लिए कृतज्ञ होकर दो शब्द कहना भी चाहा, चाहा कि उसके कमाल की भी वह प्रशंसा करे, परन्तु जब अमर उसकी दृष्टि के सामने पड़ा तो वह कुछ भी नहीं कह सकी। बल्कि उसकी ओर न देखते हुए उसने अपनी पलकें भी नीचे झुका लीं। इस खामोशी के पीछे क्या मतलब था? वन्दना न जान सकी न उसने जानने का प्रयत्न ही किया। बल्कि उसने सोचा, काश आज रोहित जीवित होता तथा अमर द्वारा वह अपनी वन्दना की जान तथा लाज इस कमाल के साथ बचता देखता तो निश्चय ही अमर को गले से लगाकर सारी जिन्दगी वह अमर के एहसान से दब जाता।

अमर ने ठाकुर नरेन्द्र सिंह के पास तुरन्त जाकर इस विषय में बताने की कोई आवश्यकता नहीं महसूस की थी। उसके लिए मानो ऐसे डाकुओं को अकेले पराजित करना एक साधारण-सी बात थी। इसके अतिरिक्त अपने मुंह से सब कुछ नरेन्द्र सिंह को बताकर वह मियां मिट्ठू बनने के पक्ष में नहीं था। वह कोठी की सबसे ऊपरी मंजिल पर चला गया। वहां से वह गांव का वह तमाशा देखने लगा जो गांववासी घायल डाकुओं को पकड़कर कर रहे थे। डाकुओं के घायल होने के पश्चात् गांववासी उन्हें हाथ-पैर से रस्सी द्वारा बांधकर गधे पर उल्टा बिठाए मैदान के चक्कर लगा रहे थे। डाकुओं के मुंह पर उन्होंने कालिख पोत दी थी।

ठाकुर नरेन्द्र सिंह को वन्दना स्वयं ही आज की घटना बताने के लिए उनके कमरे में पहुंची तो ठाकुर साहब बहुत बेचैन थे। एकाएक अनेक गोलियों के धमाके उनके कानों तक भी आए थे जिन्हें सुनकर वह वन्दना के लिए चिंतित हो उठे थे। यद्यपि अमर के आ जाने से पिछले दिनों उनके स्वास्थ्य में काफी निखार आया था फिर भी आयु अधिक होने के कारण

वह इतनी दूर पैदल चलकर घटनास्थल पर तुरन्त नहीं पहुंच सकते थे। अपनी भारी बन्दूक उठाकर चलने योग्य तो वह जरा भी नहीं थे। फिर भी धमाके का स्वर सुनकर वह अनेक बार कोठी के बरामदे तक आए थे। और जब हांफ गए थे तो भगवान से वन्दना की सलामती की कामना करते हुए अन्दर पलंग पर जाकर लेट गए थे। इसके अतिरिक्त अमर वन्दना के साथ गया हुआ था इसलिए उन्हें बहुत सहारा मिल रहा था। ऐसी स्थिति में वह सब्र करने तथा स्वयं को सन्तोष देने के अलावा कर भी क्या सकते थे?

वन्दना जब उनके कमरे में पहुंची तो उसे देखकर उनके दिल को बड़ा सन्तोष मिला। वह तुरन्त उठकर बैठ गए। वन्दना ने उन्हें तुरन्त बता दिया कि अभी-अभी गांव में क्या घटना घटी है। उसने जब अपने दादाजी को विस्तारपूर्वक बताया कि अमर ने अकेले शेर सिंह के भयानक डाकुओं का मुकाबला करते हुए किस साहस तथा किस कमाल के साथ उसकी जान बचाई है तो उनका दिल अमर के पिता मोहन सिंह की दोस्ती पर कृतज्ञ होकर झुक गया। अमर को भी उन्होंने दिल की गहराई से आशीर्वाद दिया। अमर एक रक्षक के रूप में उनके लिए अवतार बन गया। उनके विश्वास की पुष्टि हो गई कि इस अवतार के रहते हुए उनका अब कोई कुछ भी नहीं बिगाड़ सकता। अमर अब शेर सिंह का मुकाबला ही नहीं करेगा बल्कि उनके एकमात्र बेटे की मृत्यु का बदला भी लेने में सफल होगा। वह अपने माता-पिता की हत्या का बदला लेकर भी उनकी आत्मा को शांति का साधन पहुंचाएगा। बदले की पूर्ति होने के बाद गांव के उन सभी पुरुषों की आत्मा को शांति प्राप्त हो जाएगी जिन्होंने डाकू शमशेर सिंह तथा उसके बेटे शेरसिंह के आदमियों से अपनी बहन बेटियों की लाज बचाने में जान गंवा दी थी।

वन्दना के होंठों द्वारा अमर की प्रशंसा भरी सच्चाई सुनकर ठाकुर नरेन्द्र सिंह अमर से मिलने के लिए अधीर हो उठे। वन्दना द्वारा ही उन्होंने अमर को अपने पास बुलवाया। अमर आया तो उन्होंने उठकर उसे तुरन्त अपने गले से लगा लिया। प्रसन्नता के इस जोश ने उनके अन्दर दोगुनी ताकत भर दी थी। कमजोरी मानो एक ही झटके में उनसे दूर भाग गई थी। प्रसन्नता का प्रभाव मानव के स्वास्थ्य पर कभी-कभी दवा से भी अधिक अच्छा पड़ता है। उन्होंने अमर से कहा, 'शाबाश बेटा, शाबाश। आज तुमने अपने बहादुर पिता की लाज रख ली। काश वह आज का तमाशा देखने के लिए जीवित होते तो कितना अच्छा होता! ईश्वर सदा तुम्हारे साथ रहे। तुम्हें अत्याचार तथा अन्याय के विरुद्ध मुकाबला करने की शक्ति वह सदा इसी प्रकार प्रदान करता रहे।'

अमर ने वन्दना को नरेन्द्र सिंह के कन्धे पर पलकें उठाकर देखा। वह उसी को देख रही थी। उसकी बड़ी-बड़ी पलकों में तिरछी दृष्टि थी। अमर की दृष्टि मिलते ही उसने अपनी पलकें दूसरी ओर फेर लीं। दिल के अन्दर वह अवश्य अमर की कृतज्ञ थी, परन्तु उसका मुखड़ा गम्भीर था। होंठों पर एक हल्की-सी मुस्कान भी नहीं कांपी। शायद इसलिए कि उसकी सारी मुस्कान रोहित के लिए सुरक्षित थी, रोहित के लिए ही उत्पन्न हुई थी तथा उसी के लिए मर भी गई थी, रोहित की हत्या के साथ ही।

उस रात वन्दना जब अपने दादा के कमरे में पलंग पर निद्रा के लिए लेटी तो बहुत देर तक वह केवल अमर के ही विषय में सोचती रही। अमर के असाधारण गुण तथा उसके साहस ने अमर का व्यक्तित्व उसकी दृष्टि में बढ़ाकर उसे पहले से भी कहीं अधिक प्रभावित कर दिया था। परन्तु प्रभावित होने का यह अर्थ नहीं था कि उसके दिल में अमर के प्रति प्यार की कोई चिंगारी उत्पन्न हो गई हो। रोहित से उसका प्यार अटल था। मन-ही-मन वह तय किए बैठी थी कि वह रोहित की याद छाती में लिए सारा जीवन व्यतीत कर देगी। यह उसके दिल की भावना थी या वह जबरदस्ती स्वयं को ऐसा विश्वास दिला रही थी, वह नहीं जान सकी। वह मानो अपने दिल की इच्छा के विरुद्ध अज्ञात तौर पर ऐसा सोच रही थी क्योंकि रोहित उसका एकमात्र प्यार था। अब तक तो ऐसी ही बात थी। कल क्या होगा उसने सोचने की चिन्ता ही नहीं की।

अपने कमरे में पलंग पर लेटा अमर भी करवटें बदलते हुए वन्दना के विचारों में ही तल्लीन था। वन्दना का स्पर्श अब भी उसकी बांहों को गर्म किए हुए था। छाती में अब भी वन्दना के दिल की तेज धड़कनें समाई हुई थीं। वह सोच रहा था, क्या यह सम्भव है कि वन्दना भी इस समय उसी के विषय में सोच रही हो? शायद हां। शायद नहीं। बल्कि बिल्कुल भी नहीं वह उसके बारे में क्यों सोचेगी। वह तो अपने प्रेमी के विचारों में तल्लीन होगी। उसी का बदला लेने के लिए तो वन्दना लन्दन वापस नहीं गई और उसके आगे हर प्रकार की शर्त स्वीकार करने का वचन देते हुए उसने उसे अपना रक्षक स्वीकार किया है। वन्दना को तो उसी समय शान्ति मिलेगी जब वह शेर सिंह से उसके रोहित का बदला ले लेगा। तभी वन्दना उसकी मुंहमांगी कीमत चुकाने को तैयार हो जाएगी। मुंहमांगी कीमत प्यार के रूप में अदा कर सकेगी? प्यार? क्या प्यार का भी कोई सौदा होता है? शायद प्यार का सौदा होते-होते भी प्यार अपनी कीमत भूलकर वास्तविक प्यार में परिवर्तित हो जाता है।

अमर इन्हीं विचारों में तल्लीन था। फिर भी उसे सन्तोष था कि उसका खामोश प्यार आखिर आज रंग लेकर ही रहा। डाकू आ गए और वन्दना उसकी छाती से लिपट गई। काश, इस प्रकार डाकू रोज आया करें और वन्दना हर दिन बल्कि हर क्षण उसकी छाती में समाई रहे तथा बांहों के मध्य लिपटी रहे तो कितना अच्छा हो।

अगले दिन नदी किनारे उस डाकू की सर कटी हुई लाश पाई गई जो किसी तरह गांव से निकल भागने में सफल हो गया था। शेर सिंह कभी अपने आदमियों की असफलता स्वीकार नहीं करता था। क्षमा भी नहीं करता था बल्कि दंड में मृत्यु देना एक साधारण-सी बात समझता था। शेर सिंह के आदमियों को आज्ञा थी कि उसका जो भी व्यक्ति असफल लौटे उसे अड्डे में प्रवेश करने से पहले ही मृत्यु के घाट उतार दिया जाए। हां, इस विशेष असफलता ने उसे क्षण भर के लिए चिंतित अवश्य बना दिया। ऐसा कौन व्यक्ति ठाकुर नरेन्द्र सिंह ने पाल लिया है जिसने उसके खतरनाक डाकुओं को अकेले परास्त कर दिया? उसने जल्दबाजी से काम न

लेकर दूरदर्शिता से काम लिया जैसा कि उसका स्वभाव था। वन्दना का अपहरण करने के लिए उसने कुछ दिन सब्र कर लेना बुद्धिमानी समझी।

पुलिसवालों ने हाथ लगे घायल डाकुओं पर सख्ती करके, मार करके, परेशान करके, किसी भी तरह शेर सिंह के अड्डे का पता चलाना चाहा परन्तु सफल न हो सके क्योंकि डाकुओं को स्वयं अड्डे का पता नहीं था। पुलिस उनकी सहायता के जरिए सुरंग के अन्दर सिर्फ वहीं तक पहुंच सकी जहां से उनकी आंखों पर पट्टियां बांधकर डाकुओं के आदमी उन्हें शेर सिंह के अड्डे तक ले जाते थे। पुलिसवालों के साथ् अमर भी गया था परन्तु उसे हैरानी थी कि सुरंग के अन्दर डाकू किस तरह और कहां चले जाते हैं क्योंकि बिल्कुल सीधे जाने पर लगभग सभी सुरंगें आपस में गुत्थमगुत्था होकर नदी-किनारे निकलती थीं। फिर भी अमर ने शेर सिंह के अड्डे का पता लगाने की अवश्य ठान रखी थी। आखिर कभी तो ऐसा मौका जरूर हाथ आएगा जब वह शेर सिंह को जिन्दा या मुर्दा गिरफ्तार करने में अवश्य सफल होगा। यह मानो उसके जीवन का एकमात्र लक्ष्य बन गया था, शायद इसलिए ताकि वह वन्दना की इच्छा के विरुद्ध वन्दना के दिल में प्यार का अधिक न सही थोड़ा-सा ही स्थान प्राप्त कर सके। यह थोड़ा-सा स्थान आगे चलकर उसके दिल में सदा के लिए एक बड़ा स्थान उत्पन्न कर लेगा, ऐसी आशा उसने की, क्योंकि वन्दना ने उसकी छाती से लगकर उसके दिल में दबी प्यार की चिंगारी को भड़का कर शोला बना दिया था। यह शोला कब बुझकर ठंडा होगा, होगा भी या नहीं, उसने इसकी चिन्ता नहीं की।

कुछ एक दिन और बीत गए। गांव में शांति छाई रही। एक सिपाही की मृत्यु के कारण चौकी में पुलिसवाले और अधिक तैनात कर दिए गए थे। परन्तु गांव की शांति में ठाकुर नरेन्द्र सिंह बिल्कुल सम्मिलित नहीं थे। उन्होंने सोचा अब जबकि गांव की पुलिस चौकी में इतने अधिक पुलिस के आदमी तैनात हैं तथा उनके खुद के पास भी अपना एक गुणी तथा साहसी रक्षक उपस्थित है तो शेर सिंह के आदमियों को आसानी से गांव में आने का साहस भला कैसे होगा? इस स्थिति में वह अपना बदला भी शेर सिंह से किस प्रकार ले सकेंगे?

वन्दना अब जब भी अमर को देखती तो उसके शरीर में एक झुरझुरी-सी आ जाती। वह सोचती, क्यों उस दिन अमर की छाती से बुरी तरह लिपट गई थी? रात में जब भी वह अपने पलंग पर होती तो अमर की छाती से लिपटने का दृश्य उसकी आंखों के सामने घंटों छाया रहता। रोहित को याद करने के पश्चात् वह अमर के साथ उसकी बांहों में समा जाने का दृश्य नहीं भूल पाती थी। ऐसा लगता था मानो उसकी इच्छा के विरुद्ध अमर उसके मस्तिष्क की खिड़की खोलकर उसके दिल के अन्दर झांक लेता है। तब वह अपनी आंखों को सख्ती के साथ बन्द कर लेती। अमर तब भी उसके दिल और दिमाग से नहीं उतरता। आखिर ऐसा क्यों हो रहा था? क्यों? वह स्वयं नहीं समझ पाती। क्या यह उसके एक नए प्यार का प्रारम्भ तो नहीं है? क्या अपने प्रेमी की हत्या के बाद उसे एक नया जीवन आरम्भ करने का अधिकार पहुंच

सकता है? क्या वह कभी रोहित को, रोहित का प्यार अपने दिल से निकालने में सफल हो सकेगी? नहीं। कभी नहीं। रोहित जीवित नहीं रहा तो क्या हुआ परन्तु उसका प्यार उसके दिल में सदैव जीवित रहेगा। वह रोहित को, उसके प्यार को कभी धोखा नहीं देगी। नारी का पहला प्यार ही अंतिम प्यार होता है। वह नारी ही क्या जो पहला प्यार भुलाकर दूसरा प्यार कर बैठे? वन्दना ऐसी बातें सोचकर अपने दिल को तसल्ली देना चाहती थी। कोई सीमा तक वह ऐसा करने में सफल भी थी। परन्तु अमर का विचार उसके मस्तिष्क का पीछा नहीं छोड़ रहा था। इसके पीछे क्या भेद था वह स्वयं नहीं समझ पाती थी।

और एक रात नींद में वन्दना के आगे मानो वह भेद स्वयं ही खुल गया। यह एक सपना था जो वह देखना चाहती थी अपने रोहित के लिए, परन्तु अमर ने सपने में भी उसके मस्तिष्क की खिड़की खोलकर अपने लिए स्थान बना लिया। सपनों पर किसका अधिकार रहा है? उसने सपने में देखा कि एक बार फिर शेर सिंह के डाकुओं ने उसका अपहरण करने का प्रयत्न किया है। उसकी सुरक्षा करते हुए अमर बुरी तरह घायल हो गया, परन्तु फिर भी उसने अपहरण करते डाकुओं का अपने घोड़े द्वारा पीछा करना नहीं छोड़ा ओर अंत में उसे बचाने में सफल हो ही गया। उसे कोठी लाते समय अमर पर गश छा रहा था। कोठी के मुख्य द्वार में जैसे ही उसने प्रवेश किया, वह घोड़े पर से नीचे गिरकर बेहोश हो गया। वन्दना तुरन्त घोड़े पर से नीचे उतरती हुई चीख पड़ी। ठाकुर नरेन्द्र सिंह तथा गांव के अन्य वासियों के साथ पुलिस भी वहां पहले से ही उपस्थित थी। वन्दना चीखकर अमर से लिपट गई। फूट-फूट कर वह रो पड़ी। चीखकर ही उसने कहा, 'नहीं---नहीं-' वह और तेजी के साथ चीखी। तड़पकर वह बोली, 'मैं तुम्हें इस प्रकार हरगिज नहीं जाने दूंगी। तुम मुझे इस प्रकार छोड़कर नहीं जा सकते, तुमने मेरी सुरक्षा की है, मेरी जान, मेरी लाज बचाई है---तुम्हें मेरी, मेरे खानदान की लाज बचाने तथा सुरक्षा करने की कीमत लेनी ही पड़ेगी। बोलो-' वन्दना ने अमर की घायल तथा रक्त से डूबी छाती को उसके कपड़े से पकड़कर बुरी तरह तड़पकर झिंझोड़ दिया। दर्द में डूबी चीख के साथ उसने अपनी बात जारी रखी, 'बोलो, तुम्हें अपनी कीमत में क्या चाहिए? बोलो। वन्दना अमर की छाती को पूरी ताकत से झिंझोड़ती हुई और भी तेजी के साथ चीख पड़ी। उसकी दर्द भरी चीख सुनकर समीप खड़े लोगों का दिल फट गया।

और तभी अमर की दम तोड़ती सांसें मानो क्षण-भर के लिए वापस आ गई। उसने पूरी ताकत से अपने मस्तक पर बल डाला। आंखें भींचीं। उसके होंठों की हल्की-सी जुम्बिश हुई परन्तु होंठ कुछ कहने को खुल न सके। उसने अपना हाथ वन्दना की ओर बढ़ा दिया। उसकी हथेली रक्त से रंगी हुई थी, फिर भी वन्दना को ज्ञात हो गया कि अमर ने उससे उसकी सुरक्षा की कीमत में क्या मांगा है। वन्दना ने सब कुछ भूलकर उसकी हथेली में अपना हाथ रख दिया। दोनों हाथों से उसकी रक्त भरी हथेली को उसने अपने गालों पर रख लिया। तभी अमर की बांह ढीली होकर झूम गई। वन्दना अमर की छाती पर सिर रखकर फूटती हुई रो पड़ी।

अचानक जाने कैसे, शायद सपने में गर्म की अधिकता के कारण, शायद सपने में तड़प की अधिकता के कारण वन्दना की आंखें खुल गईं तो वह चौंक गई। उसकी आंखें आंसुओं से तर थीं। गाल भी आंसुओं से भीगे हुए थे। कानों के गड्ढों में आंसुओं की बूंदें एकत्र थीं। होंठों पर सिसकियां अब भी कांप रही थीं। वह तुरन्त घुटनों को ऊपर समेटती हुई उठ बैठी। कानों के गड्ढों में एकत्र आंसू धार बनकर गर्दन के दोनों ओर बहने लगे। उसने वास्तविकता का आभास किया परन्तु सपना मानो दिल पर एक छाप बन चुका था। अपने हाथों को उसने घुटनों के चारों ओर समेटा। फिर घुटनों के मध्य मुखड़ा छिपाकर वह फूट-फूट कर रो पड़ी। उफ़! या भगवान! यह क्या हो गया? क्या उसके सपने में कोई वास्तविकता तो नहीं छिपी है? दिल और दिमाग की वास्तविकता? प्यार तो वह रोहित को करती है - केवल अपने रोहित को, फिर सपने में अमर के लिए क्यों तड़प उठी? क्यों उसकी छाती पर सिर रखकर सिसक पड़ी? प्यार के रूप एक नहीं अनेक होते हैं। फिर यह उसके प्यार का कैसा रूप था? वन्दना उसी प्रकार अपनी बांहों के बीच मुखड़ा छिपाए तथा घुटनों में मुखड़ा धंसाए बहुत देर तक चुपके-चुपके आंसू बहाती रही, सिसकती रही। यह आंसू किसके लिए थे? कौन इन्हें पोंछने वाला था? रोहित? वह तो अब इस संसार में रहा ही नहीं। अमर? उसे स्वयं नहीं मालूम।

अचानक वन्दना के कानों में पक्षियों की चूं-चूं सुनाई पड़ी। उसने सिर उठाकर रोशनदान की ओर देखा। सुबह की पौ फट चुकी थी। दूधिया वातावरण झलक रहा था। उसने गर्दन घुमा कर दूसरे पलंग की ओर देखा। उसके दादा बूढ़ी नींद सो रहे थे। वन्दना ने अपनी अंगुलियों द्वारा अपनी भीगी पलकें पोंछीं। हथेली द्वारा गालों को भी पोंछा। गर्दन पोंछी। फिर पलंग से पैर लटकाने के बाद वह अपनी मखमली चप्पल पहनती हुई उठ खड़ी हुई।

दो

सुबह का समय था। सूर्योदय अब तक नहीं हुआ था परन्तु उसकी सफेदी दूर-दूर तक छिटकी हुई थी। अमर कोठी के उजड़े लॉन में एक किनारे खड़ा, उन सूखे पौधों को देख रहा था जो शायद वर्षों से फल और पत्तियों को तरस रहे थे। उन्हें देखते हुए वह सोच रहा था, क्या इन पौधों में कभी फूल नहीं खिलेंगे? इनका जीवन उसे बिल्कुल वन्दना जैसा ही दिखाई दिया। जब से वह इस कोठी में आया है, आज तक उसने वन्दना को कभी भी मुस्कराते नहीं देखा। क्या वह शबनम बनकर इन पौधों में नाममात्र भी ताजगी की मुस्कान नहीं उत्पन्न कर सकेगा? आखिर उसका अपना जीवन भी तो एक प्यासी शबनम है जो फूल की मुस्कराती पंखुड़ियों पर गिरने को तरस रही है। माता-पिता की हत्या के बाद वह स्वयं भी तो कहां-कहां भटकता रहा, तड़पता रहा ओर रोता रहा, एक अनाथ और मासूम बालक के समान।

अचानक अपने पीछे, कोठी के बरामदे में एक आहट सुनकर वह चौंक गया। उसने पलटकर देखा, वन्दना अपने रेशमी गाउन में खम्भे के सहारे खड़ी उसी को देख रही थी। ऐसा

लगता था मानो वह अभी-अभी एकांत में रोकर उठी हो। पलकों में हल्का गीलापन था। दृष्टि बिल्कुल गंभीर थी। अमर ने वन्दना को देखा, फिर भी वन्दना ने उसके ऊपर से दृष्टि नहीं हटाई। वन्दना की खुली रेशमी लटें हवा के बहाव पर कंधे से उड़ती हुई उसके मुखड़े पर बिखर जाती थीं। ऐसा लगता था मानो सुबह के फीके और उदास चन्द्रमा पर बदली की परतें चली आई हों, ऐसी परतें जो सुबह के दूधियापन के प्रतिबिम्ब में सुनहरी हो उठती हैं, बिल्कुल वन्दना की लटों के समान। अमर ने वन्दना को पहली बार इतनी सुबह उठते देखा था। वह वन्दना के समीप बरामदे के नीचे आकर खड़ा हो गया।

'आप।' अमर ने गंभीरतापूर्वक आश्चर्य से पूछा।

'हां।' वन्दना ने गम्भीरता के साथ कहा।

'इतनी सुबह!' अमर ने फिर आश्चर्य प्रकट किया।

'हां।' वन्दना ने खोए-से अंदाज में कहा। 'जाने क्यों इतनी देर में सोने के पश्चात् आज सुबह इतनी जल्दी आंखें खुल गईं। कुछ देर तक पलंग पर यूं ही पड़ी रही। फिर मन नहीं माना तो कमरे से बाहर निकल आई।' वन्दना ने पहली बार अमर की बातों में रुचि प्रकट की।

'मैं जानता हूं आपको देर में क्यों नींद आई होगी।' अमर ने कहा।

वन्दना ने एक क्षण सोचा। फिर बरामदे के किनारे उसी स्थान पर पैर लटकाकर नीचे बैठ गई। अपनी उड़ती लटों पपर हाथ फेरते हुए उसने पूछा, 'क्यों देर में नींद आई मुझे? क्या जानते हो इस विषय में?'

'आपको नींद इसलिए नहीं आई क्योंकि---क्योंकि-' अमर सकुचाया।

हां-हां, कहो। वन्दना ने उसे उत्साह दिया।

'क्योंकि आपको अपने प्रेमी रोहित जी की याद बहुत सता रही होगी।' अमर ने कह ही दिया।

वन्दना पल भर के लिए सन्न रह गई। उसका मुखड़ा खिलते-खिलते और गम्भीर हो गया था। अमर की बात उसे अच्छी नहीं लगी। काश, अमर की बात सत्य होती। काश, वह रोहित के विचारों में तल्लीन होकर करवटें बदलती रहती। काश, उसने अमर के स्थान पर रोहित का ही सपना देखा होता तो कितना अच्छा होता। वन्दना के दिल को अमर की बात सुनकर चोट भी पहुंची। अमन ने मानो अपनी बात अनजाने में कहकर उसके विवेक को जगाना चाहा था। वन्दना ने सोचा, क्या उसने अनजाने में अमर का सपना देखकर पाप किया है? इस सपने ने उसके दिल पर जो छाप छोड़ी है उसमें उसके दिल का क्या दोष है? दिल पर आज तक किसका जोर रहा है? अब तक वह जिस प्रकार घुट-घुट कर जी रही थी उससे क्या यह सिद्ध नहीं होता कि वह अपनी जवानी, अपनी सुन्दरता से अन्याय कर रहा है? जीवन की यह लम्बी डगर आखिर कब तक एक पहिए के सहारे चलेगी। कभी-न-कभी तो उसे विवाह करना ही पड़ेगा। भारत में या विदेश में। आखिर वह कोई विधवा तो है नहीं जो पति के वियोग में अपना

सारा जीवन अकेले ही बिता दे। जबकि भारत में भी जाने कितनी विधवाएं हैं जिन्हें परिस्थिति से मुकाबला करने के लिए दूसरा विवाह करना ही पड़ता है। फिर वह तो एक विदेशी मां की बेटी है। विदेशी वातावरण में रंगी हुई है। वन्दना इन्हीं विचारों में तल्लीन हो गई। अपने मन की संतुष्टि के लिए मानव क्या नहीं सोचता?

अमर ने वन्दना को इतनी देर तक खामोश देखा तो चुप न रह सका। उसने सोचा, उसने व्यर्थ ही रोहित का विषय उठा दिया। वन्दना इसी कारण उदास तथा खोई-सी है। उसने पूछा, 'मेरी बातों से आपके दिल को ठेस पहुंची है?'

'ऊं?' वन्दना मानो सपने से जागी।

'यदि मैंने आपके दिल को ठेस पहुंचाई है तो मैं इसके लिए आपसे क्षमा मांगता हूं।' अमर ने वन्दना के दिल में उठती मौजों की आवाज से बेखबर होकर कहा।

'नहीं-नहीं-' वन्दना ने तुरन्त कहा, 'ऐसी बात बिल्कुल भी नहीं है। दरअसल - दरअसल मैं कुछ और ही सोच रही थी।' अमर का दिल रखने के लिए वन्दना हल्के से मुस्करा दी।

अमर के प्रति वन्दना की यह पहली मुस्कान थी। उसे ऐसा लगा मानो उसके जीवन की प्यासी शबनम किसी सूखे पौधे पर गिर पड़ी है। शबनम की इस बूंद ने मानो सूखे पौधे में एक कली के खिलने की आशा प्रदान कर दी थी।

सूर्य की किरणें मुस्कराकर जीवन की नई सुबह का पैगाम देने लगीं तो वन्दना का सफेद मुखड़ा फीके चन्द्रमा से बदलकर सूर्य की नई किरणों के समान दमक उठा। हवा का एक हल्का-सा झोंका आया तो इसकी खुली तथा बिखरी लटों ने शरारत से और बिखराकर उसके कपोलों के साथ उसके होंठों का भी चुम्बन ले लिया। वंदना अपनी लटें उंगलियों द्वारा संवार कर पीछे करती हुई वहीं नीचे उठ खड़ी हुई। उसने हवा के बहाव पर अपने गालों का तकिया बनाया। फिर बोली, 'लगभग दस बजे हम शहर चलेंगे। तुम तैयार रहना।'

'जी?' अमर को विश्वास नहीं हुआ। वन्दना इतनी जल्दी उससे घुल-मिल जाएगी। वह कभी सोच भी नहीं सकता था।

'यदि बंदूक और रिवॉल्वर की गोलियों का स्टॉक कुछ अधिक रहे तो क्या बुराई है?' वन्दना ने कहा।

'ओह।' अमर ने सोचा। फिर बोला, 'परन्तु हम यहां ठाकुर साहब को अकेले कैसे छोड़ सकतें हैं?'

'दादाजी की चिन्ता मत करो।' वन्दना ने कहा, 'कुछ ही समय की तो बात है। हम जाते समय चौकी के पुलिस अफसर से विशेष पक्ष मांग लेंगे कि दादाजी का पूरा ध्यान रखा जाए। यूं भी एक सिपाही की हत्या होने के बाद अब चौकी में पुलिस वालों की गिनती पहले से कहीं अधिक बढ़ा दी गई है।-

अमर खामोश हो गया।

वन्दना उसकी बात की प्रतीक्षा किए बिना बरामदे की सीढ़ियां चढ़कर कोठी के द्वार की ओर बढ़ गई।

* * *

दुर्गापुर गांव से दूर, चट्टानों की ओर खुली सड़क पर एक छत से खुली कार बहुत तेजी के साथ जा रही थी। कार वन्दना चला रही थी। अमर उसके बगल में समीप ही बैठा हुआ था। बहुत खामोश था वह। वन्दना भी बहुत खामोशी में जैसे एक जबान थी जिसे दोनों ही समझ रहे थे। अमर इस खामोश जबान को समझने के पश्चात् कुछ पूछने का साहस न कर पा रहा था। ऐसा न हो कि उसका अनुमान गलत निकल जाए। कनखियों द्वारा वह चुप-चुप वंदना को देख लेता था, जिसने इस समय आसमानी रंग की रेशमी साड़ी पहन रखी थी। आसमानी रंग की साड़ी में उसका मुखड़ा बिल्कुल उदय होते सूर्य के समान था। कार चलाते समय उसकी साड़ी का आंचल कभी-कभी हवा के झोंके का बहाना लेकर उसकी छाती से सरक जाता था। तब वह बहुत लापरवाही से इसे एक हाथ द्वारा छाती पर डालने के बाद गर्दन से लपेट लेती थी। लटें बिखरतीं तो इन्हें भी वह एक हाथ द्वारा संवार कर पीछे कर लेती थी। वन्दना की यह निश्चिंत ड्राइविंग की अदा अमर के दिल में उतर गई और आखिर एक समय ऐसा आया जब उससे और अधिक खामोश रहते नहीं बना। जब एक हसीन हमसफर हो तो बातें करने का मन खुद ही करने लगता है। उसने अपना गला खंखारकर साफ किया। कुछ सकुचाया। फिर बोला, 'वन्दना जी, शायद हम - शहर जाने के लिए निकले थे।' उसने मानो वन्दना को याद दिलाया।

'हां।' वन्दना ने उसकी ओर देखे बिना एक हल्के मोड़ पर गाड़ी चढ़ाई।

'लेकिन---शहर तो बहुत पीछे छूट चुका है।' अमर ने उसे रास्ता बताना चाहा।

'इस समय ड्राइविंग का मूड आ गया है।' वन्दना ने उसकी ओर फिर नहीं देखा। बात उसने जारी रखी। बोली, 'विदेश से आने के बाद कभी ड्राइविंग का यहां अवसर ही नहीं मिला।'

'----------' अमर खामोश रहा।

'विदेशों में कार चलाने का आनन्द ही कुछ और है।' वन्दना ने ड्राइविंग का आनन्द उठाते हुए कहा, 'लंदन को छोड़कर लगभग सभी विदेशों में बाएं के बजाए दाहिने से चलना पड़ता है। 'हाईवेज' पर आने-जाने के लिए अलग-अलग रास्ते हैं, चाहे वह चट्टानों के बीच काटी सुरंगें हों या खुली सड़क। सड़कों पर तीन 'ट्रैक्स' बने हुए हैं। हर 'ट्रैक्स' पर कम-से-कम अगल-अलग कार चलाने की गति अस्सी, सौ तथा एक सौ बीस किलोमीटर होना आवश्यक है। जब मैं मां के साथ एक बार विदेश यात्रा पर निकली थी तो मैंने सुरंगों की गिनती गिनी। मुझे केवल तिरसठ सुरंगों के अन्दर से जाने का अवसर मिला। सबसे छोटी सुरंग एक अकेली चट्टान के अन्दर से निकली थी। चट्टान के ऊपर केवल एक ही बंगला था।' वन्दना ने एक मोड़

43

पर फिर अपनी कार घुमाई। उसने बात जारी रखते हुए अपना अनुभव प्रकट किया। बोली, 'सबसे लंबी सुरंग बारह किलोमीटर की थी। यह सुरंग पांच किलोमीटर तक इटली के अंदर है और सात किलोमीटर फ्रांस के अंदर है। बॉर्डर की जांच इटली की सरहद के अंदर सुरंग में प्रवेश करने से पहले ही हो जाती है। सुरंगों के अन्दर गहरी पीली परन्तु चमकदार बत्तियां दो कतार में दूर-दूर तक देखने में बहुत भली लगती हैं। लगभग सभी सुरंगों में थोड़ी-थोड़ी दूर पर टेलीफोन और आग बुझाने की सामग्री का पूरा प्रबंध है। चौड़ी सुरंगों के अंदर यात्रा करने में इतना मजा आया, इतना अधिक मजा आया कि---

वन्दना अपनी धुन में कह रही थी और अमर उसकी बातों का पूरा आनन्द उठा रहा था। आज वन्दना उससे कितना अधिक घुल-मिल गई थी, इस पर उसे आश्चर्य था तथा प्रसन्नता भी थी। उसका मन करता था कि वन्दना इसी प्रकार अपनी मीठी जबान द्वारा पक्षी समान चहककर उससे बातें करती रहे और वह उसकी बातों द्वारा अपने कानों में मधुर रस का आभास करता रहे। कितना मधुर समय था यह, कितना सुहाना सफर।

अचानक एक चढ़ाई पर कार मोड़ते हुए कार के सामने गाय तथा भैंसों का एक झुण्ड आ गया। दुर्घटना से बचने के लिए वन्दना को तुरन्त 'ब्रेक' लगा देना पड़ा। कार की गति बिगड़ गई। वन्दना के मस्तक पर बल पड़ गए। उसने अनेक बार कार का 'हॉर्न' बजाय और आखिर जब रास्ता साफ हुआ तो उसने गाड़ी की गति एक बार फिर तेज कर दी। अब चढ़ाई पर चढ़ाई आने लगी। मोड़ भी जल्द ही आ जाते थे परन्तु वन्दना कार चलाने में प्रवीण थी। उसने गति में कमी नहीं की।

ऊंचाई पर आते ही हवाओं का बहाव और अधिक तेज होने लगा। हवाओं में कुछ ठण्डक भी आने लगी। झोंके थे कि उन दोनों के मन और मस्तिष्क पर एक नई ताजगी बख्श रहे थे। वन्दना की साड़ी का आंचल अब हवा के बहाव पर उसकी छाती से सरक कर उड़ता हुआ कभी-कभी अमर के कपोलों को भी छू जाता था। उसकी गर्दन में प्यार का हार बनकर यह आंचल छा जाना चाहता था। आंचल ही नहीं उसकी लटें भी कभी-कभी अमर के कपोलों की ओर लहराकर लपक पड़ती थीं। वन्दना अब भी एक हाथ द्वारा अपना आंचल संभाल तथा लटें संवार लेती थी। परन्तु जब एक बार वन्दना ने एक गहरे मोड़ पर कार चढ़ाई तो उसकी साड़ी का आंचल उसकी छाती से पूर्णतया ढलकर अमर की गर्दन में लिपटता हुआ मानो सदा के लिए प्यार का हार बन गया। वन्दना की लट उड़कर अमर के गालों को भी छूने लगी। वन्दना की लटों की प्यारी-प्यारी सुगन्ध अमर के नथुनों द्वारा उसके दिल की गहराई में उतर गई। अमर के शरीर में बिजली दौड़ गई। वन्दना कार चलाने में तल्लीन थी। ध्यान सड़क के हर मोड़ पर जमा हुआ था। छोटी-सी असावधानी भी एक भयानक दुर्घटना का रूप लेकर उनका जीवन ले सकती थी। ऐसी स्थिति में उसने अमर की ओर एक बार कनखियों से देखना तो दूर अपनी छाती से सरके आंचल को भी ठीक करने की चिंता नहीं की। वह कार चला रही थी, चलाती रही, निश्चिन्त होकर, मानो ड्राइविंग में वह खो गई थी।

चट्टानों के बीच सड़क की चढ़ाई पर अब मोड़ और भी जल्दी-जल्दी आने लगे। गहरे-गहरे मोड़ थे यह जिन पर जब वन्दना जल्दी-जल्दी कार मोड़ने लगी तो उसकी लटें अमर के मुखड़े पर देर तक छाई रहने लगीं। अमर का मन हुआ कि वह इन रेशमी लटों को हल्के से अपने दांतों के बीच दबा ले या अपने होंठों के बीच पकड़ ले। और आखिर एक बार जब वह दिल के हाथों मजबूर हो गया तो उसने अपने मुखड़े पर छाई वन्दना की लटों को अपने होंठों के बीच दबा ही लिया। वन्दना ने अपनी लटों का खिंचाव महसूस किया तथा वास्तविकता का आभास किया तो अचानक उसका पैर ब्रेक पर सख्ती के साथ जाम हो गया। कार के पहिए रुकने के लिए बहुत तेजी के साथ चीख पड़े। अमर ने कांप कर वन्दना की लटें छोड़ दीं। कार एक झटका खाकर रुक गई - कुछ बहकती हुई, सड़क के बिल्कुल ही किनारे, जहां मोटे-मोटे पत्थरों की दीवार बनी हुई थी, घुटनों तक ऊंची। इस प्रकार अचानक एक झटके से ब्रेक लगने के बाद कार की दुर्घटना भी हो सकती थी।

अमर का दिल बहुत तेजी के साथ धड़कने लगा। अपने दिल पर काबू न करके वह यह क्या कर बैठा? वन्दना के साथ गुस्ताखी? असभ्यता?

वन्दना ने कार का इंजन बंद करने के बाद अमर की ओर देखा। अमर लज्जित होकर अपना सिर नीचे झुकाए हुए था, वह सिर जो आज तक किसी मर्द के सामने कभी नहीं झुका था। उसके सिर झुकाने के अन्दाज में बेपनाह शर्मिन्दगी थी। उसकी समझ में नहीं आया कि वह वन्दना से अपनी इस गलती की क्षमा कैसे मांगे?

वन्दना क्षण-भर तक गर्दन घुमाए उसे उसी प्रकार देखती रही। अमर का दिल अन्दर-ही-अन्दर धक-धक करता रहा। शायद अब वन्दना उससे कुछ कहे, उसे फटकारे, डांटे या विश्वासघाती कहे। परन्तु वन्दना ने उससे एक भी शब्द नहीं कहा। उसने एक गहरी परन्तु खामोश सांस ली। उसने अपनी ओर कार का गेट खोला और फिर नीचे उतर गई। अमर ने तब भी उसे देखने का साहस नहीं किया। बल्कि दिल की धड़कनें बढ़कर असमंजस में पड़ गईं। वन्दना एक ओर आगे बढ़ गई। जाकर वह सड़क के किनारे घुटनों तक ऊंची पत्थर की दीवार के समीप खड़ी हो गई। दीवार के उस पार ढाई-तीन फुट बाद एक बहुत गहरी घाटी थी। घाटी की तह में तारकोल की एक बलखाई सड़क थी। सड़कें बल खाकर पहाड़ों की गोद में होने के बाद दूसरे किनारे से आंख-मिचौली खेलती हुई फिर बाहर निकल आई थीं। इन सभी सड़कों से होकर ही वन्दना कार द्वारा यहां इतनी ऊंचाई पर पहुंची थी। हरी-भरी घाटियां, ऊंचे-ऊंचे घने वृक्ष, पक्षी दृष्टि की सतह से बहुत नीचे घाटियों में कलाबाजी लगाते हुए चहक रहे थे। घाटियों की ढलवानों पर कहीं-कहीं कच्चे तथा छोटे-मोटे मकान थे। कुछेक रंगीन फ्लैट्स या बंगले इन हरी-भरी घाटियों के ढलवान पर वन-विलास बने हुए थे। पहाड़ी इलाकों का यह दृश्य अत्यन्त सुहावना था जिसे वन्दना देख अवश्य रही थी परन्तु उसका मन और मस्तिष्क कहीं और था।

एक बार वह लंदन में इसी प्रकार रोहित के साथ सागर किनारे सूर्य स्नान के बहाने लम्बी ड्राइविंग पर निकली हुई थी। उस दिन उसके पास अपनी विदेशी मां की एक लंबी तथा खुली कार थी। चौड़ी सड़कों पर लंबी-चौड़ी गाड़ियों को चलाने का आनन्द ही कुछ और प्राप्त होता है। उस दिन भी वह कार स्वयं ही चला रही थी। तब कमर से नीचे बेलबॉटम पैंट तथा कमर से ऊपर कसा हुआ टॉप बिना चोली के उसके तराशे हुए शरीर की शोभा में चार चांद लगाए हुए था। आंखों पर मोटा तथा इतना बड़ा रंगीन चश्मा था कि उसकी भवें भी नहीं दिखाई पड़ती थीं। उसके बगल में रोहित बैठा हुआ था। तब कार की तेज गति के कारण वन्दना की लटें बिखरकर उसके अपने मुखड़े पर ही नहीं फैलती थीं बल्कि रोहित के मुखड़े तक भी चली जाती थीं। रोहित उसकी लटों की सुगन्ध का पूरा आनन्द उठा रहा था। जब कभी रोहित के मुखड़े पर वन्दना की लटें बिखर आतीं और होंठों की दरारों को छूतीं तो रोहित बहुत प्यार के साथ वन्दना की लटों को अपने होंठों के मध्य हल्के से दबा लेता था। तब वन्दना को बहुत आनन्द आता था। विदेश में उस दिन वन्दना ने समुद्र के किनारे एकान्त में अपनी कार रोकी, विदेशी यात्रियों के घने झुरमुट से हटकर, जो यहां आए-दिन मेले समान जमे रहते थे। विदेशी यात्री नहाने के वस्त्रों में कहीं औंधे तो कहीं चित्त पड़े, ठंडी-ठंडी धूप के स्नान का आनन्द उठा रहे थे। यात्रियों के बीच बड़े-बड़े रंगीन छाते समुद्र के किनारे धंसे दूर तक रंगीन फूलों का एक उद्यान बने हुए थे। जिन यात्रियों को धूप की तपिश महसूस हो रही थी उन यात्रियों ने अपने मुखड़े छाते की छांव में छिपा रखे थे।

वन्दना तथा रोहित ने कार के पीछे डिक्की से अपना-अपना आवश्यक सामान बाहर निकाला। अन्य सामान के साथ वह भी अपना एक बड़ा रंगीन छाता साथ लाए थे। फिर दोनों समुद्र की ओर बढ़ गए।

समुद्र होने के नाते यहां हवाओं का बहाव बहुत तेज था। सांय-सांय का स्वर भयानक होने के पश्चात् ठण्डी-ठण्डी हवाएं देने के कारण बहुत भला लग रहा था। ऊंची-ऊंची लहरें मचल कर इस तेजी के साथ किनारे की ओर लपकतीं सी बालू पर दूर तक चली आती थीं और जब वापस जाना चाहतीं तो पलटने से पहले ही टूटकर तितर-बितर हो जाती थीं। हवाओं के इस तेज बहाव पर अपनी लटें वन्दना को क्षण-भर के लिए भी संभालना कठिन हो गया तो उसने अपना सामान समुद्र किनारे लगाया। तैराकी टोपी पहनी, फिर खड़ी होकर तैराकी कपड़े पहनने लगी। जिस समय वह तैराकी वस्त्र पहन रही थी तो रोहित के अतिरिक्त उस पर किसी भी विदेशी ने कोई ध्यान नहीं दिया। किसी ने उस पर ध्यान देने की आवश्यकता ही नहीं महसूस की। ऐसी बातें यहां कोई महत्त्व नहीं रखतीं। वन्दना रोहित की ओर पीठ करके अपना टॉप बदलती हुई तैराकी चोली पहन रही थी जिसे केवल रोहित ही देख रहा था, चोर दृष्टि से। उसकी आंखों में किसी प्रकार की वासना नहीं थी बल्कि वन्दना के सफेद संगमरमर जैसे तराशे सुन्दर शरीर की प्रशंसा थी - प्यार भरी प्रशंसा। तब भी जब वन्दना ने इस बात का

एहसास किया कि रोहित उसे देख रहा है तो वह अपनी चोली का बटन लगाती हुई रोहित की ओर पलट पड़ी। उसने रोहित को प्यार से डांटा, 'वेरी बै--ड।' उसने प्यार से रोहित पर आंखें निकालते हुए भी नचाई।

रोहित हल्के से मुस्करा दिया, इस प्रकार मानो यह क्या उसे तो वन्दना को शीशे में उतार कर आरपार भी देखने का पूरा अधिकार था। उसने लपककर वन्दना का हाथ पकड़ना चाहा ताकि उसे बांहों में समाकर छाती से लगा ले। परन्तु वह उसके इस शरारत भरे इरादे को भांप चुकी थी। वह तुरन्त पीछे हट गई। फिर उसे जबान बाहर निकाल कर चिढ़ाती हुई वह चहकती तथा पलटकर चौकड़ियां भरती समुद्र की ओर भाग खड़ी हुई।

उस दिन वन्दना के साथ रोहित ने भी तैरने का खूब आनन्द उठाया। सागर की बड़ी-बड़ी लहरों के साथ तैरने का आनन्द ही कुछ और है। दोनों एक साथ, एक-दूसरे के समीप तैरते हुए समुद्र में काफी दूर तक निकल जाते थे। परन्तु फिर शीघ्र ही बड़ी-बड़ी लहरें उन्हें वापस बहाकर किनारे पर ला पटकती थीं, कभी एक-दूसरे से बहुत दूर तो कभी एक-दूसरे के बिल्कुल समीप। वन्दना ने समुद्र के इस खेल का आनन्द मां तथा अपने अंग्रेज सौतेले पिता के साथ पहले भी कई बार उठाया था। परन्तु जो आनन्द प्रेमी के साथ मिलता है उसकी बात ही अलग होती है। प्रेमी के संग में खण्डहर भी महल बन जाता है। नर्क स्वर्ग मालूम पड़ने लगता है। जवान दिलों की भावनाओं की वही मांग है। शायद इसे ही प्यार कहते हैं या दीवानापन। वैसे दो जवान दिल आपस के एकान्तपन में भटक कर कोई पाप कर बैठे तो वह पाप के साथ दीवानापन भी कहलाता है, परन्तु दो दिल लाख परीक्षाएं आने के बाद भी संभल जाएं तो उसे प्यार करते हैं - सच्चा प्यार।

ऐसे ही एक बार नटखट लहरों ने चिंघाड़ कर उन दोनों को किनारे बालू पर बिल्कुल एक-दूसरे के समीप ला पटका तो रोहित शरारत से जान-बूझकर वन्दना के शरीर पर गिर पड़ा। वन्दना तुरन्त उठकर घुटनों के बल खड़ी हो गई। रोहित भी वन्दना को दोनों बांहों में थामता हुआ स्वयं घुटनों के बल खड़ा हो गया। वन्दना की आंखों में उसने बहुत प्यार से झांका। वन्दना के होंठों पर एक हल्की तथा बड़ी मीठी मुस्कान थी। तैरते रहने के कारण उसकी सांसें फूल रही थीं। सांसों के उतार-चढ़ाव पर उसकी छाती भी ऊपर नीचे हो रही थी। रोहित ने देखा तो उसका दिल प्यार में मचल गया। उसने वन्दना को अपनी ओर खींचा, उसके मुखड़े को अपने मुखड़े की ओर, होंठों को होंठों की ओर। वन्दना ने भी इस बार किसी प्रकार की आपत्ति नहीं की। वह स्वयं को रोहित की बांहों में समर्पित करने को तैयार हो चुकी थी। उसकी आंखों में खुमार छा रहा था। आंखों के रेशमी डोरे कांप रहे थे। कपोलों पर उसकी भीगी लटें चिपकी हुई थीं जिन पर अटकी पानी की बूंदें धूप में मोतियों के समान टपक रही थीं। भला कौन काफिर होगा जो भगवान की बनाई इस अनुपम सुन्दरता से प्रभावित नहीं होता? रोहित ने वन्दना को अपने समीप करते हुए उसके होंठों को अपने और समीप कर लिया - समीप -

और समीप - बिल्कुल समीप, यहां तक कि वन्दना की गरम-गरम सांसों की भीनी-भीनी सुगंध रोहित के कपोलों पर छाने लगी, उसके नथुनों द्वारा दिल की गहराई में उतर कर उसे मदहोश करने लगी। रोहित से अब और अधिक अपने दिल पर काबू करना कठिन हो गया। उसे अब किसी की भी चिन्ता नहीं थी, न आस-पास या दूर-दूर तक बैठे-लेटे यात्रियों की। विदेश में यूं भी इन बातों पर कोई ध्यान नहीं देता है। यहां पर इन बातों पर ध्यान देना संकीर्ण या हीन भावना का प्रतीक माना जाता है। इसलिए रोहित ने निश्चिन्त होकर वन्दना को तुरन्त खींचकर अपनी छाती से लगा लेना चाहा ताकि उसे प्यार कर ले, उसके कुंवारे होंठों की मदिरा अपने होंठों द्वारा दिल की गहराई में जज्ब करके सदा के लिए मदहोश हो जाए, शायद वह ऐसा करने में सफल हो जाता परन्तु तभी---तभी एक बड़ी लहर का समुद्री रेला आया और उन दोनों के दिल में उभरते तूफान को अपने तूफान में ले डूबा, इस झटके के साथ कि दोनों ही एक-दूसरे से अलग होकर छिटक गए। और जब समुद्री रेला किनारे और आगे बढ़कर तितर-बितर होता हुआ वापस लौटा तो दोनों एक-दूसरे से दूर बालू पर पड़े हुए थे।

अमर वन्दना को सड़क के किनारे, पत्थर की दीवार के समीप खड़ा खोया हुआ देख रहा था। बहुत देर हो गई वन्दना को वहां खड़े-खड़े तो अमर ने सोचा, वन्दना उससे बहुत नाराज है या उसे उसके साहस पर बहुत दुःख है क्योंकि उसने ऐसी आशा कभी नहीं की होगी। ऐसी हरकत को शायद उसके प्रेमी रोहित ने भी कभी नहीं की होगी। अमर ने बहुत आहिस्ता से अपनी ओर कार का गेट खोला। कार से वह नीचे उतरा। आकर वह चुपचाप वन्दना के पीछे खड़ा हो गया। वन्दना अब तक विचारों में तल्लीन थी, इस प्रकार कि उसे अमर के आने की आहट तक नहीं मिली। वन्दना की लटें हवा के बहाव पर उड़ रही थीं। आसमानी साड़ी का आंचल भी छाती से सरक कर हवा में लहरा रहा था परन्तु वन्दना को इसकी जरा भी परवाह नहीं थी, शायद इस पर उसका ध्यान नहीं था। अमर एक क्षण वन्दना के पीछे उसी प्रकार चुपचाप खड़ा रहा। फिर उसने साहस बटोरकर अपने लगे में अटका थूक घोंटा। फिर बहुत दबे स्वर में उसने कहा - 'वन्दना जी।' अमर ने वन्दना के समीप होते हुए भी मानो बहुत दूर से पुकारा था।

वन्दना अपने विचारों से चौंकी। आंखों के सामने थिरकती अतीत की तस्वीर इस प्रकार एक झटके के साथ ओझल हो गई मानो सिनेमा के परदे पर चलती-फिरती फिल्म अचानक ही टूट गई हो। वन्दना अपनी वास्तविकता में वापस आई परन्तु उसने पलट कर पीछे नहीं देखा। एक गहरी सांस लेने के बाद उसने अपनी उड़ती लटों पर हाथ फेरा और उसी प्रकार खड़ी रही।

'आप मुझसे नाराज हैं क्या?' अमर ने डरते-डरते पूछा।

वन्दना ने कोई उत्तर नहीं दिया। अपना मुखड़ा उठाकर उसने आकाश की ओर देखा जहां सूर्य के प्रकाश के प्रतिबिम्ब पर बदलियों के काले टुकड़ों के किनारे, ताई हुई चांदी के समान चमक रहे थे। बिना कुछ कहे ही वह अपनी टांगें एक के बाद एक उठाकर पत्थर की

नीची दीवार पार करने लगी तो उसकी आसमानी साड़ी लगभग घुटनों तक ऊपर उठ गई। अमर की आंखों में वन्दना की सन सफेद संगमरमर-सी तराशी हुई सुन्दर पिंडलियां इस प्रकार चमकीं मानो नील गगन में बिजली कौंध गई हो। क्षण भर के लिए अमर बिजली की इस चकाचौंध में खो गया। वन्दना पत्थर की दीवार पार करने के बाद वहां दीवार पर बैठ गई। उसके आगे ढाई-तीन फुट बाद गहरी खाई चली गई थी।

अमर वन्दना के पीछे, बगल में आकर समीप ही खड़ा हो गया। उसने फिर कहा, 'आपने मेरी बात का उत्तर नहीं दिया।'

वन्दना क्षण भर चुप रही। फिर उसने अमर की बात का उत्तर देने के बजाए स्वयं ही प्रश्न किया, 'यहां---यहां आसपास समुद्र का किनारा नहीं है?'

'समुद्र का किनारा?' अमर को बड़ा आश्चर्य हुआ। उसने कहा, 'आप तो यहां की रहने वाली हैं। क्या लंदन जाते ही भूल गईं कि---'

'आई एम सॉरी।' वन्दना ने तुरन्त अपनी भूल का आभास किया। बोली, 'दरअसल मैं इसे विदेश समझ बैठी थी।' वह तुरन्त उठ खड़ी हुई। दीवार पार करके वह इस ओर, सड़क पर आई। अमर को देखा। हल्के से मुस्कराई। फिर बोली, 'आओ चलो, हम उस झील को चलते हैं जो पहाड़ों के बीच बसी हुई है।' वह कार की ओर बढ़ गई।

अमर उसके पीछे-पीछे हो लिया।

'कार चलाना जानते हो?' वन्दना ने कार के समीप आने के बाद रुककर पूछा।

'कार से अधिक चौड़ी वाली जीप चलाई है क्योंकि मुझे अपने अंग्रेज मालिक के साथ अधिकतर शिकार पर भी जाना पड़ता था।'

'तो फिर अब तुम ही इसे ड्राइव करो।' वन्दना ने कार की ओर इशारा करते हुए अमर से कहा और फिर कार की स्टेयरिंग के बजाए दूसरी ओर जाकर बैठ गई।

अमर को कार ड्राईव करनी पड़ गई। परन्तु उसे पूरा विश्वास हो गया कि वन्दना ने उसकी उस हरकत का बुरा नहीं माना है जो उसने होंठों तले उसकी लटें दबाकर की थी। उसके दिल को तसल्ली ही नहीं मिली बल्कि अपार प्रसन्नता भी प्राप्त हो गई। उसे वन्दना से बातें करने का उत्साह भी मिला। परन्तु उसने इसका लाभ नहीं उठाया। वन्दना की संगति ही उसके लिए एक रोमांचित वातावरण था। वन्दना की खामोशी ही इस वातावरण का संगीत था।

कार अपनी गति पर चली जा रही थी। अचानक एक बहुत ही गहरा मोड़ आया। अमर बहुत वर्षों बाद इस रास्ते पर आया था इसलिए उसे इतने गहरे मोड़ का ध्यान नहीं था। शायद वन्दना भी इस गहरे मोड़ के लिए तैयार नहीं थी। इससे पहले कि कार गहरे मोड़ पर मुड़ने के बजाए सीधे सड़क के किनारे बनी पत्थर की दीवार से जा टकराए, अमर ने तुरन्त कार की स्टेयरिंग को गहरे मोड़ पर जाती सड़क की ओर घुमा दिया। अमर की सतर्कता के कारण किसी प्रकार की दुर्घटना नहीं हुई। परन्तु वन्दना झटका खाकर उसके कंधों पर अवश्य गिर पड़ी। कार सीधे रास्ते पर होकर चलने लगी। वन्दना ने तब भी अमर के कन्धे पर से सिर नहीं

हटाया बल्कि उसने अमर की पीठ से होकर उसका वह कंधा थाम लिया जहां वह सिर रखे हुए थी। उसने अपनी आंखें बंद कर लीं। अमर के कंधे पर स्वयं को सदा के लिए सुरक्षित समझकर शायद वह प्यार के सपने में खो जाना चाहती थी। अमर ने गर्दन थोड़ी घुमाकर तथा सिर थोड़ा नीचे झुकाकर वन्दना को देखा। वह मानो स्वयं को मन और मस्तिष्क सहित उसके हवाले कर चुकी थी। उसके कंधे से वन्दना का सिर उठाने का कोई विचार नहीं था, अमर को ऐसा लगा मानो उसे सब-कुछ मिल चुका है, सारे संसार का सुख, चैन ओर प्रसन्नताएं। अब से कुछ भी नहीं चाहिए था। वन्दना ने उसके बिना मांगे ही उसे सब-कुछ दे दिया है, संसार की सबसे बड़ी दौलत, वह कीमत जिसको प्राप्त करने के लिए वह अब तक अपना काम पूरा करने का प्रयत्न करता रहा था। परन्तु जो अब तक अधूरा था।

* * *

कुछेक दिन और बीत गए। वन्दना और अमर एक-दूसरे के बिल्कुल समीप आ गए। अब दोनों कहीं भी जाते, साथ ही जाते। एक-दूसरे की मानो छाया बन गए थे। अब वन्दना अपने दादा के सोने के बाद गई रात तक कोठी में बैठी अमर से बातें करती रहती। प्यार में जितनी भी बातें होतीं, कम थीं। अधिकतर वन्दना ही बातें करती क्योंकि उसके सामने अमर को हीन भावना का शिकार होने के बाद चुप ही रह जाना पड़ता था। परन्तु कभी-कभी अमर से बातें करते-करते वन्दना खो भी जाती थी। अमर आंखों के सामने होता परन्तु रोहित अनिच्छुक तौर पर उसके सामने चला आता था। यह वन्दना की कमजोरी थी या एक स्वाभाविक मांग? वन्दना स्वयं नहीं समझ पाती थी। क्या ऐसा इसलिए तो नहीं था क्योंकि उसके अछूते दिल में पहली बार रोहित ने ही स्थान बनाया था। वन्दना रोहित का विचार आते ही अपना मन झटककर उसे दिल से निकाल देने का प्रयत्न करती। जो बीत गया उसे याद करने से क्या लाभ? मरने वाले भी कभी लौटकर आए हैं? परन्तु कभी-कभी हजार बार मन झटकने के बाद भी रोहित की याद उसके मस्तिष्क का पीछा नहीं छोड़ती थी। ऐसा शायद इसलिए था क्योंकि रोहित ने उसे धोखा नहीं दिया था। उसने तो शेर सिंह के आदमियों द्वारा उसका अपहरण असफल बनाने तथा उसके खानदान का बदला लेने के लिए डाकुओं का पीछा करते हुए अपनी जान गंवाई थी। ऐसी स्थिति में वह एहसानफरामोश बनकर कैसे रोहित को भूल सकती थी। यदि रोहित ने उसे धोखा देकर छोड़ा होता या उसके जीवन से भाग निकला होता तो हां, तब बात अलग थी। रोहित को धोखेबाज समझकर भूलने में उसे अधिक समय नहीं लगता। इन वास्तविकताओं के पश्चात् वन्दना रोहित को भुलाकर अपने दिल में अमर को प्यार का स्थान देने के पक्ष में थी। आखिर किस लड़की को अपना नया जीवन आरम्भ करने का अधिकार नहीं पहुंचता है? यदि रोहित कहीं गया होता, उसके लौटने की संभावना जरा भी होती तो वह अपना सारा जीवन उसकी याद में प्रतीक्षा करके बिता देती परन्तु रोहित की मृत्यु ने उसके आगे अब किसी प्रकार का प्रश्न ही नहीं रखा था।

ठाकुर नरेन्द्र सिंह से वन्दना तथा अमर के दिल की बातें छिपी नहीं रह सकीं। अपना खानदानी सम्मान भूलकर उन्हें प्रसन्नता हुई कि वन्दना के लिए उन्हें अमर से अच्छा गुणी नवयुवक कौन मिल सकता था? अमर के चलते ही आज उनके वंश का सम्मान तथा वन्दना

50

की लाज के साथ उसकी जान भी सुरक्षित थी। यदि वन्दना को कुछ हो जाता तो शायद उनकी हृदय गति ही बन्द हो जाती। प्रायः वह सोचते कि वन्दना और अमर से बात करके वह उन लोगों का विवाह कर दें और फिर शेर सिंह से बदले की भावना का विचार छोड़कर वह उन दोनों को यहां से लंदन या भारत में ही कहीं दूर भेज दें। ऐसा न हो शेर सिंह अमर का भी वही हाल करे जो उसने रोहित का किया था। ऐसी स्थिति में दोबारा वन्दना के लिए इतनी बड़ी घात सहना असम्भव हो जाता। पहले रोहित और फिर बाद में अमर। रो-रोकर वह निश्चय ही पागल हो जाती। इतना सब सोचने के पश्चात् ठाकुर नरेन्द्र सिंह कुछ सोचकर रुक जाते। अमर पर उन्हें आवश्यकता से अधिक ही विश्वास था। उनकी अन्तरात्मा कहती थी कि अमर उनके बेटे का बदला लेने में अवश्य सफल होगा। अमर तथा अपनी पोती वन्दना को वह दिल ही दिल में आशीर्वाद देते नहीं थकते थे।

गांववासियों में भी वन्दना तथा अमर के प्रेम की बातें धीरे-धीरे फैल गईं परन्तु इस जोड़ी से मानो सभी प्रसन्न थे। सभी के आशीर्वाद का दोनों केन्द्र बने हुए थे। गांव वाले सोचते - यदि ठाकुर नरेन्द्र सिंह ने अपनी पोती का हाथ अमर के हाथ में दे दिया तो वह अपने स्वर्गवासी परम सेवक तथा रक्षक मोहन सिंह का एहसान चुकाने में सफल हो जाएंगे। आखिर अमर के माता-पिता की जान ठाकुर नरेन्द्र सिंह तथा उसकी पत्नी की जान बचाने में ही तो गई थी। उनकी शुभकामना करते हुए गांववासी यही चाहने लगे कि उन दोनों का विवाह दुर्गापुर में ही हो और दोनों कोठी में सदा रहें ताकि पुलिस के साथ अमर के चलते गांव की रक्षा और मजबूत हो सके।

एक दिन लंच पर ठाकुर नरेन्द्र सिंह बैठे तो खाने के साथ-साथ आज का समाचारपत्र भी पढ़ते जा रहे थे। दुर्गापुर गांव शहर से दूर था इसलिए यहां समाचारपत्र देर में और कभी-कभी तो बहुत देर में आता था। अब उनका स्वास्थ्य बिल्कुल ठीक था। अमर की उपस्थिति, उसकी संगति ने उनकी चिन्ता कम करके मानो जीवन की एक नई शक्ति फिर प्रदान कर दी थी। आज वह जैसे ही लंच के लिए बैठे थे कि समाचारपत्र वाला आवाज लगाकर उनकी कोठी के बरामदे में समाचारपत्र फेंक गया था। यद्यपि सुबह रेडियो द्वारा ठाकुर साहब पूरा समाचार सुन लेते थे फिर भी जब समाचारपत्र आता था तो वह हर बात भूलकर समाचारपत्र पढ़ना नहीं भूलते थे क्योंकि समाचारपत्र में स्थानीय समाचार काफी मिल जाता था।

ठाकुर नरेन्द्र सिंह के साथ वन्दना ही नहीं अमर भी बैठा लंच कर रहा था। अब अमर उनके साथ ही लंच किया करता था। लंच करते समय अचानक नरेन्द्र सिंह की दृष्टि समाचारपत्र के एक कोने में गई। शहर में एक फाइव स्टार होटल 'फिरदौस' की रजत-जयंती थी। इस शुभ अवसर पर होटल की ओर से विदेशी सभ्यता के अनुसार 'डाइन एण्ड डांस' का प्रोग्राम रखा गया था। होटल के अंदर प्रवेश एक अच्छे-खासे शुल्क के साथ था। ठाकुर नरेन्द्र सिंह मुंह के कौर को धीरे-धीरे चबाते तथा समाचारपत्र पढ़ते हुए कुछ सोचते रहे। फिर जब कौर समाप्त हो गया तो उन्होंने वन्दना की ओर देखा।

'बेटी-' उन्होंने कहा, 'आज 'फिरदौस' की रजत-जयंती है।'

'फिरदौस?' वन्दना ने आश्चर्य से पूछा। बचपन में बहू लन्दन चली गई थी। फिर इतने वर्षों बाद वह भारत लौटी थी इसलिए यह नाम उसे याद भी रहता तो किस सिलसिले में?

'अरे वही फाइव स्टार होटल-' ठाकुर साहब ने उसे याद दिलाया।

'ओह!' वन्दना को याद आया। बचपन में जब कभी मां उससे मिलने लंदन से आती थी तो प्रायः गांव के जीवन से दो ही दिन में उकता कर उसे 'फिरदौस' ले आया करती थी। वह अपनी प्लेट में कांटे-चम्मच द्वारा निवाला बनाने लगी।

'उसी होटल की आज रजत-जयंती है।' ठाकुर साहब ने समाचारपत्र मेज पर वन्दना की ओर सरकाया। बोले, 'इस रजत-जयंती पर 'फिरदौस' में एक विशेष प्रोग्राम है - विदेशी नृत्य का प्रोग्राम, जिसमें ब्यूटी कांटेस्ट के अतिरिक्त और भी बहुत सारी प्रतियोगिताएं सम्मिलित हैं। जब से तुम लंदन से आई हो, आज तक कहीं नहीं गईं। क्यों नहीं आज अमर के साथ वहां जाकर तुम नृत्य द्वारा अपना मन ही थोड़ा बहला लो?'

विदेशी सभ्यता पर आधारित नृत्य का प्रोग्राम? वन्दना चम्मच द्वारा अपने मुंह में अन्न डालने ही वाली थी कि रुक गई। नृत्य के विषय में सुनकर उसे रोहित की याद आना स्वाभाविक था। आखिर रोहित से उसकी पहली भेंट नृत्य के ही प्रोग्राम में तो हुई थी। वह कुछ गम्भीर हो गई। चम्मच में उठाया अन्न उसने प्लेट में वापस रख दिया। खाना छोड़कर वह उठ खड़ी हुई। खिड़की के पास जाकर बाहर के वातावरण को देखने लगी जहां पक्षियों की चूं-चूं किसी रंगीन शाम में बजते मीठे साज से कम न थी। वन्दना की आंखों में नृत्य के वह सारे ही दृश्य घूम गए जो उसने रोहित की बांहों में बिताए थे।

अमर ने वन्दना को देखा। वह जानता था कि वन्दना क्या सोच सकती है। परन्तु उसे दुःख नहीं हुआ। जिस निर्दयता के साथ रोहित की हत्या करने के बाद उसकी सर-कटी लाश पाई गई थी उसको दृष्टिकोण में रखते हुए वन्दना का रोहित को भूलना लगभग असम्भव-सा था क्योंकि रोहित वन्दना का पहला प्यार था और रोहित ने वन्दना के प्रति ही अपनी जान गंवाई थी। इसके अतिरिक्त अमर अपने दिल से भी विवश था। उसका प्यार निःस्वार्थ था। वन्दना के जीवन-भर काम आना, उसका दुःख अपना बनाकर वन्दना पर अपनी सारी प्रसन्नताएं निछावर कर देना अमर ने मानो अपने प्यार का मकसद तथा जीवन का लक्ष्य बना लिया था। कुछ सुन्दरताएं पुरुषों को इस सीमा तक भी प्रभावित करती हैं। यही कारण है कि जब वन्दना को रोहित के विचारों में तल्लीन देखकर अमर के मन में यदि कोई टीस उठी भी तो उसने उसका गला घोंट दिया। मानव जिसे प्यार करता है उसके लिए वह कभी भी नहीं चाहता कि वह उसके अतिरिक्त किसी और को प्यार दे। मानव का यह स्वभाव है। परन्तु इस वास्तविकता के पश्चात् अमर वन्दना की विवशता समझता था। वन्दना भी तो आखिर एक नारी ही थी। वह कैसे भूल सकती थी कि उसने अमर से भी पहले किसी को प्यार किया है? इन सारी बातों की

वास्तविकता समझते हुए अमर सब-कुछ चुपचाप सहन कर लेता था क्योंकि उसका प्यार निःस्वार्थ था, जो कभी कुछ कहता नहीं था, मांगता नहीं था, झनझनाकर अपने प्यार का प्रदर्शन नहीं करता था।

ठाकुर नरेन्द्र सिंह ने अमर को खाना छोड़कर वन्दना की ओर खोए देखा तो उन्हें दुःख हुआ। उससे सहानुभूति भी हुई। जब वन्दना और अमर एक-दूसरे को प्यार करने लगे हैं तो वन्दना को कम-से-कम रोहित को याद करके अमर के सामने ऐसा व्यवहार नहीं करना चाहिए। उन्होंने वन्दना को इस विषय पर बाद में समझाने के लिए सोच लिया। अमर का ध्यान अपनी ओर खींचते हुए उन्होंने पूछा, 'तुम्हें---' वह एक क्षण रुके। फिर बोले, 'तुम्हें विदेशी नृत्य आता है?'

'जी।' अमर ने सब-कुछ भूलकर अपना ध्यान ठाकुर साहब की ओर समेटा। उसने कहा, 'जिस अंग्रेज शिकारी के यहां काम करता था वहां आए-दिन पार्टियां हुआ करती थीं। वहां जोड़ों को नृत्य करते देखकर अक्सर मेरे कदम भी रेडियोग्राम पर बजते रिकॉर्ड के 'रिदम' पर उछल पड़ते थे। इसलिए देखते-देखते मैं थोड़ा-बहुत नृत्य तो सीख ही गया हूं। हां फर्श पर उतरने का अवसर आज तक नहीं मिला और न ही मैंने कभी इसकी आशा ही की थी।'

'फ्लोर पर संगीत के लिए इतना ही बहुत है।' ठाकुर साहब ने कहा, 'शेष तुम्हें वन्दना सिखा देगी। स्लो डांस तो इस प्रकार चल जाएगा। फास्ट डांस वह शायद तुम्हारे ही साथ नहीं करेगी क्योंकि फास्ट डांस कठिन होता है।' नरेन्द्र सिंह ने अपने मुंह में दूसरा कौर डाला।

लंच ले चुकने के बाद नरेन्द्र सिंह अपने शयन कक्ष में आराम के लिए गए तो कुछ समय के लिए उनके साथ वन्दना को अकेला छोड़कर अमर भी अपने कमरे में चला गया। ठाकुर नरेन्द्र सिंह ने पलंग पर बैठने के बाद वन्दना को अपने समीप बुलाया। उसे समीप बिठाकर उसके सिर पर प्यार से हाथ रखा। फिर उसे समझाते हुए बोले, 'बेटी, जो बीत गया उसे भूल जा। अतीत को छाती से लगाए रखने वाला कभी प्रसन्न नहीं रहता। अन्दर-ही-अन्दर वह घुट-घुटकर घुलता रहता है। फिर उसके जीवन की गाड़ी आसानी से आगे नहीं बढ़ती। जिस व्यक्तित्व का अब इस संसार में कोई अस्तित्व ही नहीं रहा उसे याद रखने से क्या लाभ?'

'रोहित को भूलना तो मैं भी चाहती हूं, दादाजी', वन्दना ने भर्राए स्वर में कहा, 'और अब उसे भूलने का साधन भी प्राप्त कर दिया है परन्तु---परन्तु रोहित यदि अपने-आप ही याद आ जाए तो मैं क्या कर सकती हूं?'

'इसीलिए तो राय दे रहा हूं कि आज तू अमर के साथ 'फिरदौस' का प्रोग्राम अटैण्ड कर ले।' नरेन्द्र सिंह ने कहा, 'दो-चार ऐसे ही प्रोग्राम तुझे अमर के साथ अटैण्ड करने को मिल गए तो अमर स्वयं ही तेरे दिल से रोहित को इस प्रकार भुला देगा कि तू उसे भूले से भी कभी याद नहीं करेगी। अमर की खामोशी से प्रकट होता है कि वह तुझे रोहित से कम प्यार नहीं करता। बल्कि मैं तो कहूंगा कि वह तुझे रोहित से कहीं अधिक प्यार करता है। मेरे जीते-जी यदि तेरे

जीवन से यह अतीत की छाया मिट जाए तो निश्चय ही मैं इसी कारण सब-कुछ भूलकर अन्तिम सांसें चैन से तोड़ दूंगा।'

वन्दना उसी प्रकार सिर झुकाए खामोश रही। वह अपने दादाजी की बातों से सहमत थी।

'जाओ बेटी, जाकर तैयार हो जाओ।' नरेन्द्र सिंह ने कहा, 'शहर जाकर अभी से अमर को आज के प्रोग्राम में भाग लेने योग्य वस्त्र दिला देना ताकि वह वहां नवयुवकों को अच्छे और बहुमूल्य वस्त्र पहने देखकर हीन भावना का शिकार न हो सके। और हां', अचानक नरेन्द्र सिंह को मानो याद आया। उन्होंने कहा, 'सम्भवतया प्रोग्राम में बहुत देर हो जाए, इसलिए रात में गांव मत लौटना। वहीं होटल में ही दो कमरे बुक कर लेना - एक अपने लिए तथा दूसरा अमर के लिए। यहां अपनी रक्षा के लिए मैं चौकी के पुलिस अफसर द्वारा दो कांस्टेबल का प्रबंध करा लूंगा। मेरी चिन्ता तुम जरा भी मत करना।'

वन्दना अपने दादाजी की चिन्ता से मुक्त हो गई। उसे अपने दादाजी की बातें अमर के लिए भी बहुत पसन्द आईं। 'फिरदौस' के प्रोग्राम में अमर को हर क्षण उसी की संगति में रहना था इसलिए अमर को अच्छे तथा बहुमूल्य कपड़े पहनाना परस्पर आवश्यक था। अमर के लिए इतना सब-कुछ करने के बहाने ही वन्दना को अज्ञात प्रसन्नता का आभास हुआ। मानव जिसे प्यार करता है उसके लिए सब कुछ करते हुए मानव को दोगुनी प्रसन्नता प्राप्त होती है। यह भी प्यार का एक पवित्र रूप है।

वन्दना रोहित की याद में जितनी गम्भीर थी उससे अधिक यह प्रसन्नता मिली कि उसे आज अमर के साथ नृत्य करने का अवसर पहली बार प्राप्त हो रहा है। वह उठी और अपने कमरे में पहुंचकर जाने की तैयारी करने लगी। अभी से ही उसे शहर जाकर बहुत सारी वस्तुएं खरीदनी थीं।

कुछ देर बाद, जब ठाकुर नरेन्द्र सिंह पलंग पर लेटकर आराम करने लगे तो शयनकक्ष के द्वार पर अमर पहुंचा। नरेन्द्र सिंह को आराम करते देखकर अमर ने लौट जाना चाहा परन्तु उनकी आंखें खुली हुई थीं। ऊंचे तकिए पर उठा मुखड़ा द्वार की ओर ही था। अमर को लौटता देखकर उन्होंने उसे तुरन्त अन्दर बुलाया। बोले, 'आओ-आओ, बेटे आओ। अन्दर आओ।'

अमर ने उनकी बात सुनी तो उनकी ओर बढ़ते हुए कहा, 'आप आराम कीजिए मैं फिर आ जाऊंगा।' अमर उनके पास आकर खड़ा हो गया।

'आराम तो अब मुझे तब ही मिलेगा जब---।' नरेन्द्र सिंह ने एक गहरी सांस ली। हर क्षण शेर सिंह से बदले की भावना में वह इस प्रकार अन्दर-ही-अन्दर जलते रहते थे कि इस समय भी आराम की बात सुनकर वह कह देना चाहते थे कि आराम उन्हें तब ही मिलेगा जब उनके बदले की आग बुझ जाएगी। परन्तु यह समय इन बातों का नहीं था इसलिए वह कहते-कहते संभलकर रुक गए। उन्होंने बात बदलते हुए कहा, 'आओ, यहां बैठो।' लेटे-ही-लेटे एक किनारे खिसककर उन्होंने अमर को अपने समीप पलंग पर ही बैठने का इशारा किया।

अमर पलंग पर उनके समीप ही पैंतियाने की ओर बैठ गया।

'देखो बेटा', उन्होंने कहा, 'तुम्हें वन्दना अपने साथ 'फिरदौस' के प्रोग्राम में ले जाएगी। लेकिन प्रोग्राम से पहले, वह तुम्हें कुछ वस्तुएं दिलाने शहर के मार्केट भी ले जाएगी। वहां वह जो कुछ भी दिलाए उसे स्वीकारने से तुम इन्कार मत करना वर्ना उसका दिल टूट जाएगा। वह ऐसा अपनी प्रसन्नता के साथ तुम्हारी प्रसन्नता के लिए ही करेगी। मैं जानता हूं कि अब तुम ही उसकी प्रसन्नता हो, सुख और शांति हो, उसका भविष्य हो। यदि उसकी किसी नादान भूल के कारण तुम्हें चोट पहुंचे तो उसे मन-ही-मन क्षमा कर देना।'

'जी।' अमर ने एक वफादार बेटे के समान सिर झुकाकर कहा। उसने सोचा कि ठाकुर साहब द्वारा उसे पिता का प्यार मिल रहा है। वन्दना द्वारा उसे एक प्रेमिका का प्यार प्राप्त है। निश्चय ही आगे चलकर यह प्यार उसकी जीवन-संगिनी के प्यार में परिवर्तित हो जाएगा। अभी से ही खाना-पीना तथा रहना सब उसकी सुविधा के लिए उसे कोठी की ओर से प्राप्त है। ऐसे ऊंचे वंश का चिराग बनने के लिए तो लोग सात जन्म लेते हैं फिर भी नहीं बन पाते हैं और वह शायद अपने पहले ही जन्म में इस वंश का दीपक बन रहा है। कितना भाग्यवान है वह। मन-ही-मन उसने यही सोचा कि जब वन्दना आज शाम उसकी आवश्यकताओं की वस्तुएं दिला रही है तो क्यों न वह भी वन्दना के लिए कोई वस्तु खरीदकर उसे भेंट कर दे? यद्यपि वन्दना का स्तर देखते हुए उसकी भेंट की हुई वस्तु तुच्छ होगी परन्तु वन्दना उसे प्यार करती है इसलिए उसकी दी हुई तुच्छ भेंट को भी एक बहुमूल्य वस्तु समझकर वह स्वीकारने से कभी इन्कार नहीं करेगी। उसने भी आज शाम अपनी ओर से वन्दना को कुछ-न-कुछ भेंट देने का निश्चय कर लिया। थोड़ी-बहुत धन राशि उसकी पिछली कमाई, उसके पास पहले ही जमा थी।

'और हां बेटे', नरेन्द्र सिंह ने जैसे अमर को याद दिलाया। उन्होंने कहा, 'फिरदौस में नृत्य के समय भी तुम रिवॉल्वर अपने साथ अवश्य रखना। मेरी बच्ची की सुरक्षा में जाने कब उसकी आवश्यकता पड़ जाए। किसी को जान से मारने के बजाए उसे निहत्था करके गिरफ्तार कराने में प्राथमिकता देना। डाकुओं की बात अलग होती है परन्तु वहां कौन किस भेष में आए कोई नहीं जानता।' नरेन्द्र सिंह ने एक क्षण बाद फिर कहा, 'वन्दना से मैंने कह दिया है कि रात में गांव लौटने की आवश्यकता नहीं है। वहीं तुम दोनों होटल में ठहर जाना और सुबह होने के बाद ही गांव वापस आना। रात के समय इतनी दूर से सुनसान रास्ता तय करना उचित नहीं है। दिन की बात और होती है।'

'आपके यहां रात-भर अकेले रहने से आपको कोई खतरा तो नहीं उत्पन्न होगा?' अमर ने उनके प्रति चिन्ता व्यक्त की।

'बिल्कुल नहीं।' नरेन्द्र सिंह ने पूरे विश्वास से कहा, 'मैं अपनी सुरक्षा के लिए चौकी से दो कांस्टेबल मांग लूंगा। वैसे भी मुझे अब अपने व्यक्तिगत जीवन में डाकुओं का डर जरा भी नहीं रहा।'

'जी?' अमर कुछ समझा नहीं।

'हां-' ठाकुर नरेन्द्र सिंह ने कहा, 'क्योंकि मैं जानता हूं कि शेर सिंह को मेरे जीवन से अधिक मेरी बदनामी की आवश्यकता है। वह जानता है कि मैं बूढ़ा हो चुका हूं। उसने मेरी हत्या नहीं करवाई तब मैं प्राकृतिक मृत्यु के बहाने शीघ्र ही चल बसूंगा। दरअसल-' नरेन्द्र सिंह ने पलंग पर बैठकर सिरहाने की टेक लगाते हुए मानो भेद की बात कही। बोले, 'मेरे विचार में शेर सिंह वन्दना का अपहरण करके मुझे सबके सामने अपमानित करने में अधिक विश्वास रखता है। वन्दना की हत्या करनी होती तो उसके आदमी उसकी हत्या उस दिन दूर से भी कर सकते थे जिस दिन तुम्हारे कारण उन्हें परास्त होना पड़ा था आखिर उन्हें उस सिपाही की हत्या करने से कौन रोक सका जिसने वन्दना की लाज बचाने का प्रयत्न किया था?'

अमर ने एक गहरी सांस ली। ठाकुर नरेन्द्र सिंह की बातों में भार था, ठोसपन था। उसे संतोष मिला। धोखेधड़ी से तो वन्दना की हत्या वास्तव में कोई भी कर सकता था परन्तु वन्दना का अपहरण करना कठिन था और उसके रहते तो बिल्कुल ही असंभव है। ऐसा दृढ़ विश्वास अमर को अपने ऊपर था। वन्दना को उसके अपहरण से बचाना उसे अधिक आसान प्रतीत हुआ।

* * *

शाम होने में अधिक देर नहीं थी। वन्दना ने अपनी कार शहर की सबसे बड़ी तथा अच्छे वस्त्रों की दुकान के सामने रोकी। बड़े-बड़े शीशे के शो-केस ही इस बात का पता देते थे कि यहां सुंदर वस्त्रों तथा कपड़ों की कमी नहीं है। स्पष्ट प्रकट था कि इस दुकान की वस्तुएं भी काफी महंगी होंगी। शहर की यह सुंदर दुकान यहां चार-पांच वर्ष पहले ही खुली थी जब वन्दना लंदन में थी। अमर भी तब बम्बई में ही काम कर रहा था। आज पहली बार ही उन दोनों का इस दुकान के अन्दर जाना हो रहा था। वन्दना ने कार से उतरकर अपनी ओर के द्वार का शीशा ऊपर किया तो दूसरी ओर से अमर भी अपनी ओर का आगे और फिर पीछे के कार का शीशा बन्द करने लगा। वन्दना ने कार लॉक की। कार लॉक करना आवश्यक था क्योंकि वन्दना अपने साथ एक छोटा सूटकेस भी लाई थी जिसमें पूरा मेकअप का सामान था। इसके साथ आज शाम के प्रोग्राम में पहनने के लिए वह अपना विशेष फैशनेबल वस्त्र लाई थी जिसे आज शाम होटल में कमरा लेने के बाद वह कमरे में ही नहा-धोकर इस वस्त्र को पहनने का इरादा रखती थी। रात में सोने के लिए भी वह अपने अलग कपड़े लाई थी।

अमर भी अपने साथ एक छोटे-से एयर बैग में एक जोड़ा अतिरिक्त वस्त्र लाया था। रात में सोने के लिए भी कुर्ता-पायजामा लेकर चला था।

जब दोनों दुकान के शीशे का द्वार खोलकर एक के पीछे एक अन्दर प्रविष्ट हुए तो दुकान के अन्दर का वातावरण बदला हुआ था। दुकान वातानुकूल थी। वंदना अमर को 'पैन्ट्स

डिपार्टमेंट' के काउण्टर पर ले गई। अमर के लिए वस्त्र खरीदने से पहले ही उसके दिल को एक विचित्र ही प्रसन्नता का आभास होने लगा। प्यार की प्रसन्नता प्राप्त करने का एक यह भी ढंग है जो वह इस समय अपने प्रेमी के लिए सब कुछ खरीदते हुए प्राप्त कर रही थी। बहुत चहक-चहक कर उसने अमर के योग्य अनेक तथा सुंदर रंगीन सूट निकलवाए, देखे तथा भली-भांति परखे भी। अमर उसके समीप ही चुपचाप खड़ा रहा। वन्दना की पसन्द उसके प्रति जाने क्या हो और जाने क्या नहीं? वन्दना ने वहीं खड़े-खड़े कुछेक कोट अमर के कंधे पर डालते हुए उसे पहनाकर भी देखे। कौन-सा सूट अमर के व्यक्तित्व को अधिक उजागर करता है। अमर वन्दना की पसन्द को अपनी पसन्द समझकर बहुत प्रसन्न था। अचानक वन्दना की आंखों के सामने एक लाल कोट पड़ गया - लाल कोट, जिसे अच्छे व्यक्तित्व का मालिक पहन ले तो राजकुमार लगने लगे। उसे देखते ही वन्दना अचानक गम्भीर हो गई। अज्ञात तौर पर वह खो भी गई जिसके लिए उसकी इच्छा नहीं थी। ऐसा बिना अधिकार ही हुआ। उसे रोहित के साथ वह पहली भेंट याद आ गई जो लंदन के वर्डलैंड (होटल) में हुई थी। कोट पर हाथ रखे तथा अंगुलियां फेरते हुए उसकी आंखों के सामने वह दृश्य घूम गया जब एक रंगीन शाम वह रोहित के साथ 'वर्डलैंड' में नहीं बल्कि 'मेफेअर' में नृत्य करते हुए बिता रही थी। वह दिन कोई भी हो सकता था परन्तु रविवार का दिन नहीं था क्योंकि लंदन में लगभग सभी होटलों में रविवार के दिन किसी भी प्रकार का रंगीन प्रोग्राम नहीं होता है।

'मेफेअर' की उस रंगीन शाम रोहित ने नीला सूट पहन रखा था। ऐसे अवसरों पर वह अपने कोट के कॉलर में सफेद गुलाब लगाना नहीं भूलता था - केवल सफेद गुलाब। किसी और रंग का गुलाब वन्दना ने रोहित के कोट के कॉलर पर कभी नहीं देखा था इसलिए साफ प्रकट था कि सफेद गुलाब ही रोहित की विशेष पसन्द है - केवल सफेद गुलाब। यह पसन्द तब वन्दना की पसन्द भी बन गई थी। मानव जिससे प्रेम करता है उसकी पसन्द, उसकी अपनी पसन्द स्वयं ही बन जाती है। प्यार भरे दिल का यह स्वभाव है।

उस 'मेफेअर' की शाम भी रोहित ने अपने नीले कोट के कॉलर में एक सफेद गुलाब ही टांक रखा था जो इस समय उस तारे के समान टिमटिमा रहा था मानो शाम डूबने से पहले ही नील गगन पर आ गया हो। ऑर्केस्ट्रा की धुन पर रोहित की छाती से लगी वन्दना ने थिरकते हुए उसके कोट के कॉलर में लगे फूल की सुगंध नथुनों द्वारा अपने दिल की गहराई में उतारी और फिर एक गहरी सांस लेकर उसने कहा था, 'एक बात बताऊं, रोहित?' रोहित ने उसी प्रकार पूछा था, वंदना के हाथ को छोड़कर, ठोड़ी से दो उंगलियों द्वारा उसका मुखड़ा ऊपर उठाते हुए। उसका दूसरा हाथ वन्दना की कमर पर उसी प्रकार था।

'उस दिन, मेरा मतलब---' वन्दना ने रोहित की आंखों में झांका। कुछ लजाई। फिर बोली, 'चौबीस दिसम्बर वाली रात के सूट में तुम मुझे बहुत अच्छे लग रहे थे। वह लाल कोट---' वन्दना कहते-कहते रुक गई। उसने अपनी पलकें नीचे झुका लीं।

'क्यों?' रोहित ने मजाक में पूछा, 'क्या इस सूट में अच्छा नहीं लगता?'

'नहीं, ऐसी बात नहीं है परन्तु---' वन्दना ने तुरन्त कहा परन्तु बात अधूरी छोड़कर चुप हो गई। रोहित की छाती पर उसने फिर सिर रख दिया।

'अगर तुम्हें वह सूट इतना ही पसन्द है तो कहो मैं उसे हर उत्सव में पहन लिया करूंगा।' रोहित ने वन्दना की बात रखनी चाही।

'हुश!' वन्दना ने कहा, 'कोई देखेगा तो क्या कहेगा? सब समझेंगे कि तुम्हारे पास केवल वही एक सूट है।'

'इसीलिए तो मैं सदा अलग-अलग ढंग और रंग के वस्त्र पहनता हूं। जब कभी किसी उत्सव में जाना पड़ता है तो सूट भी अलग-अलग ढंग और रंग के पहनना आवश्यक समझता हूं। हां, सफेद गुलाब मेरी पसन्द अवश्य है जिसे मैं किसी उत्सव में जाते समय अपने कॉलर में न लगाऊं तो मुझे अपने सूट की शोभा अधूरी मालूम पड़ती है।' रोहित ने अपने कॉलर में टंके फूल की ओर इशारा किया।

* * *

'आपको यह कोट पसन्द है?' अचानक दुकानदार ने वन्दना को खोई हुई स्थिति में कोट पर अंगुलियां फेरते देखा तो उसने पूछा। वन्दना के अतिरिक्त उसे और भी ग्राहकों को देखना था।

'जी?' वन्दना चौंक गई। चौंककर अपने विचारों से वापस आई तो उसने अपने समीप अमर को खड़े देखा।

अमर गम्भीर था। शायद वन्दना के दिल की स्थिति का उसे उचित अनुमान था। वन्दना का लाल कोट पर उंगलियां फेरकर खो जाना कोई अर्थ रखता था। तब भी वह वन्दना के लिए मुस्करा दिया। एक कटु मुस्कान थी यह जिसे देखकर वन्दना मन-ही-मन तड़प उठी। यह उसने क्या कर दिया? अमर की संगति में वह रोहित के लिए खो गई? क्या इस बात का अमर को अनुमान हो सकता है? वन्दना कुछ समझ न सकी परन्तु उसके दिल में चोर था, अमर की संगति में रहने के पश्चात् वह रोहित की याद में खो गई थी, इसलिए वह दुःखी होने के साथ मन-ही-मन लज्जित भी हुई।

'इन्हें पसन्द न हो, मुझे तो यह कोट बहुत पसन्द है।' अमर ने वन्दना को इशारा करते हुए कोट पर उंगलियां फेरीं। उसने अज्ञात बनकर वन्दना के दिल की बात रख ली थी।

वन्दना निश्चिंत नहीं हो सकी। वह अपनी हरकत पर अब भी मन ही मन लज्जित थी।

'इस कोट के साथ मैच करता कोई पैंट भी दिखाइए।' वन्दना ने अब अमर पर उसकी पसन्द छोड़ी। रोहित की पसंद के कपड़े पहनकर, या वह कपड़े जिसे पहनकर रोहित का व्यक्तित्व उसकी दृष्टि में खिल उठता था, उसे अमर पर थोपना अमर के साथ अत्याचार करना

58

था, अमर के निःस्वार्थ प्यार से नाजायज लाभ उठाना था तथा उसके प्यार के साथ अन्याय करना था।

दुकानदार ने एक से बढ़कर एक चमकदार और सुन्दर बने बनाए पैंट्स दिखाए। पैंट के कपड़ों को पकड़कर वन्दना भी कोट के रंग से मिलान करती और अमर भी। कोई भी आंखों में नहीं फबता था। दोनों की पसन्द मानो एक ओर रह गई थी। अचानक एक पैंट पर वन्दना की उंगलियां स्वयं ही चिपक गई - क्रीम रंग की पैंट। क्षण-भर के लिए वह फिर गंभीर हो गई। अमर ने वन्दना की ठहरी उंगलियां देखीं। फिर उसके मुखड़े पर ध्यान दिया। उससे वन्दना के दिल की बात छिपी नहीं रह सकी। उसने तुरन्त अनजान बनकर दुकानदार से कहा - 'यह पैंट बिल्कुल ठीक लगेगा। मेरे लाल कोट पर तो बहुत अधिक भला लगेगा।'

वन्दना ने अमर को गम्भीरतापूर्वक देखा परन्तु कुछ भी नहीं कह सकी वह। दिल के अन्दर अतीत का वही चोर। अमर ने निश्चय ही उसके दिल की किताब पढ़ ली है। इस किताब के अन्दर उसने अमर का नाम देख लिया है।

'हां-।' अमर ने कहा - 'कपड़े तो मैंने पसंद कर लिए। अब मैं पैंट और कोट का ट्रायल कहां लूं?' उसने काउण्टरमैन से पूछा।

'उधर वह ड्रेसिंग केबिन है।' काउण्टरमैन ने एक ओर इशारा करते हुए कहा - 'कपड़े पहन लीजिएगा तो घंटा बजा दीजिएगा। हमारा टेलर आ जाएगा। सूट की फिटिंग में जो कुछ भी कमी होगी वह एक घंटे के बाद जब आप 'शॉपिंग' करके लौटिएगा तो यहां पूरी हो चुकी होगी। तब आप सूट कलेक्ट कर लीजिएगा।'

अमर ड्रेसिंग-केबिन में जाकर कपड़े बदलने लगा। नया सूट पहनने के बाद उसने केबिन की घंटी का बटन दबा दिया। टेलर-मास्टर तुरन्त उसकी सेवा में उपस्थित हुआ। उसने कपड़ों को ऊंचा-नीचा करके फिटिंग का सही नाप लिया और फिर चला गया। अमर ने अपने पुराने कपड़े पहने। फिर जब केबिन से निकल कर दुकान में आया तो वन्दना 'टाई' के काउण्टर पर खड़ी थी। उसके सामने काउण्टर पर टाइयों का ढेर लगा हुआ था परन्तु एक विशेष टाई हाथ में लिए वह खोई हुई थी - क्रीम रंग की सुन्दर टाई थी हय जिस पर पतली लाल रंग की लहरदार नहीं परन्तु सीधी धारियां बनी हुई थीं। अमर चुपचाप उसके पीछे आकर खड़ा हो गया। एक अनुमान लगाकर उसके मन में टीस अवश्य उठी परन्तु अपने प्यार के लिए वह इस टीस पर काबू पा गया। वन्दना यदि रोहित के विचारों में तल्लीन है तो उसके प्रति उसे चिन्तित नहीं होना चाहिए। रोहित तो इस संसार में रहा नहीं। एक-न-एक दिन जब वन्दना उसकी बन जाएगी तो उसे रोहित को भूलना ही पड़ेगा। भारतीय नारी के लिए अपने पति के होते हुए किसी पराए पुरुष की याद में तड़पना महापाप है और वन्दना एक भारतीय नारी थी। क्या हुआ उसने एक अंग्रेज मां की कोख से जन्म लिया था परन्तु उसके शरीर में एक भारतीय पिता का ही रक्त था। हां, यदि वन्दना से विवाह होने के बाद रोहित की मृत्यु हुई होती तो बात अलग होती। तब

भूले-भटके वन्दना को उसे याद करने का पूरा अधिकार होता परन्तु अब ऐसी कोई भी बात नहीं थी इसलिए अमर वन्दना की ओर से निश्चिंत हो गया। निश्चिंतता के एहसास ने उसके अन्दर एक हर्ष उत्पन्न कर दिया जिसे आगे बढ़कर प्रकट करते हुए उसने वन्दना के हाथ से टाई छीनकर अपने हाथ में ले ली। उसने कहा - 'वाह, यह टाई तो वास्तव में बड़ी सुन्दर है। जो सूट तुमने मुझे अभी-अभी दिखाया है उस पर तो यह बहुत ही अधिक शोभा देगी।' वन्दना अमर की प्रसन्नता में सम्मिलित होकर खिल उठी। इस समय उसके दिल में चोर नहीं समाया क्योंकि यह टाई वैसी नहीं थी जैसी एक बार चौबीस दिसम्बर की रात के उत्सव में रोहित ने अपने लाल कोट के साथ पहन रखी थी। यद्यपि इस टाई में क्वालिटी का अन्तर बहुत था परन्तु डिजाइन का जो अन्तर था वह केवल इतना था कि रोहित की टाई में पतली लाल धारियां लहरदार थीं और इसमें धारियां सीधी थीं। फिर भी यह अन्तर वन्दना के लिए बहुत बड़ा था जिसने उसके दिल को बहुत संतोष दिया। अमर को वह हर वस्तु रोहित समझकर नहीं पहना रही है - उसने ऐसा सोचा।

इसके बाद वन्दना ने अमर के लिए और भी बहुत वस्त्र खरीदे, रंगीन 'फैशनेबल' कपड़े, कोट, पैंट तथा एकरंगी सूट भी। इन कपड़ों को खरीदते समय उसने अपनी पसंद का ध्यान रखा परन्तु रोहित की पसंद का इसमें कोई दखल नहीं था। अमर ने इस बात का एहसास वन्दना की निश्चिंत चहक में पाया तो उसे खुशी हुई, बल्कि उसने सोचा कि वन्दना इससे पहले जब भी कपड़ों को देखकर खोई तो उस समय निश्चय ही उसके खोएपन में रोहित की पसन्द का कोई दखल नहीं था। उसने अनुमान लगाया कि उस समय कपड़े देखकर वन्दना यह सोच रही होगी कि यह कपड़े उसके अमर पर कैसे लगेंगे? उस पर शोभा देंगे भी या नहीं? अमर सांवला है इसलिए कपड़ों का चुनाव करते समय रंगों का ध्यान रखना आवश्यक है। अमर मन-ही-मन अपने दिल में रोहित के विरुद्ध आए विचारों पर बहुत लज्जित हुआ परन्तु अपने मन की बात इस समय वन्दना को बताकर क्षमा मांगना उसने उचित नहीं समझा।

वन्दना ने हर कपड़े का बिल बनाकर तैयार रखने की आज्ञा दुकानदार को दी। फिर अपनी कार दुकानदार को दिखाकर वहां छोड़ते हुए वह अमर के साथ पैदल ही समीप की दुकानों में शॉपिंग के लिए निकल पड़ी। शहर का सबसे बड़ा मार्केट था यह। सभी वस्तुएं यहां आसानी से मिल जाती थीं। अमर के साथ चलते-चलते उसकी निगाह घड़ी की एक बड़ी दुकान पर पड़ी। अमर को लेकर वह उस दुकान में प्रविष्ट हो गई। काउण्टर पर दुकानदार से जब उसने पुरुषों की कलाई घड़ी निकालने को कहा तो अमर ने वन्दना को आश्चर्य से देखा।

'यह घड़ी किसके लिए ली जा रही है?' उसने पूछा।

'तुम्हारे लिए।' वन्दना ने लापरवाही से कहा।

'लेकिन मैं तो पहले ही एक घड़ी पहने हूं।' अमर ने अपनी कलाई पर बंधी घड़ी वन्दना को दिखाते हुए कहा।

'कपड़े भी तो तुम पहले से ही पहने थे। फिर मैंने तुम्हें कपड़े क्यों दिलाए?'

अमर ने उससे कुछ कहना चाहा परन्तु समझ में नहीं आया कि इन्कार में उसे कैसे समझाए। तभी दुकानदार ने अनेक घड़ियां बहुमूल्य तथा सस्ती भी, अत्यन्त सुन्दर तथा सादी भी, उन दोनों के सामने शीशे के काउण्टर पर रख दीं। वन्दना ने खूबसूरत, बहुमूल्य तथा थोड़ी घड़ियां एक के बाद एक अमर की चौड़ी कलाई पर रखकर देखीं। आखिर एक घड़ी अपनी कलाई पर रखकर देखी। आखिर एक घड़ी अपनी कलाई पर ऊपर नीचे खिसका कर जब अमर ने उसमें अपनी रुचि प्रकट की तो वन्दना ने उसे तुरन्त खरीद लिया। अमर का दिल कृतज्ञ होकर वन्दना के कदमों तले झूल गया, इतना अधिक कि वह धन्यवाद में उससे एक शब्द भी नहीं कह सका। परन्तु एक विचार उसके मन में अवश्य आ गया। अपनी पैंट के पॉकेट पर हाथ फेरते हुए उसने तय कर लिया कि वन्दना जब उसे इतनी अधिक वस्तुएं दिला रही है तो वह भी वन्दना के लिए कुछ-न-कुछ अवश्य खरीदेगा, उसे भेंट में देने को। तब क्या वन्दना उस गरीब की दी हुई वस्तु को स्वीकारने से कभी इन्कार कर सकेगी? कभी नहीं।

उसके बाद वन्दना ने अमर को एक जूतों की दुकान से दो जोड़े जूते अलग-अलग डिजाइन तथा रंग के दिलाए जिसे अमर ने स्वयं पसन्द किया था। एक लाल कोट से मैच खाता जूता था तो दूसरा लगभग हर रंग के कपड़ों पर चलने वाला काला जूता था। अमर के लिए उसने अनेक मोजे भी अलग-अलग रंग तथा डिजाइन के लिए। बाजार की अन्य बची-खुची शॉपिंग करने के बाद दोनों अपनी कार के पास पहुंचे। सारा सामान कार में रखने के बाद उन्होंने कार को फिर 'लॉक' किया। उसके बाद जब वन्दना कपड़ों का बिल अदा करने के लिए दुकान में प्रविष्ट हुई तो अमर उसके साथ ही था।

वन्दना जब काउण्टर पर बिल का चेक काटने लगी तो दुकानदार ने उससे कहा - 'मैडम, आखिर इन कपड़ों को आप कहीं-न-कहीं तो सिलवाएंगी ही। फिर क्यों न इसे सिलाने के लिए आप हमारी ही दुकान के टेलर मास्टर को दे दें। कपड़ा हमारी मिल का है इसलिए हम जानते हैं कि इसे काटते समय किन-किन बातों का ध्यान रखना चाहिए।'

वन्दना ने एक पल सोचा। आखिर कहीं-न-कहीं तो उसे यह कपड़े वास्तव में सिलवाने हैं। फिर यह तो सिले-सिलाए कपड़ों की सबसे फैशनेबल दुकान है। कपड़े सिलवाने के लिए इससे अच्छी दुकान और क्या हो सकती है? उसने पलटकर काउण्टरमैन से कहा - 'ठीक है, जो सूट अभी-अभी आपने सिला है उसको छोड़कर बाकी कपड़े आप सिलने के लिए रख सकते हैं। हम फिर कभी आकर 'कलेक्ट' कर लेंगे।'

काउण्टरमैन ने बगैर सिले कपड़ों का पैकिट वापस लेते हुए अमर से कहा - 'आप ड्रेसिंग केबिन में पहुंचिए। मैं सम्पूर्ण नाप के लिए टेलर मास्टर को भेजता हूं।'

अमर ड्रेसिंग केबिन की ओर बढ़ा। यह दूसरा ड्रेसिंग केबिन था, पहले ड्रेसिंग केबिन से कुछ दूर। यहां एक नहीं अनेक ड्रेसिंग केबिन थे जो शाम के समय अधिकतर भरे रहते थे।

अमर के केबिन में टेलर मास्टर आया। उसने उसके कपड़ों की फिटिंग का नाप लिया। अमर आगे-पीछे घूम-घूमकर अपना नाप देने लगा। अचानक उसकी दृष्टि केबिन के शीशे द्वारा दुकान के लेडीज डिपार्टमेंट के द्वार पर पड़ी जो शीशे का बना हुआ था। एक बार फिर उसे वन्दना का ध्यान आया तो उसने अपनी पॉकेट पर हाथ फेरा। टेलर मास्टर नाप लेकर चला गया तो वह अपने इरादे को साकार रूप देने के लिए अपने केबिन से निकलने के बाद तुरन्त लेडीज डिपार्टमेंट में प्रविष्ट हो गया। एक काउण्टर पर जाकर उसने वन्दना के लिए अनेक वस्त्र देखे। वन्दना के रूप को दृष्टिकोण में रखते हुए कोई भी वस्त्र उसे अच्छा नहीं लग रहा था। फिर भी उसने अन्त में एक बहुत ही सुन्दर हल्के रंग की रेशमी 'मैक्सी' चुन ही ली। मैक्सी का ब्लाउज-नुमा ऊपरी भाग पीठ से कुछ खुला हुआ था। कमर से नीचे चोगा समान ढीला-ढाला वस्त्र था यह पूरी 'मैक्सी' उसी रंग के रेशमी कपड़े के सुन्दर झालर से भरी पड़ी थी। उसने उसे निकालकर अलग रख दिया और अन्य मैक्सी देखने लगा। शायद यहां उसे वन्दना के दिल इससे भी अच्छी मैक्सी या दूसरे वस्त्र मिल जाएं जिससे वन्दना का रंग रूप और खिल उठे। वन्दना के रंग-रूप के आगे सभी रंग, सभी डिजाइन फीके पड़ सकते थे।

इयर वन्दना ने बिल-काउण्टर पर अपना हिसाब किया। फिर वह अमर की प्रतीक्षा करने लगी। अमर तब भी नहीं आया तो वह अपने कपड़ों का पैकेट वहीं बिल-काउण्टर पर छोड़कर लेडीज डिपार्टमेंट की ओर बढ़ गई। उसने सोचा, यदि लेडीज डिपार्टमेंट में उसके पसन्द की कोई वस्तु मिल गई तो वह उसे अपने लिए खरीद लेगी। परन्तु जैसे ही वह लेडीज डिपार्टमेंट के शीशे के द्वार पर पहुंची, बाहर से ही उसकी दृष्टि अंदर अमर पर पड़ गई। अमर का यहां आना उसे कुछ भी समझ में नहीं आया। उसने दरवाजा खोला। डिपार्टमेंट के अन्दर प्रविष्ट हुई। चुपचाप जाकर वह अमर के पीछे खड़ी हो गई।

अमर हरे रंग की मैक्सी को अलग किए उस पर हाथ रखे हुए था। आखिर इस मैक्सी के अतिरिक्त उसे और कोई मैक्सी पसंद नहीं आई। उसने इस मैक्सी में टांके हुए मूल्य के कार्ड को देखा तो वन्दना की दृष्टि ने भी मूल्य को पढ़ लिया। वह चुपचाप पीछे सरक गई। अमर मैक्सी पैक करने लगा। वन्दना बिल काउण्टर पर पहुंची। उसने अमर की खरीदी हुई मैक्सी का दाम चुकाया। अमर का रंग-रूप काउण्टरमैन को उसने समझा दिया कि यह मूल्य हरे रंग की उस मैक्सी का है जो अमर ला रहा है। काउण्टर मैन बिल की अदायगी पाकर चुप हो गया। फिर वन्दना ने बिल काउण्टर पर खड़े एक नौकर से उसके वस्त्रों का पैकिट कार में रखने को कहा। नौकर पैकिट समेटने लगा तो वन्दना दुकान का द्वार खोलकर कार की ओर बढ़ गई। उसने स्टेयरिंग के समीप कार के द्वार का लॉक खोला। स्टेयरिंग के सामने सीट पर बैठने के बाद उसने हाथ बढ़ाकर पिछला गेट खोला। नौकर ने सारे पैकिट पिछली सीट पर रख दिए। वन्दना ने गेट बन्द कर दिया। फिर अपनी सीट पर बैठे-ही-बैठे वन्दना ने अपनी ओर के गेट का शीशा नीचे किया, अपनी बाईं ओर के गेट का भी शीशा नीचे किया जिधर अमर बैठता था। फिर

उसने हाथ बढ़ाकर सामने के छोटे दर्पण का कोण इस प्रकार बनाया कि पीछे कपड़े की दुकान का निकास द्वार स्पष्ट दिखाई पड़ने लगा। अब वह उसी प्रकार बैठे-बैठे अमर को दुकान से निकलता देख सकती थी, बिना पीछे मुड़े हुए। अनजान बनती हुई वह चुपचाप सामने के दर्पण में अमर को देखती हुई उसकी प्रतीक्षा करने लगी। उसके होंठों पर इस समय शरारत-भरी बड़ी मीठी मुस्कान थी।

कुछ समय बाद अमर दुकान के गेट से बाहर निकला। उसके हाथ में वस्त्र का एक पैकिट था। वह तुरन्त गम्भीर हो गई मानो कुछ जानती ही न हो। अमर भी गम्भीर था। कुछ उदास भी था। आकर वह वन्दना के बाएं द्वार की खिड़की पर झुका। फिर अन्दर उसकी ओर झांकते हुए उसने पूछा, 'वन्दना जी, क्या मैं पूछ सकता हूं कि आपने मेरी खरीदी हुई मैक्सी का दाम अपने पास से क्यों अदा किया?'

'क्यों?' वन्दना ने उसे देखते हुए पूरे अधिकार से कहा, 'क्या मुझे तुम्हारी खरीदी हुई वस्तु का मूल्य चुकाने का कोई अधिकार नहीं है?'

'वह तो है लेकिन---' अमर ने सोचा। तभी अचानक उसे भी एक शरारत सूझी। वह दबे होंठों हल्के-से मुस्करा दिया। फिर बोला, 'लेकिन आप कहां तक और कब तक मेरे लिए उन वस्तुओं का मूल्य चुकाती रहेंगी जो मैं किसी दूसरे के लिए खरीदता रहूंगा?'

'किसी दूसरे के लिए?' वन्दना ने मानो स्वयं से कहते हुए सोचा। अमर को उसने बहुत ध्यान से देखा। उसके मुखड़े की सारी दबी शरारत गुल हो गई।

'जी हां।' अब अमर के लिए वन्दना को मूर्ख बनाने की बारी थी। उसने लापरवाही प्रकट करते हुए कहा, 'दरअसल यह---' उसने अपने हाथ के पैकिट की ओर संकेत किया, 'यह मैंने अपने एक मित्र की बहन के लिए खरीदा है। बहुत प्यार करती है मुझे वह। बहुत अधिक चाहती है।' अमर ने उसी लापरवाही के साथ अपनी ओर का गेट खोला। फिर अन्दर सीट पर बैठ गया। पैकिट उसने अपनी गोद में रख लिया।

वन्दना बहुत गम्भीर हो गई - बहुत उदास। अमर ने मानो उसके सपनों को एक ही झटके में तोड़कर चकनाचूर कर दिया था। उसके किस मित्र की यह कौन बहन उत्पन्न हो गई जिसके विषय में अमर ने आज तक उससे जिक्र नहीं किया था? उसका मन किया कि तुरन्त अमर को धक्का देकर कार से बाहर निकाल दे। उसके मुंह पर वह सारे पैकिट दे मारे जो उसने अभी-अभी उसके लिए कितने प्यार से खरीदे थे। शायद वह ऐसा कर भी देती। नारी सब-कुछ सहन कर सकती है परन्तु उस पुरुष के दिल में किसी पराई नारी का प्यार देखकर कभी सहन नहीं कर सकती जिसे वह प्यार करती है।

'अब आप चलेंगी भी या फिर मार्केट में कोई तमाशा बनाने का विचार है?' अमर ने वन्दना के इरादों को भांपते हुए कहा परन्तु वास्तविकता नहीं खोली। वन्दना की बेरुखी देखकर उसे आनन्द आने लगा था।

वन्दना ने अनिच्छुक होकर कार आगे बढ़ा दी। मार्केट नहीं होता तो वह वास्तव में यहां एक तमाशा बनाने से कभी नहीं चूकती। आते-जाते लोगों के अतिरिक्त सामने का दुकानदार भी क्या कहता? अभी-अभी दोनों उसकी दुकान में कितने प्यार से खरीदारी कर रहे थे और अब बाहर जाकर झगड़ा कर रहे हैं। वन्दना की उदासीनता और बढ़ गई। गला अन्दर-ही-अन्दर सूखने लगा। दिल के अन्दर प्यार की जलन का एहसास उसने पहली बार किया था। इसलिए दिल में उठती टीस पर काबू पाना कठिन हो गया। फिर भी काबू पाने के प्रयत्न में वह अपने निचले होंठ के किनारे को अन्दर दबाकर दांतों द्वारा काटने लगी। परन्तु जब दिल की चुभन तब भी कम नहीं हुई तो उसकी पलकें भीग गई। उसने अमर को नहीं देखा। परन्तु अमर उसे देख रहा था, कनखियों से। उसके जीवन का यह पहला प्यार था इसलिए वन्दना की स्थिति देखकर उसे आनन्द भी आ रहा था और तरस भी। उसने कुछ देर और खामोश रहना उचित समझा। वंदना की तड़प में उसके प्रति कितना प्यार है?

कुछ ही दूर बाद वन्दना ने उस सड़क पर कार मोड़ दी जो दुर्गापुर गांव को वापस जाती थी तथा जिधर से वह दोनों शहर आए थे। इस सड़क पर आते ही वन्दना ने कार की गति अचानक इतनी तेज कर दी मानो तुरन्त ही दुर्गापुर पहुंच जाना चाहती हो - या फिर वह कोई दुर्घटना करने पर अचानक तुली बैठी हो।

'आप इधर कहां चल रही हैं?' अमर ने कहा, 'इधर तो हम गांव वापस जा रहे हैं।'

वंदना ने तुरन्त ब्रेक पर अपना पैर जमा दिया कार के पहिए चीख पड़े। कार एक झटके से रुक गई। पीछे से गर्द का एक गुब्बार उड़कर सामने आया और फिर फैलकर हवाओं में लुप्त हो गया। वंदना ने पलटकर अमर को देखा - कुछ घूर कर। अमर का दिल धड़क गया। वंदना से मजाक करके उसने कोई अनुचित काम तो नहीं किया? वन्दना अन्दर ही अपने दर्द भरे क्रोध की आग में इस प्रकार जल रही थी कि उसने अमर के मुखड़े की चिंता पर ध्यान नहीं नहीं दिया। उसने तड़पकर कहा, 'हां, मैं गांव ही वापस जा रही हूं। तुम नहीं जाना चाहते तो मत जाओ। यहीं उतर जाओ, अभी और इसी समय। ऐसा न हो कि तुम्हारे मित्र की बहन तुम्हें मेरे साथ देख ले।' वन्दना ने हाथ बढ़ाकर पीछे से वस्त्रों के पैकिट उठाना चाहे परन्तु उसके नन्हें हाथ में केवल एक ही पैकिट आया। पैकिट उठाकर उसने कार के अन्दर ही अमर के मुंह पर मारते हुए कहा, 'यह लो, इन कपड़ों का पहनकर तुम उससे मिलने जाओगे तो वह और दीवानी हो जाएगी।'

'अरे-अरे!' अमर ने अपना बचाव करना चाहा परन्तु पैकिट उसके मुखड़े पर लग चुका था। पैकिट को उसने गोद में गिरने के बाद संभाल लिया।

वन्दना ने अमर की चिंता नहीं की। हाथ बढ़ाकर वह पीछे की सीट से दूसरा पैकिट उठाने लगी। पैकिट उठाते हुए उसने कहा, 'इन कपड़ों में से कुछ अपने मित्र को भी दे देना ताकि उसे भी तुमसे कोई शिकायत नहीं रहे।' उसने क्रोध में यह पैकिट भी अमर के मुंह पर दे मारा।

'लेकिन---' अमर ने इस पैकिट को भी अपनी गोद में संभालकर अपनी सफाई देनी चाही। बात यहां तक बढ़ जाएगी उसने जरा भी नहीं सोचा था। वन्दना के दिल में उठी टीस अब उसे चुभने लगी।

परन्तु वन्दना ने उसे कुछ कहने का अवसर नहीं दिया। वह पीछे से एक पैकिट और उठाने लगी। बात जारी रखते हुए उसने उसी क्रोध में कहा, 'यह सारी ही वस्तुएं तुम साले-बहनोई एक-दूसरे में बांट लेना। यह लो।' वन्दना ने इस बार फिर अमर के मुखड़े पर पैकिट पटक देना चाहा। उसका स्वर कांपने लगा था। गला भर्रा रहा था। शायद वह रो पड़ना चाहती थी।

परन्तु इस बार अमर ने अपने मुंह पर पैकिट लगने से पहले ही हाथों द्वारा रोककर थाम लिया। उसने कहा, 'वन्दना!' प्यार के जाने किस बहाव में आकर अमर के मुंह से वन्दना का खड़ा नाम निकल गया। वन्दना चौंककर क्षण-भर के लिए रुक गई। परन्तु फिर उसने दोबारा शक्ति लगाकर अमर के हाथ में पैकिट छुड़ा लेना चाहा ताकि अमर के मुंह पर यह पैकिट अवश्य दे पटके परन्तु उसके क्षण भर के रुक जाने से ही अमर को अपनी बात कहने का अवसर मिल चुका था। उसने तुरन्त कहा, 'वन्दना, वह सब मैंने तुमसे मजाक में कहा था।'

वन्दना के हाथ अमर के हाथ से पैकिट छुड़ाते-छुड़ाते रह गए। पकड़ जैसी थी, जहां थी वहीं स्थिर रह गई। अपने कानों पर मानो उसे विश्वास नहीं हुआ। उसने मस्तक पर बल डालकर अमर को बहुत ध्यान से देखा।

'मैं ठीक कह रहा हूं वन्दना, मेरा मतलब---वन्दना जी।' अमर ने बात सुधारकर कहा, 'जो मैक्सी मैंने ली है उसे मैं केवल आपको ही भेंट देना चाहता हूं। परन्तु आपने इस गरीब को उसका मूल्य भी चुकाने नहीं दिया।'

वन्दना तब भी अमर को उसी प्रकार देखती रही। परन्तु उसके मस्तक के बल अवश्य कम हो गए।

'आप ही सोचिए-' अमर ने फिर कहा, 'जब से मैं दुर्गापुर आया हूं केवल एक ही रात गांव के चाचा के यहां ठहरा था। उनके पास न कोई लड़का है न लड़की। फिर मेरी मित्रता यहां होती किससे? उसके अगली सुबह ही से तो मैंने आपके यहां नौकरी कर ली है। दिन-रात आपके ही साथ तो छाया बनकर रहता हूं। आखिर आपने आज तक मुझे गांव में या कहीं अकेले जाते कभी देखा है?'

वन्दना का मस्तक ढीला पड़ गया। उसकी आंखों के आंसू मोती बनकर चमक उठे। होंठों पर एक मुस्कान आते-आते रह गई। पैकिट उसने वापिस लेकर अपनी गोद में डाल लिया। फिर सीधे बैठकर उसने अपना बांया हाथ स्टेयरिंग पर रखा। फिर अपने दाहिने हाथ की कोहनी मोड़ते हुए उसने बगल में कार की खिड़की पर टिका दी, कोहनी को खिड़की से थोड़ा बाहर निकालकर। अपनी गर्दन को बाहिने मोड़ते हुए उसने अपना सिर थोड़ा नीचे झुकाते हुए थोड़ी दाहिने कंधे के कोने पर टेक दी और फिर पलकें उठाकर वह खिड़की द्वारा बाहर के संसार में देखने लगी - बहुत ही खामोशी के साथ।

'आप मुझसे नाराज है क्या?' अमर ने वन्दना को खामोश देखकर पूछा।

वन्दना ने कोई उत्तर नहीं दिया। अमर की ओर उसने दृष्टि उठाकर देखा तक नहीं। दूर क्षितिज में देखती वह उसी प्रकार खामोश रही।

'आपने मेरी बात का उत्तर नहीं दिया।' अमर ने फिर कहा। उसके स्वर में पश्चाताप का दर्द था। बात जारी रखते हुए उसने पूछा, 'क्या मैं यह समझ लूं कि मेरे एक छोटे-से मजाक के कारण अब आप मुझसे कभी बात नहीं करेंगी?'

वन्दना ने अपना मुखड़ा उठाकर अमर को देखा। वन्दना की पलकें अब भी भीगी हुई थीं। आंखों के किनारे अब भी आंसुओं से तर हो रहे थे। अमर से वन्दना के यह आंसू देखे नहीं गए। उफ! कितना दर्द था उसकी नीली आंखों की नदी में। यदि उसकी कही बात मजाक न होकर सत्य होती तो वन्दना का दिल ही टूट जाता। स्पष्ट प्रकट था कि वन्दना के पहले प्यार ने उसे धोखा नहीं दिया था। धोखा दिया था उसे प्रकृति ने, रोहित की हत्या का बहाना लेकर। ऐसी स्थिति में वह अमर से धोखे की आशा कैसे कर सकती थी। जिस हाल कि उसने अपना भविष्य उसके सहारे छोड़ रखा था। अमर ने उसी पश्चात्तापी स्वर में कहा, 'मुझे क्षमा कर दीजिएगा। अब मैं आपसे कभी ऐसा मजाक नहीं करूंगा। मैं भूल गया था कि मुझे आपसे मजाक करने का कोई अधिकार नहीं है।'

'क्यों तुमने मुझसे ऐसा मजाक किया था?' वन्दना ने सीधे बैठकर उसकी आंखों में झांका।

'यूं ही, बस मन के अन्दर स्वयं ही एक इच्छा उत्पन्न हो गई थी।' अमर ने कहा।

'फिर भी इच्छा के पीछे कोई कारण तो होगा ही?' वन्दना ने कुरेद की।

'शायद----' अमर ने सोचते हुए कहा, 'अपने मजाक की प्रतिक्रिया देखकर आपके प्यार की थाह जानना चाहता था।'

'थाह मिली?' वन्दना ने पूछा।

'आपके प्यार की कोई थाह नहीं।' अमर ने कहा, 'आप सचमुच मुझे प्यार करती हैं।'

वन्दना खामोश हो गई। सोचने पर विवश हो गई कि क्या वह वास्तव में अमर को बहुत प्यार करती है? यदि वास्तव में ऐसा है तो वह अमर की संगति में रहकर भी रोहित के विचारों में क्यों खो जाती है? क्या यह अमर के प्यार का अपमान नहीं है? उसके साथ वह धोखा नहीं कर रही है? जिस प्रकार अमर की संगति में रहने के पश्चात् वह रोहित के विचारों में खो जाती है उसी प्रकार संगति में रहकर यदि अमर किसी पराई लड़की के विचारों में तल्लीन हो जाए तो उस पर क्या बीतेगी? अमर के प्यार की गहराई का अनुमान लगाकर वन्दना अपनी ही दृष्टि में गिरने लगी तो उसने तय कर लिया कि वह अपने दिल और दिमाग को अमर के अधिकार में इस प्रकार सुपुर्द कर देगी कि अमर उसकी एक-एक सांस पर छा जाएगा। तब दिन-रात वह अमर के ही सपनों में खोई रहेगी। अनिच्छुक होकर भी जब रोहित उसे याद आएगा तो वह

उसके विचारों में तल्लीन न हो सकेगी। परन्तु ऐसा होगा किस प्रकार? किस प्रकार वह रोहित को सदा के लिए भूलकर दिन-रात के सपनों में केवल अमर को ही देखने में सफल होगी? रोहित उसका पहला प्यार था। रोहित की बांहों में रहकर उसने प्यार के अगणित सुन्दर सपने देखे थे, परन्तु जो भाग्य को स्वीकार था वह तो होकर ही रहा। ऐसी स्थिति में वन्दना के लिए रोहित को भूलना आसान काम नहीं था परन्तु असम्भव भी नहीं था क्योंकि अब रोहित इस संसार में नहीं था। और जो इस संसार में नहीं रहते उनकी याद में तड़पने तथा आंसू बहानेवाला समाज के साथ मिलाकर आगे नहीं बढ़ पाता है। वन्दना दिल की गहराई से अमर को पहले ही अपना बना चुकी थी। अब उसने स्वयं भी दिल की गहराई से अमर की बन जाने का दृढ़ निश्चय कर लिया।

'अब आप दुर्गापुर चलेंगी या---' अमर ने उसे खोया देखा तो पूछा।

वन्दना चौंक पड़ी। फिर हल्के से मुस्करा दी। उसने अपनी गोद में पड़ा पैकिट पीछे सीट पर फेंका तो अमर ने भी अपनी गोद के सारे पैकिट उठाकर पीछे की सीट पर डाल दि। वन्दना ने कार बैक की और फिर वापसी की ओर चलते हुए कुछ दूर बाद कार 'फिरदौस' के रास्ते पर मोड़ दी। फिर इत्मीनान के साथ कार चलाती हुई वह सीट पर पीछे पीठ टेककर आराम से बैठ गई।

'वैसे---' अमर ने कुछ देर बाद थोड़ा सकुचाते हुए पूछा, 'एक बात पूछने का अधिकार मिल सकता है?'

'तुम्हें मुझसे हर बात पूछने का अधिकार है। बातें पूछने का क्या, तुम्हें आज्ञा देने का भी पूरा अधिकार है।' वन्दना ने कहा, 'पूछो, क्या पूछना चाहते हो?'

'यही कि---' अमर एक क्षण रुका। फिर बोला, 'क्या इस गरीब ने आपके लिए अपनी पसन्द की मैक्सी लेकर कोई अपराध या अनुचित बात कर दी थी जिसे स्वीकार न करते हुए आपने मुझे बिना बताए ही इसकी कीमत चुपचाप बिल-काउण्टर पर चुका दी?'

'नहीं, ऐसी बात नहीं हे।' वन्दना ने तुरन्त कहा, 'बल्कि दरअसल मैं नहीं चाहती थी कि तुम अपनी गाढ़ी कमाई का पैसा इतनी आसानी से उस जैसी बहुमूल्य वस्तु पर खर्च करो। कम-से-कम अभी नहीं चाहती। बाद की बात और है। जब मैं तुमसे स्वयं ही नई-नई ऐसी फरमाइशें करूंगी कि तुम पूरा करते-करते थक जाओगे।'

बाद की बात? अमर ने वन्दना की बात पर ध्यान दिया तो उसकी आंखों में एक सपना जागा। वन्दना उसके साथ मिलकर अपने प्यार को साकार रूप देने का निर्णय पहले ही किए बैठी है। अमर को इसके अतिरिक्त चाहिए भी क्या था?

'अभी यदि तुम मुझे कुछ देना ही चाहते हो तो इतनी बहुमूल्य वस्तु मत दो, कोई छोटी-मोटी वस्तु दे देना - बतौर तोहफा, या निशानी के तौर पर कोई ऐसी वस्तु जिसे मैं सदा अपनी आंखों के सामने रखकर दिन-रात तुम्हारे विचार में खोई रहूं। वैसे एक बात याद रखना -

तोहफा देने या लेने का आनन्द तब ही है जब तोहफा लेनेवाले को मालूम ही न हो कि उसे क्या मिल रहा है?'

अमर खामोश हो गया। सोच में डूब गया कि वन्दना को वह ऐसी वस्तु तोहफे में क्या दे जो उसे पसन्द आ जाए तथा जो हर क्षण उसकी आंखों के सामने रहकर उसे उसकी याद दिलाती रहे?

तीन

वन्दना ने जब अपनी कार 'फिरदौस' की चारदीवारी के अन्दर एक ओर रंग-बिरंगी कारों की पंक्ति में पार्क की तो शाम ढल रही थी। क्षितिज पर दूर-दूर तक बादलों के टुकड़े छिटके हुए थे जिनके होंठों पर डूबते सूर्य की लालिमा मुस्करा रही थी, शायद रात के समय आने वाले तूफानी वातावरण से अनभिज्ञ जिसका अभी किसी को भी अनुमान नहीं था।

फिरदौस की वातानुकूल इमारत के अन्दर प्रविष्ट होकर वन्दना अमर को लिए सबसे पहले रिसेप्शनिस्ट के काउण्टर पर पहुंची। वहां उसने दो अलग-अलग 'सिंगिल' कमरों की मांग की। परन्तु सिंगिल रूम एक भी नहीं मिल सका। सब कमरे पहले ही बुक थे। फिरदौस की रजत-जयंती तो दूर की बात थी, यहां यूं भी आजकल विदेशी यात्रियों का मेला-सा लगा रहता था क्योंकि यात्रियों के लिए शहर और उसके आस-पास के दृश्य देखने का सबसे अच्छा मौसम यही था। अब? वन्दना सोच में पड़ गई। परन्तु जब वन्दना को पता चला कि होटल में एक डबल-रूम खाली है तो उसने इसे लेने में जरा भी देर नहीं की। ऐसा न हो कि यह कमरा भी हाथ से निकल जाए। कमरा लेने के बाद दोनों एक ही कमरे में कैसे रहेंगे यह बात उसने बाद के लिए छोड़ दी। अमर से उसे किसी भी प्रकार का कोई भय नहीं था। आखिर आज नहीं तो कल, कभी-न-कभी तो अवश्य ही उसे अमर के साथ हर क्षण बिताना ही था, उसके सामने खुलकर आना ही था, उसकी बांहों में समाकर उसकी सांसों में रचना ही था। फिर आज की केवल एक ही रात एक कमरे में उसके साथ अलग-अलग पलंग पर सोने में हर्ज ही क्या था? कमरे की चाभी लेकर उसने एक वेटर को अपने साथ अपनी कार के पास ले जाना चाहा ताकि कार से सारा सामान निकालकर वह उसके कमरे तक पहुंचा दे। परन्तु तभी अमर ने उसे मना करते हुए कहा, 'आप क्यों कष्ट कर रही हैं? कार की चाभी मुझे दीजिए और आप कमरे में पहुंचिए। मैं सारा सामान कार से निकलवाकर आ रहा हूं।'

वन्दना ने एक क्षण सोचा। फिर कार की चाभी अमर को थमाते हुए उसने कहा, 'ठीक है, मैं चल रही हूं। तुम सामान निकलवाकर लाओ।' वन्दना होटल के एक गलियारे से होकर लिफ्ट की ओर बढ़ गई। उसका कमरा होटल की सबसे ऊंची मंजिल पर था, इमारत के एक किनारे।

अमर कार के समीप पहुंचा। वेटर द्वारा उसने सारा सामान उठवाया - वन्दना का सूटकेस तथा आज के खरीदे हुए कपड़ों तथा अन्य वस्तुओं के पैकिट। अमर ने कार लॉक की और

68

जब वेटर होटल के प्रवेश द्वार की ओर बढ़ा तो अमर भी उसके पीछे-पीछे चल पड़ा। होटल के अन्दर लिफ्ट से पहले वही गलियारा था जिधर से वन्दना अपने कमरे के लिए गई थी।

अचानक अमर की दृष्टि गलियारे में एक आभूषणों की दुकान पर पड़ी। शो-केस में अनेक हीरे-जवाहरात से जड़े सोने के सेट सजे रखे जगमगा रहे थे। अगल-बगल साधारण तथा असाधारण सोने की अंगूठियां भी रखी हुई थीं। अंगूठी? अमर का मस्तक अचानक ही ठनक गया। वन्दना की बातें उसे याद आ गईं जो उसने उससे उपहार लेने के विषय में कहीं थीं। वन्दना ने कहा था - अभी यदि तुम मुझे कुछ देना ही चाहते हो तो इतनी बहुमूल्य वस्तु मत दो, कोई छोटी-मोटी वस्तु दे देना - बतौर तोहफा या निशानी के तौर पर कोई ऐसी वस्तु जिसे मैं सदा अपनी आंखों के सामने रखकर दिन-रात तुम्हारी याद में खोई रहूं।' अमर के बढ़ते पग धीमे पड़ गए। उसने अपने साथ सामान लेकर चलते वेटर को भी आवाज देकर रोक दिया। फिर वह दो पग मुड़कर आभूषणों की दुकान के शो-केस के सामने जा खड़ा हुआ। आभूषणों के साथ उनका मूल्य भी लिखा हुआ था। अमर ने सोचा - वन्दना को उपहार या बतौर निशानी देने के लिए अंगूठी से अच्छी क्या वस्तु हो सकती है? अंगूठी पहनने के बाद अंगूठी का स्वर्ण हर क्षण उसे याद दिलाता रहेगा कि यह किसकी दी हुई निशानी है। इस प्रकार उसके विचारों से कभी आजाद नहीं हो सकेगी। अमर ने अपनी पॉकेट को एक बार यहां भी टटोला। फिर दुकान के शीशेदार द्वार में प्रविष्ट हो गया।

कुछ देर बाद जब अमर दुकान से बाहर निकला तो उसके होंठों पर एक भेद-भरी मीठी मुस्कान थी। वेटर को उसने चलने की आज्ञा दी और फिर उसके साथ-साथ लिफ्ट की ओर बढ़ गया।

जब अमर अपने कमरे में प्रविष्ट हुआ तो वन्दना यात्रा तथा शॉपिंग की थकान दूर करने के लिए एक सोफे पर धंसी तथा सामने की मेज पर पैर फैलाए आराम कर रही थी। अमर को देखने के पश्चात् वह थकावट के कारण उसी प्रकार बैठी रही। अमर के पीछे-पीछे सामान लिए वेटर भी कमरे में प्रविष्ट हुआ था। उसने कमरे के एक कबर्ड के अन्दर सारा सामान ठीक से रख दिया। कबर्ड के बाहर पलड़े पर मानव कद का दर्पण जड़ा हुआ था। वेटर ने कमरा छोड़ने से पहले पूछा, 'इस समय कुछ खाना है साहब?'

'हां-' वन्दना ने कहा, 'दो सेट कॉफी ले आना।'

अमर ने कमरे का निरीक्षण किया। कमरा अच्छा-खासा और बड़ा था - वातानुकूल। दीवार के कोने-कोने तक कालीन बिछी थी। सोफा सेट, श्रृंगार मेज अतिरिक्त, मेज कुर्सी आदि सभी आवश्यकताओं की वस्तुएं उपस्थित थीं।

कमरे के बाद एक बालकनी थी जिसका द्वार ताजी हवा प्राप्त करने के लिए वन्दना पहले ही खोल चुकी थी। अमर ने वन्दना के आराम में बाधा डालना उचित नहीं समझा। वह बालकनी पर निकल आया।

सहसा दरवाजे पर किसी ने थपकी दी। वन्दना ने अपने पैरों को सामने की मेज पर से हटाकर नीचे करते तथा ठीक से सोफे पर बैठते हुए कहा, 'कम इन।' उसे ज्ञात था कि इस समय कमरे में आने वाला कौन हो सकता है।

दरवाजा खुला। सामने वेटर कॉफी की ट्रे लिए उपस्थित था। अन्दर आकर उसने वन्दना के सामने वाली मेज पर ट्रे रखी तो अमर भी बालकनी छोड़कर उसके सामने आ बैठा।

दोनों कॉफी पी रहे थे कि अचानक कमरे में रखे फोन की घंटी बजी। वन्दना ने कॉफी का प्याला तशतरी में रखने के बाद टेलीफोन रिसीव किया। वह बोली, 'यस?'

'आपको आज के फंक्शन के लिए कोई टेबल तो रिजर्व नहीं करानी है?' कॉल होटल के मैनेजर की ओर से आया था। उसने कहा, 'हम अपने होटल में ठहरे यात्रियों को ऐसे रिजर्वेशन में मिलना प्राथमिकता देते हैं।'

'क्या समय पर हॉल के अन्दर पहुंचने के बाद टेबल का मिलना कठिन होगा?' वन्दना ने पूछा।

'कुछ कहा नहीं जा सकता कि बैठने के लिए कुर्सियां भी मिलेंगी। क्योंकि आज होटल का विशेष उत्सव है।' मैनेजर ने कहा, 'यदि आपको फंक्शन में भाग लेना है तो अभी से टेबल रिजर्व करा लेने में सुविधा होगी।'

'ठीक है।' वंदना ने कहा, 'आप दो कुर्सियों के साथ एक टेबल रिजर्व कर दें।'

'थैंक्यू मैडम।' मैनेजर ने कहा।

फिर दोनों की ओर से फोन कट गया।

कॉफी पीने के बाद वंदना की ही थकावट दूर नहीं हुई बल्कि अमर भी ताजगी महसूस करने लगा। फिर कुछ देर के लिए वह दोनों बालकनी पर चले आए।

'लगता है आज रात काफी वर्षा होगी।' वन्दना ने ठण्डी सांस लेकर कहा।

'जी हां।' अमर उससे सहमत हुआ। उसने कहा, 'बल्कि मुझे तो ऐसा लगता है मानो आज रात कोई तूफान आने वाला है।'

तूफान? वन्दना का दिल हल्के से कांप गया। उसने अमर को ध्यान से देखा। परन्तु अमर उसकी ओर से निश्चिंत था। अमर ने अपनी बात अनजाने में कही थी इसलिए वह इस बात की ओर से निश्चिंत हो गई।

वन्दना को 'फिरदौस' की रजत-जयंती के फंक्शन में भाग लेना था इसलिए उसने स्नान करते समय अपनी लटों को पानी से भीगने से बचाए ही रखा। भीगने के बाद लटों को सूखने में समय लग सकता था। स्नान के बाद जब वह स्नान कक्ष से बाहर निकली तो उसके शरीर के ऊपर टावल का एक गाउन था जिससे उसका शरीर पूर्णतया ढंका हुआ था। कमरे में आकर वह श्रृंगार मेज के सामने बैठी तो अमर अपने कपड़े निकालकर स्नान कक्ष में प्रविष्ट हो गया। दरवाजा अन्दर से बन्द करके वह स्नान करने लगा तो वन्दना भी निश्चिंत होकर रात के फंक्शन में जाने की तैयारी पूरी सुन्दरता के साथ करने लगी।

स्नान करने के बाद अमर ने आज शाम के प्रोग्राम में पहनने वाली पैंट तथा कमीज आदि पहनी। फिर स्नान-कक्ष से जब वह बाहर निकला तो वन्दना उसकी पसन्द की खरीदी हुई मैक्सी को पहनकर श्रृंगार मेज के सामने बैठी अपने होंठों पर लिपस्टिक लगाती हुई अपनी असीम सुन्दरता को अंतिम टच दे रही थी। बाहर वर्षा का समां था परन्तु अमर को लगा मानो वन्दना की सुन्दरता की बिजली अभी से ही सारे होटल पर गिर पड़ना चाहती हो। अमर के बढ़ते पग जहां-तहां रुक गए। आंखें वन्दना पर इस प्रकार चिपक गईं मानो वन्दना की सुन्दरता मकनाती सी थी। वन्दना को अपनी पसन्द की मैक्सी में देखकर उसे अत्यधिक प्रसन्नता हुई। ऐसे महत्त्वपूर्ण अवसर पर भी वन्दना ने उसकी पसन्द की मैक्सी पहनकर उसके प्यार की लाज रख ली थी। वर्ना वन्दना के पास तो पहले ही विदेश से लाई एक-से-एक बढ़कर मैक्सी थीं।

'क्या देख रहे हो?' वन्दना ने अपने होंठों पर लिपस्टिक लगाने के बाद दर्पण में उसे देखते हुए पूछा।

अमर कबर्ड छोड़कर वन्दना के समीप आया - बिल्कुल समीप। उसने वन्दना की आंखों में झांका। पूछा, 'बता दूं?'

'हां-हां।' वन्दना ने बैठे-बैठे आंखें ऊंची करके उसकी ओर देखते हुए कहा।

'इस समय आप इस वस्त्र में बहुत अधिक सुन्दर लग रही हैं।' अमर ने एक गहरी सांस ली।

वन्दना हल्के से मुस्कराकर खड़ी हो गई। नारी सुन्दर हो या कुरूप, अपनी प्रशंसा सुनकर फूली नहीं समाती है। परन्तु वन्दना पर अमर की बात का अधिक प्रभाव नहीं पड़ा। अमर ने तो उसे इस प्रकार बना-संवरा अपने जीवन में पहली बार देखा था। उसने अमर से कहा, 'तुम्हारी पसन्द की मैक्सी है ना, इसलिए सुन्दर तो लगूंगी ही। अब तुम भी जल्दी से तैयार हो जाओ। फिर देखना तुम भी इस लाल कोट में कितने अच्छे लगोगे।'

अमर मुस्कराकर कबर्ड की ओर दोबारा बढ़ गया।

वन्दना पूरी तरह तैयार हो चुकी थी। उसने सोचा, वह अमर के कोट के कॉलर में टांकने के लिए बाहर लॉन से एक फूल क्यों न तोड़कर ले आए? इसी बीच अमर भी अपने कपड़े पहनकर तैयार हो जाएगा। परन्तु उसने तय किया कि वह अमर के कोट में टांकने के लिए गुलाब का कोई भी रंग का फूल अवश्य ले आएगी परन्तु सफेद फूल हरगिज नहीं लाएगी। ऐसा उसने अपने दिल को प्यार का सच्चा प्रमाण देने के लिए सोचा था, वह प्यार जो वह अब अमर से कर रही थी। उसने अमर से कहा, 'तुम तैयार होओ मैं अभी आती हूं।'

कुछ देर बाद उसके कमरे का दरवाजा खुला। अमर कबर्ड के दर्पण के सामने से हटने ही वाला था कि उसने पलटकर देखा दरवाजे में वन्दना प्रविष्ट हो रही थी, बिल्कुल परियों के समान मुस्कराती, बल खाती, इस प्रकार मानो फर्श पर काली बिछी होने के पश्चात् उसके नन्हें पैरों में लोच न आए। वन्दना के हाथ में गुलाब का एक सुन्दर फूल था - पीला गुलाब, अमर

के पैंट के क्रीम रंग से काफी मेल खाता हुआ। गुलाब भी वन्दना के समान ही मुस्करा रहा था। अमर ने सोचा, वन्दना को अंगूठी भेंट करने के लिए इससे अच्छा समय और कोई नहीं हो सकता। भेद भरे ढंग में वह मुस्कराया। अंगूठी भेंट करने से पहले ही उसका दिल प्रसन्नता से अन्दर-ही-अन्दर उछलने लगा। वन्दना स्वयं सरप्राइज पाकर प्रसन्नता से खिल उठेगी। उसने अंगूठी निकालने के लिए अपने कोट की पॉकेट में हाथ डालना चाहा, परन्तु तभी वन्दना का खिला मुखड़ा अचानक गम्भीरता में परिवर्तित देखकर वह चौंक गया। वन्दना के मुखड़े की सारी मुस्कान इस प्रकार गुम हो गई थी मानो किसी खिले हुए फूल को अचानक पतझड़ के झोंके ने अपनी लपेट में लेकर मुर्झा दिया हो। उसके बढ़ते पग जहां-तहां रुक गए - अमर से कुछ ही दूरी पर। उसके हाथ का पीला गुलाब वहीं छूटकर कालीन पर गिर पड़ा।

अमर कुछ समझा नहीं। बल्कि वन्दना की अचानक बदली हुई स्थिति को देखकर वह चिंतित होते हुए अपने कोट की पॉकेट से अंगूठी निकालना भूल गया। उसने वन्दना को ऊपर से नीचे तक देखा। वन्दना एक मूर्ति समान खामोश थी। उसने वन्दना के समीप पग बढ़ाते हुए पूछा, 'क्या बात है वन्दना जी? आप अचानक इस कदर गम्भीर क्यों हो गईं? आपका स्वास्थ्य तो ठीक है ना?'

'यह---' वन्दना ने बड़ी कठिनाई से कांपते स्वर में कहना चाहा परन्तु फिर खामोश हो गई। उसकी दृष्टि अमर के कोट के कॉलर पर जमी हुई थी।

अमर के लाल कोट के कॉलर में एक गुलाब टंका हुआ था - सन सफेद गुलाब। उसने गर्दन झुकाकर अपने कोट के कॉलर में लगे फूल को देखा। फिर आश्चर्य से पूछा, 'यह क्या?' वह वन्दना की बदली हुई स्थिति का कारण समझ नहीं सका।

'यह फूल---' वन्दना ने सफेद गुलाब को देखते हुए फिर कहना चाहा, 'परन्तु दोबारा खामोश हो गई। उसके दिल के अन्दर चोर था इसलिए वह सोच रही थी कि अमर को कैसे ज्ञात हुआ कि रोहित अपने कोट के कॉलर में सदा सफेद ही गुलाब लगाया करता था? जहां तक लाल कोट का प्रश्न था, अमर को लाल कोट पर रोहित की पसन्द का सन्देह हो सकता था क्योंकि कोट को आज दुकान से खरीदते समय वह बिना अधिकार ही रोहित के विचारों में खो गई थी, इस प्रकार कि उसे अपने समीप खड़े अमर तथा दुकान का भी ध्यान नहीं रह गया था। पैंट को खरीदते समय भी वह क्रीम रंग के पैंट पर अंगुलियां रखकर क्षण भर के लिए गम्भीर होती हुई अवश्य खो गई थी इसलिए यदि अमर ने उस पर किसी प्रकार का सन्देह किया होगा तो कोई अनुचित बात नहीं की होगी। यही बात पतली लाल रंग की सीधी धारीदार क्रीम रंग की टाई पर भी लागू हो सकती थी, यद्यपि इस टाई में तथा रोहित की टाई में डिजाइन का अन्तर था, परन्तु अमर को रोहित की सफेद गुलाब वाली पसन्द का कैसे ज्ञान हुआ, वन्दना कोई अन्दाजा नहीं लगा सकी।

'आप इस फूल के विषय में सोच रही हैं?' अमर ने वन्दना को इतनी देर तक चिंतित तथा खामोश देखा तो पूछना ही पड़ा।

'---' वन्दना ने होंठों से कुछ नहीं कहा सूखे गले में थूक अटका हुआ था। थूक घोंटने के पश्चात् जब वह कुछ न कह सकी तो उसने 'हां' के संकेत पर अपना सिर धीरे-से हिला दिया।

'यह फूल मुझे कपड़ों के उस दुकानदार ने दिया था जहां से आज हमने ढेरों कपड़े लिए हैं।' अमर ने भोलेपन से कहा।

'दुकानदार ने?' वन्दना मानो कुछ समझी नहीं।?

'जी हां - सोवेनीअर (स्मारिका) के रूप में। क्यों?' अमर ने आश्चर्य से पूछा।

'कुछ नहीं, कुछ भी नहीं।' वन्दना ने एक गहरी सांस ली। मुस्कराई। फिर दृष्टि नीचे बिछा दी जहां उसके कदमों के समीप कालीन पर उसका लाल पीला गुलाब पड़ा हुआ था।

अमर ने भी नीचे पड़े गुलाब को देखा। फिर बोला - 'समझा।' उसके नादान दिल ने मानो वन्दना के दिल की बात समझ ली थी। उसने झुककर कालीन पर से पीला गुलाब टहनी द्वारा पकड़कर उठा लिया। फूल को देखने के बाद उसने वन्दना से कहा - 'आप मेरे कोट में लगाने के लिए यह फूल बहुत प्रेम से लेकर आई थीं।' अमन ने अपने हाथ में लिए पीले गुलाब को टहनी द्वारा अंगुलियों में नचाते हुए कहा - 'परन्तु जब आपने कोट में यह सफेद गुलाब लगा देखा तो आपका मुस्कराता मुखड़ा अचानक ही गंभीर हो गया। क्यों?' अमर हाथ के गुलाब को अपने नथुनों के समीप लाया। गुलाब ताजा था, सुगंधित। फूल की सुगंध को उसने नथुनों द्वारा दिल की गहराई में उतारा। फिर इसी गुलाब को देखकर बोला - 'यह तो ताजा गुलाब है - आपके समान बहुत सुन्दर। परन्तु मेरे कोट के कॉलर में जो सफेद गुलाब लगा है ना? यह तो बिल्कुल नकली गुलाब है, सुगंध रहित। पतले रबर फोम का बना हुआ है। सोवेनीअर में मिली वस्तु को स्वीकार करने से इंकार भी नहीं किया जा सकता।'

वन्दना मुस्कराई। वह अमर के और समीप आई। अमर के कोट में लगे सफेद फूल को देखने के बाद उसने कहा, 'जब असली तथा सुगंधित फूल उपलब्ध हों तो नकली तथा सुगन्ध रहित फूल का उपयोग निरर्थक होता है।' वन्दना ने एक हाथ द्वारा अमर के कोट से नकली गुलाब निकाल दिया। इस फूल को उसने अरुचित होकर देखा, मानो दिल को कोई संतोष दे रही हो। रोहित की पसंद को ठुकराकर अमर के लिए अपनी पसन्द को महत्त्व देते हुए मानो वह अपने प्यार का सच्चा सबूत दे रही थी - स्वयं को तथा दिल के संतोष के लिए अमर को भी। फिर उसने वहीं खड़े-खड़े फूल सामने खुले द्वार द्वारा बालकनी के उस पार बाहर फेंक दिया। फिर उसने अमर के हाथ से असली गुलाब लिया। अपने हाथ द्वारा उसने इस फूल को अमर के कोट के कॉलर में लगा दिया। जहां असली फूल द्वारा अमर के लाल कोट की शान बढ़ी वहां अमर के व्यक्तित्व की शान भी वन्दना की आंखों में बढ़ गई। वह एक कदम पीछे हटी। अमर को उसने ऊपर से नीचे तक देखा। आज के सूट में अमर उसे इतना सुन्दर, इतना प्रभावशाली लगा कि वह रोहित का आकर्षण भी भूल गई। उसने अमर की आंखों में झांका। फिर मुस्कराते होंठों से बोली - 'आओ चलो, हम लॉन में चलकर बैठते हैं। फंक्शन आरम्भ होने में अभी काफी देर है।'

* * *

73

जब वंदना तथा अमर होटल के निकाल द्वार से बाहर निकल कर लॉन के सामने खुले वातावरण में आए तो क्षितिज पर सूर्य की अन्तिम लालिमा का भी कहीं कोई चिह्न नहीं रह गया था। अन्धकार दूर-दूर तक छाया हुआ था। यदि अंधकार कहीं नहीं था तो होटल के आसपास नहीं था। होटल की रजत जयंती के कारण होटल की इमारत रंगीन बल्बों तथा नीआन लाइट्स से इस प्रकार जगमगा रही थी कि अंधकार के बढ़ते पग होटल की चारदीवारी से काफी दूर ही ठहर गए थे। सुन्दर क्यारियों तथा फुलवारियों से सुसज्जित हरे-भरे लॉन में सदाबहार वृक्षों पर भी छोटे-छोटे रंगीन बल्ब ऐसे सजे हुए थे। सदाबहार की नन्ही-नन्ही कतरन जैसी पत्तियों के मध्य यह रंगीन बल्ब ऐसे लग रहे थे मानो उनके अन्दर फूल खिलकर मुस्करा रहे हों। लॉन के बीच पानी के एक छोटे से टैंक में पानी का फव्वारा भी था - रंगीन और झागदार फव्वारा। हवाओं का बहाव और बढ़ गया था इसलिए फव्वारे का पानी अपनी धारा बदलकर कभी-कभी उड़ते हुए उन यात्रियों तक भी चला जाता था जो फव्वारे से कुछ दूर लॉन चेयर्स पर बैठे व्हिस्की या बीयर पीते हुए आपस में बातें करके आज की सुन्दर शाम का पूरा आनन्द उठा रहे थे। अशोक के तने की छाया में धुंध का सहरा लेकर बैठे अनेक नवजवान जोड़े अपने-अपने रोमांस में डूबे हुए थे। कुछेक विदेशी नवयुवक-नवयुवतियों के जोड़े होटल के ऐसे विदेशी वातावरण से प्रभावित होकर इसे विदेश समझ बैठे थे और खुले-आम एक-दूसरे का चुम्बन ले रहे थे।

निकास द्वार के सामने खुले वातावरण में खड़े होकर वन्दना तथा अमर ने लॉन में चारों ओर दृष्टि दौड़ाई। शायद कहीं कोने-कतरे में एक मेज के साथ दो खाली कुर्सियां मिल जाएं। और आखिर उन्हें दो लॉन कुर्सियों के बजाए खाली कुर्सियों के साथ एक मेज दिखाई पड़ ही गई - लॉन के एक किनारे, क्यारियों तथा फुलवारियों के मध्य। दोनों होटल की इमारत के सामने तथा लॉन के बाहर-ही-बाहर उन खाली कुर्सियों की ओर बढ़ गए। परन्तु अचानक अमर के एक पैर तले कुछ आ गया। कोई नर्म-सी वस्तु थी यह। शायद किसी का रूमाल गिर पड़ा हो जिस पर उसका अचानक ही पैर पड़ गया था। जिसका रूमाल गिरा होगा शायद आगे-पीछे या इधर-उधर इसे उठाने के लिए आ रहा होगा, यह सोचकर अमर तुरन्त कुछ उचककर किनारे हट गया। उसने रुककर देखा, वह फूल था, सफेद फूल, फोम का बना नकली फूल, परन्तु देखने में असली। अमर ने इमारत के कोने पर सबसे ऊंची मंजिल की ओर आंख उठाई। कोने पर कमरा उसी का था। उसने चैन की एक सांस ली। यह फूल उसके कमरे से वन्दना के हाथों ने ही तो फेंका था।

वन्दना भी नीचे पड़े फूल को बड़े ध्यान से देख रही थी। इस फूल को उसने घृणा से फेंका था फिर भी जब उसने अमर के जूते द्वारा इस फूल को रौंदी स्थिति में देखा तो जाने क्यों, बिना अधिकार ही उसके मन में एक दर्द-सा उठ गया। उसे ऐसा लगा मानो अमर ने अनजाने में उस फूल को नहीं बल्कि उसके दिल को अपने जूते द्वारा दबाकर सख्ती से रौंद दिया है। जिसे वह

अपने तन-मन से प्यार करता है वह उसकी संगति में चलते रास्ते अपने स्वर्गवासी प्रेमी के लिए खो जाती है तो उसे दुःख होता। पुरुष का स्वभाव ही ऐसा है। रोहित उसका प्रेमी होने के अतिरिक्त और था भी क्या? पति होता तब बात अलग होती। मंगेतर बनने के बाद भी यदि वह मरता तो एक सीमा तक अमर उसकी विवशता को समझने का अवश्य प्रयत्न करता परन्तु मरने से पहले रोहित का उससे कोई भी तो ऐसा सम्बन्ध नहीं था जिससे उसके उस प्यार पर आंच आती जो वह अमर से कर रही थी। उसे अपनी स्थिति पर दया आई। परन्तु अमर को दुःखी न करने के लिए वह हल्के से मुस्करा दी, अपने लिए न सही अमर के लिए तो उसे मुस्कराना ही था। उसने कहा - 'बस यूं ही खयालों में डूब गई थी।' वह लॉन की फुलवारी की ओर बढ़ गई।

'इतना अधिक खयालों में और वह भी मेरी संगति में रहते हुए खयालों में डूब जाना अच्छी बात नहीं है।' अमर ने वन्दना के साथ बढ़ते हुए कहा, 'मेरे प्यार में कोई कमी होती तो बात अलग थी।'

'तुम्हारे प्यार में कोई कमी होती तो मैं तुम्हारी ओर इतना अधिक आकृष्ट कभी नहीं होती।' वन्दना ने कहा और चलते-चलते अमर का हाथ पकड़ लिया ताकि यदि उसके खो जाने के कारण उसके दिल में कोई टीस उठी हो तो वह उसका दर्द भूल जाए। और वन्दना के स्पर्श से वास्तव में तुरन्त अमर के दिल के दर्द पर अचूक मरहम का काम किया। वह वास्तव में सब कुछ भूलकर वन्दना के लिए मुस्कराने लगा। वन्दना ने सोचा - अमर कितना सीधा है, भोला-भाला। उसने मन-ही-मन तय कर लिया कि अब चाहे कुछ हो, वह अपने मन और मस्तिष्क पर सदा काबू रखेगी। यदि रोहित उसे कभी भूले-भटके याद भी आया तो वह उसका विचार अपने मन और मस्तिष्क से तुरन्त झटक कर दूर करते हुए अमर की बांहों में समा जाएगी। जाने क्यों रोहित की आत्मा उसे शांति से नहीं रहने देना चाहती थी? आखिर रोहित के जीवनकाल में उसने उसे प्यार देने में कमी ही क्या रख छोड़ी थी? अब जब भगवान को ही स्वीकार नहीं था कि रोहित अपनी छोटी तथा सीमित आयु होने के कारण उसका बने तो कोई क्या कर सकता था? भगवान ने उसे विधवा होने से पहले ही बचा लिया यह क्या कम कृपा थी उसकी?

दोनों अपनी मेज के समीप पहुंचे। चारों ओर क्यारी ही क्यारी थीं। फुलवारियों के फूल मरकरी बल्ब के झाग तथा रंगीन बल्बों से मिले-जुले प्रकाश में नहाए मुस्करा रहे थे। छोटे-छोटे रंगीन फूल अधिक थे जो बहुत सुन्दर लग रहे थे। कुर्सी पर बैठने से पहले वन्दना खड़ी होकर इन फूलों को निहारने लगी। निहारते हुए वह कुछ सोच ही रही थी। अमर ने भी कुर्सी पर बैठने से किनारा किया। वन्दना के समीप खड़े होकर फूलों को देखने में वह भी दिलचस्पी लेने लगा।

वन्दना ने फुलवारी पर से दृष्टि उठाकर अमर के कोट के कॉलर में लगे फूल को देखा। हल्के से मुस्कराई। फिर बोली, 'तुम मेरी लटों में इन सुन्दर फूलों का गुच्छा नहीं टांकोगे?'

'जी?' अमर अचानक चौंक गया। उसने स्वप्न में भी नहीं सोचा था कि वन्दना उसे ऐसी बात कहेगी।

'जी हां।' वन्दना ने कुछ इतराकर कहा - 'क्या आपका मन नहीं करता कि मेरी इन सूनी लटों में फूलों का एक सुन्दर गुच्छा बनाकर टांक दें?'

अमर ने तुरन्त झुकते हुए छोटे-छोटे सुन्दर रंगीन फूलों को टहनी से तोड़ा। इनका एक छोटा सा सुन्दर गुच्छा बनाया। फिर उसने वन्दना के सामने खड़े होकर उसे चमकती दृष्टि से देखा। वन्दना मुस्कराई। फिर बल खाकर पलटते हुए उसने अपनी पीठ अमर की ओर की तो वृक्ष की हल्की छाया में उसका सिर कुछ ढंक सा गया। अमर ने हाथ बढ़ाकर बहुत प्यार के साथ उसकी लटों में फूलों का गुच्छा टांक दिया, काले बादलों में नन्हें-नन्हें तारे टिमटिमाकर मुस्करा उठे। वृक्ष की हल्की छाया में वन्दना की लटें सुनहरी से अधिक काली ही दिखाई पड़ रही थीं।

वन्दना अमर की ओर पलटी। अमर के आगे अपने प्यार की चांदनी बिछाकर बोली - 'थैंक यू माई लव, थैंक यू वेरी मच।'

अमर को प्यार की इस चांदनी में अपने भविष्य की मंजिल और मसीप दिखाई पड़ने लगी।

लॉन चेयर्स पर वन्दना तथा अमर एक-दूसरे के बिल्कुल समीप बैठे थे। कुछ देर बाद वेटर उनकी सेवा में उपस्थित हुआ।

'दो पाइन एपल जूस।' वन्दना ने ऑर्डर दिया।

वेटर चला गया।

अमर खामोश ही रहा। उसके मस्तिष्क के अन्दर उसके कोट की पॉकेट में रखी अंगूठी घूमने लगी। उसने अपनी पॉकेट टटोली। सोचा, अभी-अभी उसने वन्दना की लटों में फूल टांके हैं। क्या अब एकदम से उसे अंगूठी देना भी उचित सिद्ध हो सकता है? परन्तु फिरदौस के हरे-भरे लॉन का यह रोमांचित वातावरण, फूलों की सुगन्ध में डूबा समां, मस्त-मस्त इठलाती हवाएं, क्या ऐसा सुन्दर समय उसे अब और कभी मिल सकेगा। उसने वन्दना को उपहार में सरप्राइज देने के लिए उसका हाथ अपने हाथ में मांगना चाहा ताकि उसकी आंखें बन्द कराकर अचानक उसकी एक अंगुली में अपने प्यार की निशानी पहना दे। उसने वन्दना का हाथ मांगने के लिए कहा, 'वन्दना जी।'

'वन्दना जी नहीं, वन्दना - केवल वन्दना।' वन्दना ने अमर के दिल के अन्दर उठती अभिलाषाओं से अनभिज्ञ कहा।

अमर खामोश हो गया। वन्दना का खड़ा नाम तुरन्त ही लेने का उसमें साहस उत्पन्न नहीं हुआ। जिसे सदा वह वन्दना जी कहकर पुकारता आ रहा था, उसे अब एकदम से वन्दना और केवल वन्दना कैसे कह सकता था? अंगूठी वाली बात तो उसके मस्तिष्क से इस प्रकार निकल गई मानो उसने अंगूठी का विषय छेड़ने का विचार ही नहीं किया था।

वन्दना ने उसे समझाया। बोली, 'जब हम दोनों प्यार में इतना आगे बढ़ आए हैं तो हमारे बीच किसी प्रकार की औपचारिकता क्यों हो? औपचारिकता में प्यार अवश्य है परन्तु प्यार से अधिक इसमें संकोच भी है, औपचारिकता में अपनत्व है परन्तु अपनत्व से अधिक परायापन भी है। औपचारिकता बरतने से आदर पलता है परन्तु प्यार को वह थाह नहीं झलकती जो दिल के अन्दर होती है। शायद इसीलिए मानव भगवान से किसी प्रकार की औपचारिकता नहीं बरतता, उसे 'आप' कहने के बजाए 'तू' या 'तुम' कहकर सम्बोधित करता है क्योंकि वह उसे दिल की गहराई से प्यार करता है जिसे भगवान पहले ही नाप-तोल चुका होता है।

सहसा वहां होटल का वेटर आ गया। उसके हाथ ने ट्रे के अन्दर दो पाइन एपल के जाम थे। जाम उसने उन दोनों के सामने वाली मेज पर रख दिए और बिल एक छोटी प्लेट में रखकर वन्दना की ओर मेज पर बढ़ा दिया। वन्दना ने सौ रुपए का नोट बिल की प्लेट में डाला। वेटर चला गया ताकि बिल के साथ शेष राशि वापस लाए। उसके जाने के बाद वन्दना ने अपना जाम उठाया तो अमर ने भी अपना जाम हाथ में उठा लिया।

* * *

रात के दस बज चुके थे। 'फिरदौस' के बड़े हॉल में नृत्य आरम्भ हुए काफी देर हो चुकी थी। ऑर्केस्ट्रा की मद्धिम तथा सुरीली धुन हॉल के वातावरण को मुग्ध किए हुए थी। विदेशी यात्रियों तथा मेहमानों से हॉल खचाखच भरा हुआ था। मदहोशी का संसार था। नवजवान क्या बूढ़े भी अपने-अपने जोड़ों के साथ एक-दूसरे की बांहों में बांहें डाल थिरकते हुए मदहोशी के इस संसार में डूब से गए थे। धीमी गति के नृत्य का यह समां बस देखते ही बनता था। जो नृत्य नहीं कर रहे थे वह विदेशी शराब का जाम अपने हाथ में थामे अपना अलग समूह बनाए खड़े होकर या अपनी सुरक्षित कुर्सियों पर बैठकर अपनी निजी या इधर-उधर की बातों में खोए हुए थे। कुछेक नवयुवक या दिलफेंक प्रौढ़ जिन्हें नृत्य के लिए अनेक सुन्दरियों का साथ मांगने पर भी नहीं मिल सका था, अपना गम गलत करने के बहाने इस समय 'बार-काउण्टर' पर बैठे विदेशी शराब की चुस्की लेते हुए नृत्य करती सुन्दरियों को वासना-भरी दृष्टि से देखकर दिल की उमड़ती प्यास बुझा रहे थे। परन्तु वासना की यह प्यास शराब पीने के बाद और बढ़ती जा रही थी। नृत्य करती अनेक सुन्दरियां ऐसी थीं जिनके ब्लाउज तथा टॉप के गले सामने से काफी चौड़े तथा छाती पर गहराई की सीमा तक काफी खुले हुए थे। कुछेक सुन्दरियां पीठ से कमर तक बिल्कुल ही नग्न थीं। ऐसे में बार-काउण्टर पर बेकार खड़े होकर शराब पीते नवयुवकों तथा बूढ़ों की वासना-भरी प्यास कम होने के बजाए भला बढ़ती भी क्यों नहीं? इन नौजवान सुन्दरियों को देख कर लड़की की संगति के भूखे इन व्यक्तियों की जबान से तो कभी-कभी लार भी टपककर होंठों पर आ जाती थी।

नृत्य के फर्श पर एक किनारे वन्दना भी अमर की बांहों में थिरक रही थी। अमर के पग विदेशी संगीत के 'रिदम' पर स्वयं ही थिरक उठे थे इसलिए उसे वन्दना के इशारों पर धीमी गति वाला नृत्य सीखने में अधिक समय नहीं लगा। इस समय मद्धिम गति में बजती ऑर्केस्ट्रा

77

की धुन विशेष तौर पर 'फाक्स ट्राट' नृत्य के लिए ही बज रही थी जिस पर कदम-से-कदम मिलाकर धीरे-धीरे उठाते हुए वन्दना तथा अमर ही नहीं फर्श के लगभग सभी जोड़े एक-दूसरे की बांहों में बांहें डाले खो-से गए थे। हॉल के अन्दर नृत्य के फर्श के समीप एक कोने में ही उन्हें एक सुरक्षित मेज मिली थी जहां वन्दना तथा अमर ने अपना डिनर समाप्त करने के बाद ही नृत्य करना आरम्भ किया था।

अचानक ऑर्केस्ट्रा की धुन का यह भाग समाप्त हो गया। जोड़ों ने जोरदार ताली बजाकर इस धुन की प्रशंसा की। कुछेक जोड़ों ने फर्श छोड़कर अपने स्थान पर जाना चाहा परन्तु तभी 'एनाउन्सर' ने स्टेज के माइक पर आकर 'एनाउन्स' किया कि अगली धुन, 'टैब डांस' के लिए है। 'टैब डांस' अर्थात् कोई भी पुरुष फर्श पर किसी नृत्य करते जोड़े के नवयुवक पार्टनर के कंधे पर हाथ द्वारा 'टैब' (थपकी) करके उसको उसकी लेडी पार्टनर से अलग करते हुए उसकी लेडी पार्टनर को अपने साथ स्वयं डांस के लिए प्राप्त कर सकता है।

'टैब डांस' का एनाउन्समेंट पूरा होते ही ऑर्केस्ट्रा अपनी तेज धुन के साथ आरम्भ हो गया। जोड़े भी फुर्ती के साथ चहक-चहक कर नृत्य करने लगे।

'टैब डांस' उन लोगों के लिए एक सुनहरा अवसर था जिनके पास अपनी कोई भी लेडी पार्टनर नहीं थी तथा जिन्हें मांगने पर अपरिचित सुन्दरियों का साथ अन्य डांस के लिए नहीं लिम सका था। मनचले बूढ़े तथा नवयुवक इस नृत्य से लाभ उठाने के लिए तुरन्त नृत्य के फर्श पर चले आए। सुन्दर तथा जवान लड़कियों को चुन-चुनकर उन्होंने उनके पार्टनर को कंधे से टैब किया और उनकी सुन्दरियां छीनकर स्वयं नृत्य करने लगे। परन्तु अपनी निजी लेडी पार्टनर छिनने के बाद वह नवयुवक भी अधिक देर सब्र नहीं करते जो अपनी लेडी पार्टनर के साथ प्रोग्राम में आरंभ से ही नृत्य करते आए थे। एक छोटा-सा चक्कर लगाकर वे फिर अपनी लेडी पार्टनर के साथ नृत्य करते अपरिचित व्यक्ति के पास पहुंच जाते, उसे टैब करते ओर हटाकर दुबारा अपनी लेडी पार्टनर वापस ले लेते थे। सुन्दरी भी अपरिचित पुरुषों की बांहों से स्वतन्त्र होने के बाद अपने पुराने पार्टनर की बांहों में आते ही खिल उठती थी।

वन्दना भी अमर की बांहों में बड़े सन्तोष के साथ नृत्य कर रही थी। यद्यपि 'टैब डांस' के समय ऑर्केस्ट्रा के धुन की गति तेज थी परन्तु फिर भी दोनों कदमों-से-कदम मिलाकर धीमा 'फाक्स ट्राट' करते रहे। ऑर्केस्ट्रा की इस धुन पर तेज तथा धीमा, सभी प्रकार का नृत्य किया जा सकता था।

सहसा किसी ने पीछे से अमर के कंधे पर हाथ रखकर टैब करते हुए कहा, 'एक्सक्यूज मी (क्षमा कीजिए)।'

वन्दना अमर को टैब डांस का अर्थ समझा चुकी थी। अमर ने पलटकर देखा। एक अत्यन्त सुन्दर व्यक्ति था वह जिसके मुखड़े का रंग कंधारी अनार के समान लाल-सुर्ख था। घनी लटें, घनी भवें, बड़ी-बड़ी आंखें, गालों पर घनी तथा चौड़ी कलमें। लम्बे कद के साथ

उसकी छाती चौड़ी ओर कमर पतली थी। उसके शरीर पर भारतीय स्टेट के राजाओं के समान बन्द गले का सफेद कोट था। पैंट काले रंग की थी - चमकदार। वह देखने में स्वयं ही किसी स्टेट का राजा लगता था। अमर ने ही नहीं वन्दना ने भी उसे ऊपर से नीचे तक देखा। दोनों ही उसके व्यक्तित्व से प्रभावित थे। सभ्यता की मांग पूरा करते हुए अमर ने वन्दना को छोड़ दिया। उस अपरिचित व्यक्ति ने जब अपने हाथ आगे बढ़ाते हुए वन्दना के लिए फैलाए तो वन्दना मुस्कराती तथा बल खाती हुई फूलों से लदी एक टहनी के समान उसकी बांहों में चली गई। वन्दना के लिए मानो यह बात को महत्त्व ही नहीं रखती थी। वह विदेशी संस्कृति की दिलदादा थी, विदेशी सभ्यता में रंगी हुई थी। विदेश ढंग के फंक्शन में वह सम्मिलित होने आई थी। फिर क्यों न वह विदेशी सभ्यता का यहां मान रखती?

अमर ने वन्दना को अपनी ओर से निश्चिंत पाकर उस व्यक्ति के साथ नृत्य करते देखा तो उसकी छाती पर सांप लोट गया। वह वहां एक विदेशी सभ्यता के जश्र में सम्मिलित होने अवश्य आया था परन्तु उसका स्वभाव विदेशी वातावरण में डूबा हुआ नहीं था। वह यहां आए अन्य भारतीय नवयुवक-नवयुवतियों के समान एडवांस भी नहीं था। वह असली भारतीय था। वह अपने इस भारतीयपन की वास्तविकता को कैसे भूल सकता था? वह यह बात कैसे सहन कर सकता था कि जिसे वह इतना अधिक प्यार करता है, जो कल उसकी पत्नी बनेगी वह आज किसी और की बांहों में समाई रहे और वह भी उसकी आंखों के सामने? वन्दना के ऐसे उच्च समाज पर उसे दुःख हुआ। परन्तु इसके साथ ही उसे अपनी हीन भावना पर क्रोध भी आया। यदि ऐसा ही था तो वन्दना के साथ इस फंक्शन में सम्मिलित होने क्यों आया?

अमर ने अपनी सुरक्षित मेज की ओर बढ़ जाना चाहा परन्तु तभी जाने किधर से एक बाज (पक्षी) समान उड़कर चहकती हुई एक सुन्दरी उसके सामने आ खड़ी हुई। अमर चौंककर रुक गया।

'हाय हैंडसम।' सुन्दरी ने उसी चहक के साथ अपनी आंखों को नचाकर बड़ी अदा से अमर को देखा। उसका रास्ता रोकती हुई वह अपने होंठों को बिल्कुल अंग्रेजी समान चौड़ा तथा गोल करके बोली, 'रोमिंग अलोन? कम ऑन, लेट अस हैव द प्लेजर ऑफ डांस टुगेदर (अकेले भटक रहे हो? आओ हम-तुम भी इस नृत्य का आनन्द उठाएं)।'

अमर ने इस लड़की को देखा तो उसे मतली-सी आ गई। फिर भी उसने सभ्यता का ध्यान रखते हुए इन्कार में कहा, 'क्षमा कीजिए, मैं नृत्य करते-करते पहले ही बहुत थक चुका हूं।'

लड़की को अमर के इन्कार पर बड़ा आश्चर्य हुआ। शायद वह अपने को सुन्दरता की प्रतिमा समझे हुए थी। अमर के इन्कार पर वह अपना अपमान समझकर दिल-ही-दिल में झल्ला उठी। परन्तु फिर उसने अपने होंठों को मिलाकर अन्दर समेटा। अपने हाथों को फैलाकर मजबूरी प्रकट करते हुए उसने अपने कंधों को अमेरिकी ढंग से झटका दिया, इस प्रकार मानो उसने हंसों के मध्य किसी कौए का साथ गलती से मांग लिया था।

अमर ने इसकी चिन्ता नहीं की। वह जाकर अपनी सुरक्षित कुर्सी पर बैठ गया। उसके समीप से नृत्य करते जोड़े निकल रहे थे फूल समान खिलते, मुस्कराते तथा बात करते हुए। उन्हें अपने आस-पास की भीड़ की जरा भी चिन्ता नहीं थी। ऐसे शुभ अवसरों पर भीड़ में धक्का खाने के बाद भी कौन किसकी चिन्ता करता है? यह तो प्यार में खोकर कुछ भी नहीं याद रखने का समय होता है। अमर ने फर्श पर नृत्य करते जोड़ों को देखा। भीड़ में वन्दना उस अपरिचित व्यक्ति के साथ नृत्य करती हुई जाने कहां खो गई थी। मन-ही-मन खिसियाकर अमर ने अपनी दृष्टि नृत्य की ओर से हटा ली। मेज पर कोहनी को टेके तथा हथेली में सिर लटकाकर रखे वह विदेश से इस भारतीय देश में आकर कदम जमाने वाले उच्च समाज की सभ्यता पर ध्यान करने लगा। पुरुष क्यों अपनी पत्नी को किसी दूसरे व्यक्ति की बांहों में थिरकता देखकर आपत्ति नहीं करता? भाई का रक्त अपनी बहन को दूसरों की बांहों में थिरकता देखकर क्यों नहीं क्रोध में उबल उठता है? बेटा अपनी बूढ़ी मां को एक पराए व्यक्ति के साथ नृत्य करता देखकर क्यों चुप रह जाता है? पिता अपनी बेटी को एक पराए युवक के साथ नृत्य करने से क्यों नहीं मना करता है? आखिर क्या इन लोगों के शरीर का रक्त ठंडा पड़ चुका है या इन लोगों के शरीर में रक्त नाम की कोई धारा ही नहीं है?

अमर ने दृष्टि उठाकर देखा। वन्दना अपने अपरिचित पार्टनर के साथ नृत्य करती उसी की ओर आ रही है। वह बहुत खामोश थी। परन्तु उसका पार्टनर मानो जबरदस्ती उससे बहुत चहक-चहककर बातें कर रहा था। वह शायद वन्दना से बहुत घुल-मिल जाना चाहता था। वन्दना की दृष्टि अमर पर पड़ी तो उसने अमर को बेबस दृष्टि से देखा मानो कह रही हो कि वह उठकर उसके पार्टनर को टैब करते हुए उससे मुक्ति दिलाने के बाद अपनी बांहों में समा ले। अमर ने वन्दना की दृष्टि का अर्थ कुछ-कुछ समझा था। नृत्य में इस समय उसे किसी भी पुरुष को टैब करने का अधिकार पूरा था इसलिए उसने उठकर वन्दना के पार्टनर को टैब करने का विचार किया। परन्तु तभी उसके बिल्कुल समीप से एक बूढ़ा जोड़ा नृत्य करता हुआ निकला। फर्श पर भीड़ बहुत अधिक थी इसलिए अमर को क्षण भर के लिए ठहर जाना पड़ा। तभी एक सोलह-सत्रह वर्षीय युवक वहां आया। उसने नृत्य करते बूढ़े जोड़े के कंधे को टैब किया। बोला, 'अंकल, प्लीज एक्सक्यूज मी।' उस युवक ने उसकी बूढ़ी पार्टनर का साथ मांगा था।

'यू आर वेलकम माई सन (तुम्हारा स्वागत है मेरे बेटे)'। बूढ़े व्यक्ति ने जिन्दादिली के साथ अपनी लेडी पार्टनर का साथ छोड़ दिया।

युवक ने अपना हाथ बूढ़ी स्त्री की ओर फैलाया और बोला, 'कम ऑन आंटी।'

और वह बूढ़ी स्त्री हंसती मुस्कराती अपने बेटे से भी छोटी आयु के युवक की बांहों में चली गई और नृत्य का आनन्द उठाने लगी।

अमर ने नृत्य का यह दस्तूर देखा तो वह कुछ सोच में पड़ गया। वन्दना नृत्य करती हुई उसकी ओर काफी समीप आ चुकी थी। अमर उठ खड़ा हुआ। उसने आगे बढ़कर वन्दना के

पार्टनर को टैब कर देना चाहा कि तभी उससे पहले उस बूढ़े ने वन्दना के पार्टनर को टैब कर दिया जिसे टेबं करके युवक ने उसकी बूढ़ी पार्टनर छीन ली थी। वन्दना मानो बहुत देर से इसी प्रतीक्षा में थी। उसने स्वयं ही अपने पार्टनर का साथ तुरन्त छोड़ दिया और उस बूढ़े व्यक्ति की बांहों में चली गई। उसका पहला पार्टनर उसका मुंह देखता रह गया - बूढ़े व्यक्ति पर मन-ही-मन खिसियाता हुआ। अपने पहले पार्टनर से छुटकारा पाकर वन्दना के मुखड़े का मुरझाया फूल खिल उठा। उसने अमर को देखा। मुस्कराई। अब वह बूढ़े व्यक्ति के साथ सन्तुष्ट थी। अमर को भी सन्तोष मिल गया। बूढ़े व्यक्ति को अब तुरन्त ही टैब करके वन्दना को छीनना उसने सभ्यता के विरुद्ध समझा।

'अनजाइंग, माई डाटर?' उस बूढ़े व्यक्ति ने वन्दना के साथ थिरककर अमर के समीप से निकलते हुए पूछा।

'ओह यस अंकल, वेरी मच।' वन्दना ने चहककर कहा। उसने अमर को देखा फिर अपने बूढ़े पार्टनर के साथ थरकती हुई आगे निकल गई।

अमर वन्दना की ओर से निश्चिंत हो गया। अपनी कुर्सी पर बैठ गया। दूसरी कुर्सी अपने स्थान पर रखकर पत्रकार जाने कहां तथा किसकी तस्वीरें खींचने चला गया था। क्षण-भर पहले की घटनाओं ने अमर के सोचने की धारणाएं बदल दी थीं। धीमे-धीमे उसकी आंखों के सामने इस विदेशी संस्कृति, इस विदेशी सभ्यता का दूसरा पहलू भी उजागर होने लगा।

उसने बम्बई शहर में एक अंग्रेज शिकारी के यहां वर्षों काम किया था। उनके बंगले में उसने अनेक विदेशी नृत्य के प्रोग्राम बहुत समीप से देखे थे। क्रिसमस, नया वर्ष, घर के किसी सदस्य की वर्षगांठ पर ही खाने-पीने तथा नृत्य की पार्टियां नहीं हुआ करती थीं बल्कि ऐसी शानदार पार्टियां वह उस समय भी अवश्य देते थे जब कभी उनके हाथों शिकार के मध्य जंगल में कोई खूंखार जानवर, शेर या बब्बर शेर मारा जाता था। तब उनकी पार्टियों में उसने अपने मालिक की पत्नी को दूसरे की बांहों में तथा दूसरे की पत्नी, बहू या बेटी को अपने मालिक की बांहों में अनेक बार थिरकते देखा था। उनकी पत्नी बहू बेटियां भी उनके सामने ही उनके मेहमानों के साथ नृत्य करने में जरा भी नहीं लजाती थीं, वरन् उन्हें नृत्य करने में आनन्द आता था। स्वयं उसके अंग्रेज मालिक दूसरी स्त्रियों के साथ नृत्य करने में बहुत आनन्द प्राप्त करते थे। प्रायः उसने अपने मालिक की बेटी या बहू को स्वयं उनसे नृत्य का साथ मांगते देखा तथा सुना था।

और जब नृत्य समाप्त हो जाता तो सब मेहमानों के साथ वह इस प्रकार घुल-मिलकर बातें करने लगते मानो सब-के-सब एक ही खानदान के सदस्य हों।

अमर की आंखों के सामने उसके अंग्रेज मालिक की बातें घटना के रूप में एक के बाद एक प्रकट हुईं तो उसके सामने बालरूम डांस का दूसरा रूप पूर्णतया उजागर हो गया। वह दिल-ही-दिल में लज्जित हुआ। संकीर्ण मन का होने के कारण उसने इस समाज के लिए

कितनी सारी उलटी बातें समझ ली थीं। कहीं वन्दना को उसके संकीर्ण मन की झल्लाहट का एहसास तो नहीं हो गया हे? शायद नहीं। शायद हां। यदि वन्दना को उसकी हीन भावना का ज्ञान हो गया है तो उसे वन्दनी को प्रसन्न करके उसका दिल जीतना ही पड़ेगा। उस पर अपनी निश्चिन्तता का प्रदर्शन इस प्रकार करना पड़ेगा मानो जब वह उसका साथ छोड़कर अन्य अपरिचित व्यक्ति की बांहों में थिरकती हुई गई थी तो उसके दिल पर उसके प्रति कोई भी गलत प्रभाव नहीं पड़ रहा था। वन्दना बालरूम डांस का पूरा आनन्द उठा रही थी इसलिए वह भी बालरूम का पूरा आनन्द उठा रहा था।

अमर ने नृत्य करके जोड़ों की ओर देखा। ऑर्केस्ट्रा की धुन पहले से अब कहीं अधिक तेज थी। नवयुवक-नवयुवतियों के जोड़े भी अब काफी तेज गति के साथ नृत्य करते हुए टैब डांस का पूरा आनन्द उठा रहे थे। सभी चहक रहे थे, खुश थे, अपने जोड़े के साथ खोए निश्चिन्त थे। अमर ने देखा, वन्दना अब उस युवक के साथ बहुत तेज गति के साथ नृत्य करती हुई चहक रही थी जो उससे आयु में कम था जिसने अमर की सुरक्षित मेज के समीप एक बूढ़े व्यक्ति को टैब करके उसकी बूढ़ी पत्नी का साथ ले लिया था। बालरूम डांस के इस जोड़े का सम्बन्ध कितना अछूता था, कितना पवित्र। इस मध्य वन्दना ने जाने कितनों को टैब डांस का साथ दिया होगा, वह स्वयं नहीं जानती होगी। इस मध्य उस युवक ने जाने कितनी लड़कियों को नचाया होगा स्वयं उसे भी नहीं याद होगा। परन्तु इस समय जब वह युवक वन्दना को अपने इशारे पर नचा रहा था तो ऐसा लगता था मानो अपनी दीदी को नृत्य में थकाकर पस्त कर देना चाहता हो। परन्तु वन्दना नृत्य करने में उससे भी कहीं आगे थी। युवक वन्दना को अपने इशारे पर नृत्य कराते-कराते स्वयं वन्दना के इशारों पर नृत्य करने लगा तो वन्दना बच्चों समान खिलखिलाकर हंस पड़ी। युवक भी कुछ झेंप-सा गया परन्तु उसने वन्दना का साथ नहीं छोड़ा। ऑर्केस्ट्रा की तज गति पर यह नृत्य की ऐसी जाइविंग थी कि नृत्य करते जोड़े अपने नृत्य की रुचि भूलकर वन्दना तथा उसके पार्टनर का नृत्य देखने लगे। एनाउन्सर स्टेज पर खड़ा-खड़ा वन्दना तथा उसके जोड़े का नृत्य बहुत ध्यान से देख रहा था। इस जोड़े के नृत्य ने उसे इतना प्रभावित किया कि उसने तुरन्त ऑर्केस्ट्रा की गूंज मद्धिम कराते हुए स्टेज से एनाउन्स करके नृत्य के मध्य ही 'टैब डांस' का प्रोग्राम समाप्त कर दिया परन्तु नृत्य जारी रखा। ऐसा न हो कि टैब डांस से लाभ उठाकर कोई वन्दना के पार्टनर को उससे अलग करते हुए अपनी संगति के लिए छीन ले और तब इस नृत्य का सारा मजा किरकिरा हो जाए। अब जो पार्टनर जिसके साथ था उसके लिए सुरक्षित हो गया। वन्दना को नृत्य के लिए अच्छा साथी मिला था। स्टेज द्वारा टैब डांस समाप्त करने की सूचना प्रसारित होते ही ऑर्केस्ट्रा की धुन में और तेजी आ गई। परन्तु वन्दना ऐसी तेज गति से बजने वाली धुन पर ही नृत्य का वास्तविक आनन्द उठाती थी। वन्दना बिजली की तेजी लिए अपने शरीर के अंग-अंग को थिरकाने लगी। उसकी स्टेपिंग पर आंखें नहीं टिकती थीं। नृत्य के इस अनोखे कमाल को देखकर अन्य नृत्य

करते जोड़ों ने अपना नृत्य छोड़ दिया। वन्दना तथा उसके पार्टनर को उन्होंने फर्श पर ही चारों ओर से घेर लिया तो दूर खड़े दर्शकों को उनका नृत्य देखने के लिए अपनी कुर्सियों पर खड़ा हो जाना पड़ गया। अमर ने ऐसा सुन्दर तथा सभ्यता के अन्दर सीमित विदेशी नृत्य अपने जीवन में प्रत्यक्ष रूप से तो क्या सिनेमा के परदे पर भी कभी नहीं देखा था। उसकी वन्दना इतना सुन्दर नृत्य करती है, वह सुन्दर होने के साथ-साथ इतनी गुणी भी है, वह कभी सोच भी नहीं सकता था। वन्दना के नृत्य ने उसका दिल मोह लिया। वह तुरन्त अपनी कुर्सी से उठा और फर्श पर वन्दना को घेरे भीड़ को चीरकर सामने जा खड़ा हुआ। वन्दना को वह बहुत प्रशंसनीय दृष्टि से देखने लगा। वन्दना के नृत्य का कमाल देखकर उसके मुखड़े पर प्रसन्नता की लालिमा छा गई। उससे सब्र नहीं हो सका तो वह चीखकर कह उठा, 'बैक अप वन्दना'। उसने वन्दना को और भी प्रोत्साहित किया था, सराहनीय स्वर में।

वन्दना के कानों में मानो ऑर्केस्ट्रा का नया साज गूंज गया था - परिचित साज। उसने नृत्य करते हुए दृष्टि उठाकर अमर की ओर देखा। अमर उसके समीप ही था। आंखें चार हुईं तो वन्दना मुस्करा दी। प्रोत्साहन मिला तो उसके अन्दर और जोश उत्पन्न हो गया। नृत्य की गति में तेजी के साथ उसने स्टेपिंग तथा बांहों और कमर की लचक के ऐसे-ऐसे कमाल दिखाए कि देखने वाले वाह-वाह कर उठे। नृत्य करते-करते वह पसीने में तर हो गई। उसका पार्टनर भी पसीने में तर होकर हांफने लगा। फिर ऑर्केस्ट्रा की एक तेज गूंज के साथ जब नृत्य समाप्त हुआ तो दर्शकों ने इतनी तेज ताली बजाकर उन दोनों की सराहना की कि हॉल का कोना-कोना गूंज गया। युवक के कुछेक साथियों ने युवक को अपने कंधों पर उठा लिया तो अमर भी वन्दना को बधाई देने के लिए उसके सामने जा खड़ा हुआ। वन्दना की ओर भी बहुत से नवयुवक घेरे उसे पहले ही बधाई दे रहे थे। अमर ने वन्दना का ध्यान अपनी ओर खींच कर स्वयं भी उसे बधाई देना आवश्यक समझा परन्तु तभी उसे बगल से धक्का देकर किनारे सरकाते हुए वही सुन्दर तथा अच्छे डील-डौल वाला व्यक्ति आ गया जिसने आरम्भ में टैब डांस का लाभ उठाकर उससे उसकी वन्दना छीन ली थी। अमर उस पर खिसियाकर रह गया परन्तु कुछ कहकर उसने बात बढ़ाना उचित नहीं समझा। उसकी चिंता न करते हुए उस सुन्दर व्यक्तित्व के मालिक ने वन्दना की ओर हाथ बढ़ाते हुए कहा, 'कांग्रेचुलेशन - बधाई स्वीकार हो।'

'थैंक यू, थैंक यू वेरी मच, मिस्टर खन्ना।' वन्दना ने कहा और सभ्यता बरतते हुए उसने अपना दाहिना हाथ बढ़ाकर उस व्यक्ति से हाथ मिला लिया।

मिस्टर खन्ना! अमर ने मन-ही-मन नाम दोहरा कर अपने होंठ चबाएः तो नृत्य के बीच इन दोनों का परिचय भी हो चुका है? परन्तु नृत्य के मध्य ऐसा होता ही रहता है। उसके दिल को वन्दना से कोई शिकायत नहीं थी परन्तु वह मन-ही-मन खन्ना पर अवश्य खिसियाने लगा। जाने क्यों? क्या अमर के दिल के अन्दर खन्ना के प्रति ईर्ष्या की कोई आग तो नहीं थी?

'अपना रूमाल देना।' वन्दना ने अमर से कहा। उसका मुखड़ा ही नहीं शरीर भी पसीने से तर था।

वन्दना की बात सुनकर खन्ना ने अपनी पॉकेट से रूमाल निकालकर वन्दना को देना चाहा, परन्तु वन्दना ने लेने से इन्कार कर दिया। अमर अपनी पॉकेट से रूमाल निकाल चुका था। उसने अमर से रूमाल लिया और अपने पूरे मुखड़े तथा गले का पसीना पोछती हुई अपनी सुरक्षित मेज की ओर बढ़ गई। वन्दना ने अमर का रूमाल इस्तेमाल किया तो अमर के दिल में प्रसन्नता की लहर दौड़ गई। उसने अपने समीप खड़े खन्ना को देखा जो जबरदस्ती उसके प्यार के जीवन में खलनायक बनने का प्रयत्न कर रहा था। अमर के प्रति भी खन्ना के मन में ईर्ष्या की आग थी जिस वह इस समय दबाए हुए थे परन्तु यह आग अमर से छिपना कठिन थी। एक नाव में दो अपरिचित यात्री हों, तब भी उन्हें एक-दूसरे की मंजिल का पता चल ही जाता है।

अमर वन्दना के पीछे तेज कदमों से चलकर उसके साथ हो लिया। परन्तु खन्ना ने भी वन्दना का साथ नहीं छोड़ा। अमर वन्दना के सामने मेज की दूसरी ओर बैठा तो खन्ना भी बिन बुलाए मेहमान के समान वहां आ धमका। उसने समीप की टेबल से एक कुर्सी खींची और अमर और वन्दना के बीच कांटा बनकर बैठ गया। अमर को उस पर सख्त क्रोध आया।

'वन्दना जी-' खन्ना ने बहुत मिलनसारी प्रकट करते हुए कहा, 'आपने तो आज वास्तव में कमाल कर दिया। कहां सीखा आपने इतना अच्छा नृत्य?'

'लंदन से ही सीखा है।' वन्दना ने अनिच्छुक होकर खन्ना की बात का उत्तर दिया।

'लंदन में आपका कौन रहता है?' खन्ना ने बात बढ़ाई।

'वहां मेरी मां रहती हैं।' वन्दना ने न चाहते हुए कहा। नृत्य के कारण वन्दना का शरीर इतना गर्म हो चुका था कि बार-बार पसीना पोंछने के बाद भी उसके मुखड़े तथा गले के गड्ढे में पसीना आता ही जा रहा था, यहां तक कि जब अमर का रूमाल पसीने से भीगकर तर हो गया तो उसने इसे मेज के किनारे फंसा दिया।

'दूसरा रूमाल चाहिए?' खन्ना ने अपनी पॉकेट से रूमाल निकालते हुए पूछा।

'नो। थैंक यू।' वन्दना ने स्पष्ट इन्कार किया।

खन्ना का मुंह छोटा-सा होकर रह गया, परन्तु वह इतनी जल्दी हार मानने वाला नहीं था। बेशर्मों के समान वह वहीं जमकर बैठा रहा।

'आप भारत में कब तक रहेंगी?' खन्ना ने फिर अपनी बातों का सिलसिला आरम्भ किया।

'कोई ठीक नहीं।' वन्दना ने खन्ना की बात का अनुमान लगाते हुए कहा। ऐसा न हो कि वह भविष्य में कोई प्रोग्राम रखकर उसे निमन्त्रित करे। उसने बात जारी रखी। बोली, 'शायद दस-पन्द्रह दिन बाद ही जाना पड़ जाए।' वन्दना के पास खन्ना को किसी प्रकार की आशा न देते हुए उससे सदा के लिए पीछा छुड़ाने का यही बहाना था।

'ओ---' खन्ना ने गोल-सा मुंह बनाया। वह कुछ सोचने पर भी विवश हो गया।

सहसा वहां से एक वेटर निकला। खन्ना ने चुटकी बजाकर उसका ध्यान अपनी ओर खींचा और उसे अपने पास बुलाया। वेटर आ गया तो उसने कहा, 'तीन शैम्पेन - जल्दी।' खन्ना ने उसे ऑर्डर दिया।

'तीन क्यों डार्लिंग, मैं भी तो हूं।' सहसा खन्ना के पीछे से एक आवाज आई। स्वर लड़की का था फिर भी कर्कश था। लड़की ने आते ही बेतकल्लुफ होकर समीप की एक कुर्सी खींची और खन्ना के सामने बैठ गई। अपनी बात जारी रखते हुए उसने कहा, 'परन्तु मैं शैम्पेन नहीं पिऊंगी। मेरे लिए व्हिस्की मंगाएं।' लड़की की अंगुलियों में एक लम्बा पाइप था जिसके सिर पर एक सिगरेट फंसी हुई थी। उसने अमर को देखते हुए मुस्कराकर एक गहरा कश लिया और फिर सारा धुआं अमर के मुखड़े पर फूंक दिया। फिर अमर की आंखों में देखते हुए अपनी आंखें मींचकर बोली, 'हाई हैण्डसम।'

अमर को उस लड़की की सभ्यता पर सख्त क्रोध आया। मन हुआ वह इस लड़की के मुखड़े पर एक जोरदार थप्पड़ रसीद करे। परन्तु यह फाइव स्टार होटल था। यहां का समाज इस समय विदेशी रंग में डूबा हुआ था। वह रक्त के घूंट पीकर रह गया। यह लड़की थी जिसने टैब डांस के मध्य अमर के फ्लोर छोड़ते समय उसका रास्ता रोकते हुए उसके साथ नृत्य करने का प्रस्ताव रखा था और तब अमर ने इंकार कर दिया था। अमर को अब अंदाज होने लगा कि इस लड़की ने आगे होकर क्यों इसके साथ नृत्य करने का प्रस्ताव रखा था। दरअसल यह लड़की खन्ना की परिचित है। खन्ना ने वन्दना को टैब डांस में उससे छीन लिया था और यह लड़की नहीं चाहती थी कि वह भी खन्ना को टैब करके अपनी प्रेयसी को वापस छीन ले। इसीलिए यह लड़की उसे अपने साथ नृत्य करके फंसाए रखना चाहती थी। निश्चय ही खन्ना ने वन्दना को उसके साथ नृत्य करते देखने के बाद ही इस लड़की के साथ ऐसी योजना बनाई होगी ताकि वह वन्दना का साथ अधिक-से-अधिक समय तक प्राप्त करता रहे। नृत्य के समय भी लोग सुन्दरियों को अपनी बांहों में देर तक समाए रखने के लिए कैसे-कैसे हथकंडे अपनाते हैं, यह अमर को अब पता चला।

'आप मिस बेला हैं।' खन्ना ने उस लड़की का परिचय वन्दना को दिया। औपचारिकता बरतते हुए उसने अमर को भी देखा। बात जारी रखते हुए उसने वन्दना से कहा - 'आप मेरी काफी पुरानी मित्र हैं।' फिर उसने बेला से कहते हुए वन्दना की ओर संकेत किया। बोला - 'आप वन्दना जी हैं। और आप---।' खन्ना ने अमर की ओर संकेत किया। परन्तु उसे स्वयं अमर का परिचय नहीं ज्ञात था इसलिए उसने परिचय के लिए वन्दना की ओर देखा।

'आप मिस्टर अमर हैं - अमर सिंह।' वन्दना ने अमर का परिचय देना आवश्यक समझा। उसने खन्ना का परिचय भी अमर को दिया। बोली - 'और आप मिस्टर खन्ना हैं।'

'हलो!' खन्ना ने अमर से हाथ मिलाने में अच्छाई समझी।

'हलो!' अमर ने भी खन्ना से हाथ मिलाने में अधिक बुराई नहीं समझी। परन्तु जब उसने हाथ मिलाया तो खन्ना की हथेली उसकी हथेली में कुछ गड़-सी गई। हथेली छोड़ते हुए अमर ने ध्यान दिया। खन्ना की हथेली के मध्य एक नए चन्द्रमा जैसा दाग था। यह दाग किसी वस्तु से कट जाने के कारण बना था या उसकी यह एक असाधारण हस्तरेखा थी, अमर अन्दाज नहीं लगा सका तो उसने उसका ध्यान छोड़ दिया।

'हलो।' वन्दना ने भी छोटा सा उत्तर देकर बात समाप्त कर दी। परन्तु उसे बेला से मिलकर कोई प्रसन्नता नहीं हुई थी। वरन उसे बेला से घृणा होने लगी।

'हाई हैंडसम? हाउ डू यू डू?' बेला ने अमर से भी कहा, हाथ मिलाने के लिए उसकी ओर अपना हाथ बढ़ाते हुए।

अमर मन-ही-मन इस लड़की पर पहले से खिसियाया हुआ था। उसने हाथ मिलाने से स्पष्ट दूरी बरती। हाथ मिलाने के बजाए उसने खालिस भारतीय ढंग में हाथ जोड़कर उसे नमस्ते कर दिया। बेला झेंप गई। परन्तु खन्ना के समान वह भी निर्लज्ज थी। मुस्कराते हुए उसने फिर चहकना आरम्भ कर दिया।

वेटर अब तक वहीं खड़ा हुआ था। उसे देर होने लगी तो उसने खन्ना से पूछा, 'तीन शैम्पेन और एक स्कॉच व्हिस्की?' ऑर्डर की पुष्टि करना उसके लिए आवश्यक था।

'हां, जरा जल्दी लेकर आओ।' खन्ना ने कहा।

'लेकिन आप यह तीन शैम्पेन किसके लिए मंगवा रहे हैं?' वन्दना ने हाथ के इशारे से वेटर को जाने से पहले रोककर खन्ना से पूछा।

'क्यों?' खन्ना ने आश्चर्य से पूछा - 'एक अपने लिए, दो आप दोनों के लिए।' खन्ना ने वन्दना के साथ अमर को भी देखा।

'लेकिन हम दोनों ड्रिंक बिल्कुल नहीं करते।' वन्दना ने कहा।

'यह ड्रिंक कहां है।' खन्ना ने कहा - 'यह तो सॉफ्ट ड्रिंक है।'

'आई एम सॉरी।' वन्दना ने स्पष्ट शब्दों में इन्कार किया। मन-ही-मन खिसियाकर उसने खन्ना के प्रति सोचा, अजीब व्यक्ति है यह। उसका पीछा ही नहीं छोड़ता है और अब उनसे शराब की जिद किए जा रहा है।

'नृत्य में आप काफी थक चुकी हैं।' खन्ना ने तब भी उसका पीछा नहीं छोड़ा। उसने कहा - 'यदि आप केवल एक पैग ही पी लेंगी तो सारी थकावट---।'

'मिस्टर खन्ना-।' इस बार अमर से सब्र नहीं हो सका तो उसने अपनी आवाज में कुछ सख्ती लाकर कहा - 'आपसे एक बार कहा जा चुका है कि हम ड्रिंक नहीं करते।'

'ड्रिंक तो मैं भी नहीं करता हूं लेकिन---।' खन्ना पर अमर की रुआबदार आवाज का कोई प्रभाव नहीं पड़ा। परन्तु फिर उसने अपनी जिद छोड़ दी। वेटर को जाने का संकेत करके उसने बात पलट दी। वह वन्दना से बोला, 'खैर छोड़िए इन बातों को। हां, यह बताइए, यदि

आपके लंदन जाने से पहले मैं आपकी इसी होटल में एक विदाई पार्टी दूं तो क्या आप स्वीकार करेंगी?'

'आई एम सॉरी।' वन्दना ने फिर स्पष्ट इन्कार किया - 'मुझे जाने से पहले जरा भी समय नहीं मिल सकेगा।' वन्दना को खन्ना की जिद पर क्रोध आने लगा।

सहसा ऑर्केस्ट्रा की धुन फिर आरम्भ हुई। मद्धिम गति में नृत्य करने की यह एक बहुत ही सुरीली धुन थी। जवान जोड़े फर्श पर उतरने लगे। खन्ना ने वन्दना को देखा। बोला - 'लेट अस हैव ए लिटिल डांस।' उसने खड़े होते हुए वन्दना की ओर हाथ बढ़ाया।

'आप जानते हैं मैं पहले ही बहुत थक चुकी हूं।' वन्दना ने क्रोध में खन्ना पर रक्त का घूंट पीकर कहा - 'मैं और अधिक नृत्य नहीं कर सकती।'

'ओह यस, आई एम सॉरी।' खन्ना ने अपने स्थान पर बैठते हुए कुछ झेंपकर कहा - 'मैं तो भूल ही गया था कि आप पिछले नृत्यों में बहुत थक चुकी हैं।'

'क्यों न मिस्टर अमर।' बेला ने सिगरेट का कश लेने से पहले कहा - 'नृत्य का आनन्द चलकर हम ही दोनों उठाएं?'

अमर को समझते देर नहीं लगी कि बेला खन्ना से मिलकर उसे वन्दना के साथ एकांत प्रदान करना चाहती है। बेला की इस चाल पर अमर का रक्त उबल गया। वन्दना के प्रति इन दोनों की जाने क्या साजिश हो? उसने तैश में आकर कहा, 'मेरा मूड तो नृत्य करने में बिल्कुल नहीं है। नृत्य करने का मूड आपका कर रहा है और साथ में मिस्टर खन्ना का भी। आप ही दोनों क्यों नहीं नृत्य के लिए फ्लोर पर चले जाते हैं?'

'ऐं?' खन्ना मानो अपने ही फेंके जाल का शिकार हो गया। मुस्कराकर अपनी झेंप मिटाते हुए उसने कहा - 'हां-हां, क्यों नहीं, क्यों नहीं।' उसने तुरन्त खड़े होते हुए बेला से कहा, 'आओ बेला, कुछ देर हम दोनों नृत्य करें।'

बेला के इरादों पर भी पानी फिर गया था क्योंकि वह खन्ना के इरादों को पूरा करने में असमर्थ थी। वह उठी और अनमनी-सी होकर खन्ना के साथ फ्लोर की ओर बढ़ गई।

'इडियट्स।' उन दोनों के जाने के बाद वन्दना ने मानो स्वयं से दांत पीसते हुए कहा और फिर एक शांति की सांस ली। 'जाने कहां-कहां से चले आते हैं अपना पागलपन दिखाने? टैब डांस के समय कमबख्त ऐसा चिपका कि पीछा ही नहीं छोड़ रहा था। जिस किसी ने भी उसे टैब किया, उसके लिए उसने मुझे छोड़ने से स्पष्ट इंकार कर दिया।'

'अच्छा।' अमर ने खन्ना के असभ्य साहस पर आश्चर्य प्रकट किया।

'हां।' वन्दना ने कहा, 'यह तो अच्छा हुआ कि एक बुजुर्ग ने आकर खन्ना को टैब किया तो मैं स्वयं ही उसका हाथ छोड़ कर उन बुजुर्ग के साथ नृत्य करने लगी वरना वह तो मेरा अन्तिम घड़ी तक पीछा नहीं छोड़ने वाला था। नृत्य के समय आरम्भ में तो कमबख्त बड़े सभ्य ढंग से बातें कर रहा था - आप कहां रहती हैं? दिन-भर क्या प्रोग्राम रहता है? आदि-

आदि। मैं भी औपचारिकता बरतते हुए सब-कुछ बताती गई। परन्तु जब मेरे बिना पूछे वह अपनी प्रशंसा के पुल बांधने लगा तो मुझे उसका मुझमें रुचि लेने का कारण समझ में आने लगा। मैं तो उसकी बातें सुनते-सुनते थक गई। इडियट को ठीक से डांस करना भी तो नहीं आता है। बार-बार मेरे पैरों पर चढ़ा जाता था।' वन्दना ने बुरा-सा मुंह बनाया।

उन दोनों की संगति को अब तक खन्ना ने बहुत बोर किया था अब जब वह चला गया तो अमर को अपनी बातें करने का अवसर मिला। उसने अपनी कोट की पॉकेट में हाथ डालते हुए कहा, 'यह बताओ, तुम्हें याद है आज शाम तुमने क्या कहा था?'

'क्या कहा था?' वन्दना ने आश्चर्य से पूछा, कुछ गम्भीर मुद्रा में।

'यही कि तोहफा देने या लेने का आनन्द तभी है जब तोहफा लेने वाले को ज्ञात न हो कि उसे क्या मिल रहा है?'

'ओह।' वन्दना को याद आया। उसने कहा - 'हां-आं, कहा तो था। परन्तु क्यों?'

'पहले अपना हाथ इधर दो और आंखें बन्द करो। उसके बाद मैं बताऊंगा।' अमर ने भेद भरे ढंग से कहा।

वन्दना अमर की बातों का अर्थ समझ गई। परन्तु उसे सही सही यह अनुमान नहीं हो सका कि अमर उसे तोहफे में क्या देना चाहता है। वह मुस्कराई। फिर उसने अपना हाथ मेज पर अमर की ओर बढ़ाकर अपनी आंखें बन्द कर लीं।

अमर ने अपने दाहिने हाथ के अंगूठे तथा अंगुली के बीच अंगूठी थामी। फिर बाएं हाथ द्वारा बहुत कोमलता से उसने अपनी अंगुलियों तथा हथेली के ऊपर वन्दना की हथेली रखी। वन्दना की अंगुलियों को उसने बहुत ध्यान से देखा, प्यार के साथ भी। गुलाबी लम्बी अंगुलियां गुलाबी नाखून। उसने बहुत कोमलता के साथ वन्दना की एक अंगुली में अंगूठी पहना दी। वन्दना की सारी ही अंगुलियां कांप गईं, सारा शरीर, प्रसन्नता की एक नई मिठास का आभास करके। उसके होंठों पर मुस्कान दौड़ गई तो उसने अमर के कुछ कहने से पहले ही अपनी आंखें खोल दीं। अमर ने उसकी हथेली छोड़ दी। वन्दना अंगूठी पहनी अपनी अंगुली को अपनी आंखों के समीप लाई। ध्यान से वह अंगूठी देखने लगी - बहुत प्यार के साथ भी। सोने की यह एक छोटी-सी अंगूठी थी - कारीगरी में अत्यन्त सुन्दर। अमर ने उसे यह अंगूठी बहुत प्यार से दी थी इसलिए इससे अच्छी वस्तु अब उसके लिए इस संसार में कोई रह ही नहीं गई थी। उसने कहा - 'तो यही तोहफा देने के लिए मेरी बात याद दिला रहे थे?'

'हां।' अमर ने कहा - 'बन्द का यह नाचीज तोहफा निशानी के तौर पर स्वीकार करने में आपका अब तो कोई आपत्ति नहीं है ना?'

'बिल्कुल नहीं।' वन्दना ने कहा - 'इस खूबसूरत अंगूठी को मैं अपने प्यार की एक अनुपम यादगार समझकर जीवन भर अपने पास रखे रहूंगी। इसे कभी भी अपनी अंगुली से नहीं उतारूंगी। यह तो अब मेरे प्यार का एक अंग बन गई है।' वन्दना ने बहुत प्यार के साथ

अंगूठी को अपने गाल से लगा लिया। पलकों से इसे चूम लिया। होंठ द्वारा भी अंगूठी को प्यार कर लिया तो अमर को ऐसा लगा मानो वन्दना ने अंगूठी को नहीं उसके होंठों को भी प्यार कर लिया है।

'अमर---' वन्दना ने अचानक गम्भीर होकर कहा - 'तुम मुझे कितना प्यार करते हो। कितना विश्वास है तुम्हें मुझ पर। इसीलिए कभी-कभी मैं सोचती हूं कि अनजाने में, अपनी इच्छा के विरुद्ध मैं यह पाप क्यों कर बैठती हूं जो तुम्हारा ऐसा असीम प्यार प्राप्त करने के बाद मुझे हरगिज नहीं करना चाहिए।'

'पाप? कैसा पाप?' अमर कुछ समझा नहीं।

ऑर्केस्ट्रा की मद्धिम धुन हॉल के वातावरण में तैर रही थी, रंग-बिरंगे परिवर्तित होते प्रकाश में नृत्य करते जोड़े एक-दूसरे की बांहों में समाए छाया बने हुए थे। किसी को मानो किसी की चिंता ही नहीं थी। नृत्य करते हुए प्यार के संसार में सब मदहोश से हो गए थे। वन्दना ने खड़े होते हुए अमर से कहा, 'आओ मेरे साथ। नृत्य के मध्य में तुम पर इस समय अपने दिल का हाल खोलकर रख देना चाहती हूं। इसके बाद तुम ही निर्णय करो कि इतना प्यार तुमसे करने के पश्चात् क्या मैं एक पाप का शिकार हूं या नहीं?'

अमर तब भी कुछ नहीं समझा। खड़े होने के बाद वह वन्दना के समीप आया। अपना हाथ उसने वन्दना की हथेली में रख दिया। वन्दना उसी गम्भीरता के साथ अमर को नृत्य के फर्श पर ले गई। फर्श पर अमर ने अपनी बांहें वन्दना के लिए फैलाईं तो वन्दना उसकी बांहों में समाकर इस प्रकार छाती से लग गई मानो अमर से अब कभी अलग नहीं होना चाहती।

कुछ देर तक दोनों इसी प्रकार नृत्य करते रहे - बहुत खामोशी के साथ। फिर जब वन्दना ने अमर की हथेली का गरम-गरम स्पर्श अपने गालों पर महसूस करके अपना मुखड़ा ऊपर उठाया तथा अमर की आंखों में झांका तो अमर चौंक गया। वन्दना की नीली आंखें भी भीगी हुई थीं। शायद नृत्य करते समय वह उसकी छाती में मुंह छिपाकर दबी सिसकियों के साथ रो रही थी, शायद इसीलिए कि वह अमर की दृष्टि में नहीं बल्कि अपनी दृष्टि में अमर की पापिन थी। अमर के निःस्वार्थ प्यार के योग्य वह स्वयं को नहीं समझ रही थी।

'क्या बात है वन्दना? तुम कुछ परेशान-सी हो?' अमर ने उसके दोनों ही कपोलों को अपनी हथेलियों के मध्य रखकर उसकी आंखों में प्यार से झांका और सहानुभूति प्रकट की। अब वन्दना का हर गम उसका अपना गम था, वन्दना का दर्द उसकी अपनी तड़प थी।

'अमर-' वन्दना का गला भर्रा रहा था। उसने कहा, 'मेरा विश्वास करो, 'मैं तुम्हें बहुत प्यार करती हूं। बहुत चाहती हूं तुम्हें और इसीलिए नहीं मांगती कि मेरा अतीत मेरे प्यार-भरे संसार में जाग लगाए। फिर जाने क्यों जब कभी मैं उन वस्तुओं को देखती हूं जिनसे रोहित का सम्बन्ध रहा है तो न चाहते हुए भी रोहित मेरे मन और मस्तिष्क में अवश्य चला आता है। आज भी जब दुकान में मैं तुम्हारे लिए वस्त्र देख रही थी तब कपड़ों का रंग देखकर बिना

अधिकार ही मुझे रोहित याद आ गया था। शायद तुम्हें नहीं मालूम कि रोहित के साथ लंदन में मेरी पहली भेंट नृत्य के एक फंक्शन में उस समय हुई थी जब वह तुम्हारे इस लाल कोट के समान ही कोट पहने हुए था।' वन्दना ने उसके कोट के कॉलर पर अंगुलियां फेरीं। बात जारी रखते हुए उसने कहा, 'उस समय वह तुम्हारे इस पैंट समान क्रीम रंग की पैंट भी पहने हुए था। वह सफेद गुलाब जो तुमने कोट में लगाया था वह भी रोहित की पसन्द का ही था जिसे देखकर मैं स्वयं पर इसीलिए झुंझला गई थी, क्योंकि मैं नहीं चाहती थी कि रोहित की याद हमारे प्यार के मध्य किसी प्रकार की दीवार बने। और इसीलिए मैंने वह फूल तुम्हारे कॉलर से निकालकर कमरे से बाहर फेंक दिया था। उस समय फूल फेंकने के बाद मुझे बहुत अधिक संतोष मिला था, प्रसन्नता भी मिली थी कि मैं अपने अतीत को ठुकराने में सफल हूं परन्तु जब लॉन में जाते हुए उस सफेद फूल पर तुम्हारा कदम पड़ा तो जाने क्यों मुझे ऐसा लगा कि तुमने उस फूल को नहीं मेरे दिल को मसल दिया है। और इसीलिए मैं उस समय भी लॉन में खड़े-खड़े थोड़े समय के लिए अपने आपको भूल गई थी।'

'मुझे सब मालूम है वन्दना।' अमर ने नृत्य पर हल्के-हल्के पग बढ़ाते हुए कहा।

'फिर भी तुम खामोश रहे?' वन्दना को अमर के प्यार की थाह मिलना कठिन हो गई।

'हां-' अमर ने कहा, 'क्योंकि मुझे अपने प्यार पर विश्वास है। मेरा प्यार निःस्वार्थ है। किसी बात की मांग नहीं करता। यह क्या कम है कि तुम मुझे इतना प्यार करती हो?'

'प्यार तो मैं वास्तव में तुम्हें बहुत करती हूं, अमर।' वन्दना ने कहा, 'परन्तु क्या इतना करने के पश्चात् तुम्हारी ही संगति में रहते हुए रोहित को याद करके मैं तुम्हारे साथ विश्वासघात नहीं करती हूं?' तुम्हारे ही सामने उनके विचारों में खोकर क्या मैं तुम्हारे प्यार का अपमान नहीं करती हूं? क्या यह सब पाप नहीं है?'

'नहीं वन्दना, यह कोई पाप नहीं है।' अमर ने उसे समझाया, 'यह तुम्हारी एक मजबूरी है। ऐसी परिस्थिति किसी भी मानव के साथ हो सकती है। अतीत किसी का पीछा इतनी आसानी से नहीं छोड़ता। फिर तुम्हारे साथ तो एक ऐसी घटना घटी है जिसका शिकार तुम मनोवैज्ञानिक तौर पर हो गई हो। रोहित ने तुम्हारा बदला लेने के लिए ही अपनी जान गंवाई थी इसलिए उसकी याद को इतनी जल्दी भुला देना तुम्हारे लिए आसान नहीं होगा। तुम उसे चेतन में नहीं तो अवचेतन स्थिति में ही याद करती रहोगी। परन्तु ऐसा सदा नहीं रहेगा। इसका एक इलाज भी है। जिस दिन मैं शेर सिंह से तुम्हारे पिता तथा रोहित की हत्या का बदला लेने में सफल हो जाऊंगा उस दिन तुम्हारे अतीत का यह भार तुम्हारे दिल से अपने आप ही उतर जाएगा - हमेशा-हमेशा के लिए। तब तुम्हारा मन और मस्तिष्क बदले की भावना के बन्धन से स्वयं ही सदा के लिए मुक्त हो जाएगा और फिर तब तुम देख लेना वन्दना, मैं तुम्हारे मन और मस्तिष्क पर इस प्रकार छा जाऊंगा कि तुम सब कुछ भूलकर दिन-रात प्रति पल, मेरे और केवल मेरे ही विचारों में तल्लीन रहने लगोगी।'

'काश।' वन्दना ने एक गहरी सांस के साथ कामना की, 'ऐसा समय शीघ्र ही आ जाएगा।' उसने अमर की छाती पर अपना मुखड़ा फिर रख दिया।

'वह दिन अब अधिक दूर भी नहीं रहा।' अमर ने वन्दना को अपनी बांहों में सख्ती से समाते हुए छाती में छिपा लिया। बोला, 'मेरा दिल कहता है कि वह दिन दूर नहीं जब मैं तुम्हारा तथा तुम्हारे दादाजी का बदला लेने में शीघ्र ही सफल हो जाऊंगा।'

ऑर्केस्ट्रा की धुन उसी प्रकार बज रही थी, बजती रही। रंगीन प्रकाश अपना रंग बदलकर अब पहले से अधिक गहरा होता जा रहा था।

कुछ देर बाद ऑर्केस्ट्रा की धुन थम गई। जोड़ों ने भी थिरकना बन्द कर दिया। तालियां बजीं। फिर जोड़े अपने-अपने स्थान पर जाकर बैठ गए। यह एक लम्बे समय का विश्राम था। इसी विश्राम के मध्य नृत्य में भाग लेने वाले आज की प्रतियोगिता में जीते गए इनाम बांटना था। प्रतियोगिता के विजेताओं को उपहार बांटने के लिए प्रमुख अतिथि के रूप में शहर के मेयर को बुलाया गया था।

जब सारे उम्मीदवार और दर्शक अपने-अपने स्थान पर बैठ गए तो होटल का प्रबन्धक ऑर्केस्ट्रा के स्टेज पर एक किनारे माइक के सामने आया। ऑर्केस्ट्रा बजाने वाले कलाकार स्टेज छोड़कर जा चुके थे तथा उसकी कुर्सियों के आगे कुछेक आरामदेह कुर्सियां आज के निर्णायकों तथा प्रमुख अतिथि के लिए लगा दी गई थीं। इधर होटल के प्रबन्धक ने माइक संभाला, उधर यह आदरणीय हस्तियां इन आरामदेह कुर्सियों पर आकर बैठ गई। प्रमुख अतिथि के बगल में पिछले वर्ष की चुनी हुई इसी होटल की 'ब्यूटी क्वीन' भी बैठी हुई थी जिसे आज के उत्सव में विशेष तौर पर बुलाया गया था। माइक के मसीप ही एक मेज रख दी गई थी जिस पर आज के प्रोग्राम के विजेताओं को दिए जाने वाले उपहार रखे हुए थे - चांदी के छोटे-बड़े कप्स। होटल मैनेजर ने माइक पर तेज स्वर के साथ कहा, 'योर अटेन्शन प्लीज (कृपया ध्यान दें)'।

हॉल के अन्दर दर्शकों के मध्य खामोशी छा गई। सब ने आवाज पर ध्यान लगाकर स्टेज की ओर देखा।

प्रमुख अतिथि ने अधिक समय न लेते हुए अपने छोटे-से भाषण में फंक्शन के आयोजकों की सराहना की तथा उन्हें बधाई दी जिनकी मेहनत के कारण यह फंक्शन इतनी सुन्दरता के साथ सफल हुआ था। उन्होंने होटल तथा होटल के सभी कर्मचारियों को भी रजत-जयंती के इस शुभ अवसर पर बधाई दी और इच्छा प्रकट की कि रजत-जयंती पर ही नहीं बल्कि हर वर्षगांठ पर यह होटल इसी प्रकार से सुन्दर प्रोग्राम रखकर नवयुवक-नवयुवतियों को विदेशी प्रतियोगिताओं में भी भाग लेने के लिए उत्साहित करता रहेगा।

इसके बाद आज के प्रोग्राम में विजेताओं का नाम पुकारने के लिए होटल मैनेजर एक बार फिर माइक के सामने आया। फिर तेज स्वर में कहा, 'आज के प्रोग्राम में जो नृत्य करता जोड़ा सर्वाधिक सुन्दर रहा उसमें पहले विजेता का नाम है श्री दिनेश खन्ना।'

हॉल के अन्दर बहुत जोर की ताली बजीं।

होटल मैनेजर ने तालियों का शोर समाप्त होते ही हाथ के कागज पर एक दृष्टि डालकर फिर कहा, 'इस सर्वाधिक जोड़े में दूसरे विजेता का नाम है कुमारी वन्दना सिंह।'

वन्दना के स्वागत में इस बार दर्शकों ने तालियां और जोर से बजाईं।

'मैं आज के प्रोग्राम के इस सर्वाधिक सुन्दर जोड़े से निवेदन करता हूं कि कृपया स्टेज पर आकर अपना दर्शन दें और इनाम ले जाएं।' तालियों का शोर कम होते-होते होटल के मैनेजर ने फिर कहा।

एक किनारे खन्ना अपनी सीट पर बेला तथा अन्य लड़कियों के झुण्ड में बैठा हुआ बहुत प्रसन्न था। वह होटल मैनेजर की बात सुनकर खड़ा हो गया।

वन्दना को भी होटल मैनेजर का अनाउंसमेंट सुनने के बाद स्टेज पर जाना ही था। नहीं जाती तो वह अपनी अशिष्टता का प्रमाण देती। जब वह स्टेज की ओर बढ़ी तो दूसरी ओर से खन्ना भी उसके समीप आकर स्टेज की ओर बढ़ गया।

स्टेज पर एक अन्य आयोजक आकर अभी-अभी खड़ा हुआ था। खन्ना तथा वन्दना के स्टेज पर आते ही प्रमुख अतिथि भी खड़े हो गए थे। आयोजक ने एक कप उठाकर प्रमुख अतिथि की ओर बढ़ाया तो प्रमुख अतिथि ने इसे लेकर बधाई देते हुए कप खन्ना को थमा दिया। खन्ना ने कुछ झुकते हुए कप बहुत संभालकर अपने हाथों में ले लिया, इस प्रकार मानो यह कप नहीं वन्दना का सुन्दर दिल था जो उसे उपहार में मिला था। फिर उसने अपना दाहिना हाथ आगे बढ़ाकर प्रमुख अतिथि से मिलाते हुए कहा, 'धन्यवाद महोदय, धन्यवाद।'

उसके बाद होटल मैनेजर के संकेत पर आयोजक ने दूसरा कप उठाया। प्रमुख अतिथि ने यह कप लेकर वन्दना को दिया। वन्दना ने इसे स्वीकार करते हुए प्रसन्नता प्रकट की। हॉल के अन्दर तालियां फिर गूंजने लगीं। वन्दना ने प्रमुख अतिथि को धन्यवाद दिया।

'वन मिनट प्लीज।' सहसा एक पत्रकार ने उसके स्टेज पर से सीढ़ियां उतरने से पहले ही उसका रास्ता रोककर कहा और अपने कैमरे का फोकस उस पर निशाना बनाकर ठीक करने लगा। उसके साथ ही वहां और भी पत्रकार अपना कैमरा लिए वन्दना के सामने आ चुके थे।

वन्दना को रुक जाना पड़ा। तभी उसके बगल में लपककर खन्ना भी आ खड़ा हुआ। फिर फोटो के लिए अनेक फ्रलैशगन के बल्ब चमक उठे।

अमर अपनी सुरक्षित कुर्सी पर बैठा खन्ना तथा वन्दना को देख रहा था। मनचले नवयुवक की फबती जब उसके कानों में पड़ी तो उसे ऐसा लगा मानो उस नवयुवक ने सबके सामने उसके गाल पर थप्पड़ रसीद कर दिया है। दर्शकों के ठहाके उसे यूं सुनाई पड़े मानो थप्पड़ लगने के बाद सब मिलकर उसका मजाक उड़ा रहे हैं। उसका मन किया कि वह यहां से उठकर अपने कमरे में चला जाए। परन्तु उसने वन्दना को खन्ना के रहम और करम पर छोड़कर जाना उचित नहीं समझा।

वन्दना को उसकी सीट तक छोड़ने के बाद खन्ना बड़ी आशा के साथ उसके समीप खड़ा रहा। शायद वन्दना उसे अपने समीप बैठने के लिए कहे। परन्तु खन्ना को वन्दना से कोई भी लिफ्ट नहीं मिली। वन्दना ने अपनी सीट पर बैठकर अपना पुरस्कृत कप मेज पर कुछ पटकते हुए रखा तो खन्ना चला गया। उसने कप मेज पर अमर की ओर बढ़ा दिया। अमर ने कप हाथ में लेकर देखा। फिर सब कुछ भूलकर हर्ष प्रकट करता हुआ बधाई देने लगा।

होटल मैनेजर स्टेज के माइक पर फिर पुकारकर कह रहा था, 'आज की दूसरी प्रतियोगिता नृत्य करने वाले सबसे अच्छे जोड़े के लिए है।' दर्शकों ने पलटकर वन्दना को देखा। क्या दूसरी प्रतियोगिता में भी तो वन्दना बाजी नहीं मार ले गई? वन्दना तथा युवक के एक नृत्य पर सारा हॉल ही मुग्ध हो गया था। और उनका अनुमान ठीक ही निकला। होटल मैनेजर अपना 'एनाउन्समेन्ट' जारी रखते हुए कह रहा था, 'और नृत्य में अपनी भरपूर कला का प्रदर्शन करने वाला जोड़ा है श्री कमल कुमार तथा कुमारी वन्दना सिंह का। कृपया आप दोनों स्टेज पर पधारें।'

'हॉल एक बार फिर तालियों की गड़गड़ाहट से गूंज गया।

वन्दना इठलाती मुस्कराती तथा बलखाती हुई उठ खड़ी हुई। अमर को प्यार भरी दृष्टि से उसने देखा तो अमर ने खामोश मुस्कान तथा चमकती हुई दृष्टि के साथ उसकी प्रसन्नता में सम्मिलित होते हुए उसे इस जीत पर भी पहले ही बधाई दे दी। वन्दना स्टेज पर जा खड़ी हुई तो साथ में उसके वह युवक भी आ खड़ा हुआ जो उससे आयु में छोटा था तथा जिसने टैब डांस के बाद उसके साथ नृत्य में साथ दिया था।

प्रमुख महोदय ने पहले के समान ही आयोजक से इनाम के कप्स लेकर कमल कुमार तथा वन्दना को एक के बाद एक कप थमाते हुए बधाई दी और हाथ मिलाया।

फिर वही पत्रकारों के कैमरों की फ्लैशगन की चमक - तालियों का शोर।

वन्दना स्टेज की सीढ़ियां उतरी तो उसके पीछे-पीछे कमल कुमार भी उतर आया। कमल कुमार ने सभ्यता का ध्यान रखते हुए वन्दना को उसकी सीट तक छोड़ा। वन्दना ने कमल कुमार को अमर का परिचय दिया। बोली, 'आप मिस्टर अमर हैं।'

कमल कुमार ने अमर से हाथ मिलाते हुए कहा, 'आपसे भेंट करके वास्तव में बहुत प्रसन्नता प्राप्त हो रही है।' कमल कुमार अमर के व्यक्तित्व से बहुत प्रभावित था। कमल कुमार के प्यार भरे व्यवहार ने उसका मन जीत लिया था।

वन्दना ने कमल कुमार को यहां तक पहुंचाने के लिए धन्यंवाद दिया। उसे बैठने के लिए भी पूछा। परन्तु कमल ने दो जवान दिलों के बीच खलल डालना उचित नहीं समझा। वह चला गया।

वन्दना अपनी सीट पर बैठ गई। मुस्कराते हुए उसने अपना दूसरा जीता हुआ कप भी अमर की ओर बढ़ा दिया। यह कप पहले कप से अधिक बड़ा तथा सुन्दर था। अमर ने अपनी

दोनों हथेलियों के मध्य वन्दना का हाथ दबाकर हर्ष प्रकट करते हुए उसे बधाई दी तथा उस पर गर्व प्रकट किया। वन्दना के खिलए अमर की प्रसन्नता से बड़ी कोई प्रसन्नता नहीं थी। उसकी प्रतियोगिता जीतने की प्रसन्नता दोगुनी हो गई।

होटल मैनेजर ने अगली प्रतियोगिता का परिणाम सुनाते हुए कुछ मनचलेपन से कहा, 'और अब अपने दिलों को थामकर सुनिए कि आज की, या यूं कहिए कि इस होटल के पिछले पच्चीस वर्षों की सर्वाधिक महत्त्वपूर्ण प्रतियोगिता में 'ब्यूटी क्वीन' का खिताब किस सुन्दरी के भाग्य में आया है? विचित्र बात तो यह है कि प्रतियोगिता का निर्णय करते समय आदरणीय निर्णायकों में से एक भी ऐसे निर्णायक महोदय नहीं निकले जिन्हें इस सुन्दरी के 'ब्यूटी क्वीन' होने पर किसी प्रकार का सन्देह हुआ हो। यह इस होटल के लिए हर्ष तथा 'ब्यूटी क्वीन' के लिए बड़े गर्व की बात है कि आज उस सुन्दरी ने---' होटल मैनेजर ने रुकते हुए दृष्टि उठाकर वन्दना को भेद भरी दृष्टि से मुस्कराकर देखा।

वन्दना के दिल की धड़कनें बढ़ गईं - एक अज्ञात प्रसन्नता का आभास करके। उसने अमर को देखा। अमर मुस्करा दिया, इस प्रकार मानो उसे पहले ही वन्दना के 'ब्यूटी क्वीन' बनने पर कोई सन्देह नहीं रह गया था। वन्दना की सुन्दरता के आगे तो देश-विदेश में भी दूर तक कोई उसकी बराबरी नहीं थी - विशेष कर उसकी अपनी दृष्टि में।

होटल मैनेजर ने अपनी बात जारी रखते हुए फिर आरम्भ की। उसने कहा - 'आज उस सुन्दरी ने इससे पहले भी दोनों प्रतियोगिताओं में विजेता बनने का सम्मान प्राप्त किया है।'

वन्दना की विजय पर अब किसी को सन्देह ही नहीं रहा। दर्शकों ने वन्दना को देखते हुए इतनी जोर की तालियां बजाईं कि स्वयं उनके कान फटने लगे। हॉल के अन्दर जोश में आकर दर्शक सीटियां बजाने लगे। वन्दना के भाग्य की सराहना करते हुए अनेक दर्शक चीख उठे - 'ऑर्केस्ट्रा---ऑर्केस्ट्रा।'

वन्दना को मानो प्रसन्नता का एक बहुत बड़ा खजाना मिल गया जिसे उसके लिए संभालना कठिन हो रहा था। प्रसन्नता से बेकाबू होकर उसका मन किया कि वह अमर की छाती से लग जाए। उससे कहे कि वह उसे अपनी बांहों में समाकर खूब प्यार करे। परन्तु इतने ऊंचे समाज में होने के पश्चात् वह साहस नहीं कर सकी। भारतीय पिता के रक्त ने उसकी इस इच्छा पर लाज की बेड़ियां डाल दीं।

'तो आइए वन्दना जी---।' तालियों का जोर कम होते-होते स्टेज पर खड़े होटल मैनेजर ने वन्दना को देखते हुए माइक पर उसका ध्यान अपनी ओर आकृष्ट किया। उसने कहा, 'आज की तीसरी तथा सर्वाधिक महत्त्वपूर्ण प्रतियोगिता की विजेता 'ब्यूटी क्वीन' बनकर हमारे होटल का सम्मान बढ़ाइए।'

वन्दना स्टेज पर जा खड़ी हुई - दर्शकों की ओर मुखड़ा तथा अमर की ओर दृष्टि बिछाकर। परन्तु फिर वह प्रसन्नता की अधिकता के कारण अमर से भी दृष्टि नहीं मिला सकी

तो उसने अपनी पलकें नीचे झुका लीं। होंठ मुस्कराने के लिए बेकाबू होकर कांप-कांप उठते थे। पत्रकार थे कि स्टेज पर चढ़-चढ़कर उसकी तस्वीरें खींचते हुए उसे उसे और नर्वस कर रहे थे।

फिर पिछले वर्ष की सुन्दरी (ब्यूटी क्वीन) ने उसके सामने आकर उसकी छाती पर कंधे से कमर तक एक नीला तथा लगभग छः इंच चौड़ा रेशमी पट्टा टांका जिस पर सामने चांदी के तारों द्वारा मोटे शब्दों में कढ़ा हुआ था 'ब्यूटी क्वीन ऑफ सिल्वर जुबली - फिरदौस'। फिर पिछले वर्ष की सुन्दरी ने अपने हाथों से वन्दना के सिर पर 'ब्यूटी क्वीन' का एक मुकुट रखते हुए पहनाया। तालियों का शोर फिर गूंजा - गूंजता ही गया। फिर जब वह अपनी औपचारिकता पूरी करने के बाद एक किनारे खड़ी हो गई तो आज का सबसे बड़ा तथा सुन्दर चांदी का कप उठाकर प्रमुख अतिथि ने वन्दना को भेंट करके उसे बधाई दी। तालियों का शोर समुद्र की मौजों के समान एक बार फिर उठा। मौजों के इस बहाव में वन्दना मानो बहकर खुशी से पागल हो उठी।

इसके बाद होटल मैनेजर ने प्रमुख अतिथि, पिछले वर्ष की सुन्दरी, आज के निर्णायकों तथा आयोजकों के साथ उन सभी यात्रियों, मेहमानों तथा उम्मीदवारों को भी धन्यवाद दिया जिन्होंने अपनी उपस्थिति देकर आज के इस अनूठे जश्न को सफल बनाने में सहायता दी थी।

कुछ देर बाद स्टेज पर ऑर्केस्ट्रा पार्टी ने अपना स्थान लिया। प्रोग्राम का अन्त करने के लिए उन्होंने अन्तिम नृत्य की धुन छेड़ी - मधुर, सुरीली तथा मद्धिम। नवजवान जोड़े फर्श पर उतर कर नृत्य करने लगे। वन्दना तथा अमर अपनी सीट पर बैठे प्रसन्नता में इतना अधिक डूबे हुए थे कि उन्हें आपस में बातें करने से अब तक समय नहीं मिला था। तभी वहां कबाब में हड्डी बनकर खन्ना फिर आ पहुंचा।

'कांग्रेचुलेशन, वन्दना जी!' उसने खड़े-खड़े कुछ झुक कर वन्दना से कहा, 'आपने एक ही फंक्शन में एक के बाद एक तीन प्रतियोगिताएं जीतकर तो कमाल ही कर दिया।' खन्ना ने अपनी बात पूरी की तो उसके होंठों से शराब का एक झपका उठा। उसने अपनी विजय के उपलक्ष में स्वयं ही खूब शराब नहीं पी थी बल्कि अपनी पार्टनर्स को भी शराब पिलाने में कोई कसर नहीं छोड़ी थी।

फंक्शन में आज लगभग सभी पुरुषों ने शराब पीकर वातावरण का भरपूर आनन्द उठाया था। पुरुष क्या, उच्च समाज में शराब पीने पर विश्वास रखने वाली जाने कितनी भारतीय स्त्रियां भी शराब के शौक से वंचित नहीं थीं इसलिए वन्दना ने खन्ना के शराब पीने के शौक को नजरअंदाज कर दिया। परन्तु उससे बातें करते हुए उसे जरा भी खुशी नहीं हो रही थी। फिर भी सभ्यता को स्थिर रखते हुए उसने अपने होंठों पर कृत्रिम मुस्कान उत्पन्न की और बोली, 'धन्यवाद'।

'क्या मैं प्रोग्राम के अन्तिम नृत्य में आपकी संगति का आनंद प्राप्त कर सकता हूं?' उसने वन्दना को उठाने के लिए अपना बायां हाथ वन्दना की ओर बढ़ाया। वन्दना की ओर कुछ

और झुकते हुए, इतना कि उसके होंठों से निकली शराब की दुर्गंध भाप बनकर वन्दना के मुखड़े पर छा गई। झुकते समय खन्ना शराब के नशे में कुछ लड़खड़ा भी गया था।

वन्दना को मतली-सी आ गई। जो व्यक्ति शराब के नशे में अपने पैरों पर खड़ा होने में असमर्थ है वह उसके साथ नृत्य क्या करता? वैसे भी प्रोग्राम का अन्तिम नृत्य अपने प्रियतम अमर के साथ ही करने का इरादा किए बैठी थी। उसने उसी प्रकार बैठे-बैठे स्पष्ट शब्दों में इंकार किया। बोली, 'आई एम सॉरी। मैं इस अन्तिम नृत्य के लिए अपना समय मिस्टर अमर के लिए सुरक्षित कर चुकी हूं।' उसने अमर की ओर इशारा किया। वन्दना ने इंकार कर दिया था परन्तु अनिच्छुक तौर पर मुस्कराती रही ताकि हॉल का यह थिरकता सुन्दर वातावरण स्थिर रहे।

वह इस खुले अपमान को सहन नहीं कर सका, उसने सीधे खड़े होते हुए जोश में कहा, 'मिस वन्दना, शायद आप नहीं जानतीं कि मैं किसी से किसी भी प्रकार का इन्कार सुनने का आदी नहीं हूं।'

खन्ना की बात सुनकर अमर अपने क्रोध पर काबू नहीं कर सका। वह तुरन्त खड़ा हो गया - अमेरिकी ढंग से कुछ झूलकर कंधे से कुछ झुकते हुए, बिल्कुल सतर्क, इस प्रकार मानो वह अचानक आने वाले हर खतरे से तैयार है। उसके एक हाथ की हथेली 'करंट' ढंग से सख्त हो गई। दूसरे हाथ की अंगुलियां पैंट की पॉकेट पर जाकर रुक गईं जहां पॉकेट के अन्दर छोटी-सी रिवॉल्वर थी। उसने दृष्टि मिलाकर खन्ना को देखा, मानो उसे आंखों द्वारा हर प्रकार की चुनौती दे रहा हो।

खन्ना ने जोश में आकर जो कुछ कहा था उसे इसका अफसोस नहीं हुआ। अफसोस हुआ तो केवल इस बात का कि जो कुछ उसने कहा है उसे पूरा करने का यह स्थान नहीं था। वह अमर से नहीं घबराया। उसने जाते-जाते वन्दना से कहा, 'तुम पछताओगी, बहुत पछताओगी। जिस किसी ने कभी मेरी इच्छा का आदर नहीं किया है उसे सारी जिन्दगी पछताने के अतिरिक्त कुछ हाथ नहीं लगा है।' खन्ना ने घूरकर वन्दना को देखा, फिर अमर को भी। वह क्रोध में एक झटके से पलटा और फिर मुट्ठी बांधकर अकड़ता हुआ हॉल के द्वार से होकर बाहर चला गया।

खन्ना को हॉल के द्वार से होकर बाहर जाने वन्दना ने भी देखा था तथा अमर ने भी। खन्ना ने जिस प्रकार जाते-जाते वन्दना को धमकी दी थी उससे वन्दना का भयभीत होना स्वाभाविक था। आखिर वह एक लड़की ही तो थी। अपने जीवन की सुरक्षा के लिए वह हर क्षण अमर पर कैसे निर्भर रह सकती थी? यह माना कि अमर की आंखों के सामने उसका कोई कुछ भी नहीं बिगाड़ सकता था परन्तु यह आंखों के सामने वाली ही बात थी। पीठ-पीछे छिप-छिपाकर, धोखे से तो उस पर कोई आक्रमण कर सकता था। तब अमर क्या करता? वह कोई भगवान तो था नहीं जिसे हर आने वाले खतरे का एहसास पहले ही हो जाता। ऐसा सोचते हुए

अचानक जाने कैसे वन्दना को डाकू शेर सिंह की याद आ गई। डाकू शेर सिंह। उसके नाम से ही वन्दना के दिल की धड़कनें तेज हो गई। उसने सोचा - डाकू शेर सिंह उसके पीछे पहले ही हाथ धोकर पड़ा हुआ है और अब अपने लिए उसने एक और शत्रु उत्पन्न कर लिया।

'किस सोच में पड़ गई?' अमर ने अपनी कुर्सी पर बैठते हुए वन्दना को चिन्तित देखा तो पूछा।

'कुछ नहीं - कुछ भी तो नहीं।' वन्दना ने अपनी चिंता पर मुस्कान का परदा डालते हुए कहा।

'कुछ-न-कुछ बात तो जरूर ही है।' अमर ने वन्दना की आंखों में झांकते हुए सच्चाई तलाश की। बोला, 'बताओ ना क्या बात है? क्या उस रंगरूट की धमकी से डर गई हो?'

वन्दना ने खामोशी से सिर झुका लिया। कोई उत्तर नहीं दे सकी वह।

अमर को वन्दना की खामोशी से उत्तर मिल गया। उसने हाथ बढ़ाकर मेज के ऊपर ही वन्दना का रखा एक हाथ पकड़ लिया, बहुत प्यार के साथ बोला, 'वन्दना, इस प्रकार मेरे प्यार का अनादर मत करो। मुझ पर विश्वास रखो। वन्दना, यदि तुम्हारा विश्वास मुझ पर से हट गया तो याद रखना मेरा अपना विश्वास भी मुझ पर से हट जाएगा। मैं तुम्हारे प्यार के सहारे जीवित तो रह सकता हूं परन्तु मन की सच्ची शांति मुझे तभी मिल सकती है जब मैं तुम्हारी हार्दिक भावनाओं की कदर करते हुए शेर सिंह से तुम्हारा बदला लेने में सफल हो जाऊंगा। खन्ना जैसे दीवाने रंगरूट तो आए-दिन उत्पन्न होते हैं, शराब पीकर तैश में आते हैं, लड़की से लिफ्ट न मिलने पर धमकाते हैं, फिर चले जाते हैं और नशा उतरते ही सब कुछ भूल जाते हैं। ऐसे लोगों की धमकी से क्या डरना? मैंने तो अपने प्यार की खातिर डाकू शेर सिंह से बदला लेने का बीड़ा उठाया है। मैंने तुम्हारे दादाजी की मन की शांति के लिए भी शेर सिंह से उनका बदला लेने का वचन दिया है। तुम अच्छी तरह जानती हो कि बदले की इस आग को बुझाने के लिए ही वह प्रौढ़ आयु में भी गिन-गिनकर सांस ले रहे हैं। वन्दना-' अमर का गला भर आया। वह अपने दिल की विवशता प्रकट करके वन्दना से मानो अपने इरादों की पूर्ति के लिए भीख मांगने लगा। अमर खामोश हो गया। भावुक शब्दों ने उसकी पलकों के कोने भिगो दिए थे।

वन्दना चुपचाप अमर को देखती ही रह गई। उसके प्यार की गहराई का अनुमान लगाकर वन्दना की पलकें भी भीग गईं। अमर पर से दया आई। सहानुभूति से उसका दिल भर गया। अमर उसे कितना अधिक प्यार करता है। उसकी मन की भावनाओं का अमर को कितना अधिक ध्यान है। उसके एहसास पर दिल और जान से जाने के लिए अमर क्या नहीं करना चाहता है। अमर का असीम प्यार देखकर वन्दना का दिल उसके पगों में झुक गया। महान है ऐसा प्रेमी जिसके विचार इतने ऊंचे हैं। वह भाग्यवान है जिसे अमर जैसे व्यक्ति का प्यार मिला। ऐसा प्यार तो नारी सात जन्मों की तपस्या के बाद भी नहीं प्राप्त करती है। अमर अब तक वन्दना का एक हाथ अपन दोनों हथेलियों के बीच दबाए हुए था। वन्दना ने अपना दूसरा हाथ अमर के हाथ पर रख दिया और अंगुलियां बिछाकर हल्के-से मुस्करा दी।

अमर को उसकी दिली मुराद मिल गई। वन्दना ने उसके प्यार, उसके विश्वास की लाज रख ली थी।

ऑर्केस्ट्रा की मद्धिम मधुर धुन हॉल के वातावरण में अब तक तैर रही थी। जोड़ों में पुरुष अब तक नृत्य करते हुए मानो किसी विशेष अवसर की प्रतीक्षा कर रहे थे। तभी स्टेज पर माइक के सामने खड़े होकर होटल मैनेजर ने नृत्य के इस अन्तिम भाग को टैब डांस में परिवर्तित करने की घोषणा कर दी। नवयुवकों की दृष्टि वन्दना पर बिछ गई।

'आओ चलो, हम अपने कमरे में चलते हैं। रात बहुत बीत चुकी है।' अमर ने टेबल पर रखे कप्स समेटते हुए कहा, वन्दना पर आस से बिछी अनेक नजरों से निश्चिंत।

'अभी नहीं जा सकती।' वन्दना ने रोकते हुए कहा।

'क्यों?' अमर ने आश्चर्य से पूछा।

'इस अन्तिम टैब डांस में भाग न लेना मेरे लिए सभ्यता के विरुद्ध होगा।'

'लेकिन क्यों?' अमर को और भी आश्चर्य हुआ।

'ताकि जिस किसी की इच्छा हो वह आज की ब्यूटी क्वीन के साथ दो पल नृत्य का सम्मान प्राप्त करके अपने जीवन में एक यादगार उत्पन्न कर ले।'

'ओह!' अमर की समझ में बात आ गई। नवयुवक वन्दना पर इसी आशा से आंखें बिछाए हुए थे। उसने मुस्कराकर कहा, 'तो फिर इस यादगार का प्रारम्भ मैं ही क्यों न करूं?'

वन्दना का दिल खुशी से फूल गया। नृत्य के लिए दोनों लगभग एक साथ ही खड़े हो गए। वन्दना के जीते हुए इनाम टेबल पर रखे हुए थे इसलिए दोनों टेबल के समीप ही फर्श पर नृत्य करने लगे। फिर जब एक नवयुवक ने अमर के कंधे पर टैब किया तो वह मुस्कराता हुआ वन्दना से अलग हो गया और अपनी सीट पर आकर बैठ गया। आज से ब्यूटी क्वीन के साथ नृत्य का सम्मान प्राप्त करने के लिए नवयुवक थोड़ी-थोड़ी देर में ही ब्यूटी क्वीन के पार्टनर को टैब करके ब्यूटी क्वीन अपनी संगति के लिए छीन लेते थे। वन्दना भी हरेक की बांहों में मुस्कराकर जाते हुए औपचारिकता बरतती रही परन्तु उसे इसमें आनन्द भी बहुत आ रहा था। अमर को भी इस खेल-तमाशे जैसे नृत्य में बहुत आनन्द आने लगा। वास्तव में वन्दना जैसी ब्यूटी क्वीन के साथ एक बार नृत्य करने के बाद कोई भी उसे कभी नहीं भूल सकता था।

* * *

वन्दना तथा अमर कप्स संभाले अपने कमरे में पहुंचे तो काफी रात बीत चुकी थी। मेज पर सारे कप्स रखने के बाद अमर ने बालकनी का द्वार खोला तो ठंडी हवाओं का एक तेज झोंका उसके शरीर से आ टकराया। वह बालकनी की रेलिंग पर आया। क्षितिज पर दूर-दूर तक घना अंधकार था। तारों की अनुपस्थिति ने ही बता दिया था कि क्षितिज पर घनी बदली है। वर्षा कभी भी हो सकती थी। अमर ने नीचे लॉन की ओर देखा। जगमगाता लॉन अब खामोश

था। क्यारियों में लगे नन्हें-नन्हें फूल तूफानी वर्षा का आभास करके अपनी टहनियों तथा पत्तियों के बीच छिपने के प्रयत्न में लहरा रहे हैं। बालकनी की बत्ती जल रही थी। अमर ने स्विच ऑफ कर दिया। बालकनी में अंधकार की छाया आ गई। अमर वहीं खड़ा-खड़ा अपने प्यार की उस चिंगारी पर ध्यान देने लगा जिसे आज की घटना ने भड़काकर ज्वाला बना दिया था।

कमरे के अन्दर वन्दना अपने कपड़े बदल रही थी। अपना नाइट गाउन पहनने के बाद वह भी अमर के समीप बालकनी पर आ खड़ी हुई। वहीं खड़े-खड़े उसने अपनी लटों को खोलकर हवा के झोंको से खेलने के लिए स्वतन्त्र छोड़ दिया। उसने अमर को देखा। अमर अंधकार में उसी को देख रहा था। वन्दना ने मद्धिम स्वर में पूछा, 'क्या देख रहे हो?'

'ब्यूटी क्वीन।' अमर ने कहा। उसका स्वर प्यार के जज़्बात में डूबा हुआ था। उसका दिल वन्दना को अपनी बांहों में लेकर प्यार करने को मचलने लगा।

'मैं भी तो कुछ देख रही हूं।' वन्दना ने अमर की आंखों में देखा। प्यार से उसने एक ठंडी सांस ली।

'क्या?' अमर ने पूछा - अपने दिल पर काबू पाते हुए।

'मानव की सबसे बड़ी सुन्दरता जो शायद केवल तुम्हें पुरुष के रूप में मिली है।'

'बहुत अधिक विश्वास है मुझ पर?' अमर वन्दना के और समीप आया।

'हां।' वन्दना ने बड़े विश्वास के साथ कहा, 'प्यार की नींव ही विश्वास के सहारे डाली जाती है।'

'वन्दना।' अमर ने एक झटके से वन्दना की बांहें पकड़ लीं। रात के इस सुन्दर तथा रोमांचित वातावरण में वह सब-कुछ भूल जाना चाहता था, अपने-आपको, वन्दना को भी। वह दीवाना-सा हुआ जा रहा था। उसने वन्दना की आंखों में झांका।

बालकनी के अंधकार में वन्दना की आंखें इस प्रकार टिमटिमा रही थीं मानो घनी बदलियों के मध्य से दो नन्हें-नन्हें तारे झांक रहे हों। क्षण-भर तक अमर वन्दना को उसी प्रकार बांहों में पकड़कर देखता रहा। फिर उसे अपनी ओर खींचा। वन्दना ने किसी भी प्रकार का बचाव नहीं किया। वह अमर को उसी प्रकार देखती रही, खामोशी से। अमर ने झुकते हुए होंठ वन्दना के होंठों की ओर बढ़ा दिए। उसकी गरम-गरम सांसें वन्दना के मुखड़े पर छा गईं। वन्दना को तब भी अमर पर विश्वास था, उसके प्यार पर विश्वास था, साथ ही अपने प्यार पर भी।

अमर ने वन्दना का शरीर अपने सुपुर्द देखा तो उसे एक झटके से खींचकर अपनी छाती में समा लिया। वह वन्दना की ओर झुका - और। उसके होंठ वन्दना के होंठों के बिल्कुल समीप आ गए। होंठ मानो वन्दना के होंठों को अब छू ही लेना चाहते थे कि तभी बहुत जोर की बिजली कौंधी। बिजली कड़की भी। बादल गरजा तो गरजता ही गया---दूर तक। बिजली की

कौंध में सारा शहर सुनहरे रंग में चमक उठा। पल भर की इस चमक में अमर ने देखा वन्दना की आंखों में उसके प्रति प्यार का अथाह सागर है - पवित्र प्यार का सागर, जिसकी नींव वास्तव में केवल विश्वास के ही सहारे डाली जाती है। अमर दिल-ही-दिल में बहुत लज्जित हुआ। प्यार की दीवानगी में वह यह क्या करने जा रहा था? दीवानगी के जज़्बात का बहाना लेकर वह किस ओर भटक जाना चाहता था? उसे मानो अपनी स्थिति का अब होश आया। उसने वन्दना को अपनी छाती से अलग करते हुए उसकी बांहें छोड़ दीं। बहुत प्यार से उसने वन्दना को देखा। उसके देखने के अन्दाज में सीमित दीवानगी की पवित्रता थी। वन्दना चमकती दृष्टि से उसी को देख रही थी। उसके होंठों पर एक मुस्कान थी - अपने विश्वास की जीत की मुस्कान। अमर वन्दना की ओर थोड़ा झुका। फिर हाथ बढ़ाकर एक अंगुली द्वारा उसने वन्दना के मुखड़े पर बिखरी लटों को और बिखरा दिया। उसने वन्दना से कहा - 'जाओ सो जाओ। बहुत रात हो गई है।' अमर का स्वर जज़्बात की मिठास में डूबा हुआ था।

'और तुम---?' वन्दना ने पूछा।

'मैं?' अमर ने कहा - 'मैं भी लेटूंगा।'

उस रात वन्दना नृत्य करते-करते बहुत थक चुकी थी। इसलिए पलंग पर लेटने के बाद वह तुरन्त ही सो गई। अमर कुछ देर तक अपने पलंग पर लेटा करवटें बदलता रहा। फिर उसे भी नींद आ गई।

अचानक बिजली की एक कड़क के साथ वन्दना की आंखें खुल गईं। बिजली की कौंध में उसने देखा कि शीशेदार खिड़कियों के उस पार घनी वर्षा हो रही थी। बादलों की गरज कमरे के अन्दर तक आ रही थी। कमरा पहले ही वातानुकूल था। वर्षा के कारण ठंड और बढ़ गई थी। वन्दना ने अपनी कलाई पर बंधी घड़ी की ओर देखा। सुबह के चार बजना चाहते थे। उसने अमर की ओर देखा। अमर को उसने आज पहली बार निश्चिंत सोते देखा था। शायद उसके प्यार की सफलता के विश्वास ने उसे निश्चिंत कर दिया था। अमर की छाती पर से उसका कम्बल सरका हुआ था। वन्दना उठी। बहुत प्यार के साथ उसने अमर को गर्दन तक कम्बल ओढ़ाया, कुछ देर तक वह अपने पलंग पर उसी प्रकार बैठी रही। फिर लेटकर कम्बल ओढ़ते हुए आंखें बन्द कर लीं।

चार

जिस समय वन्दना तथा अमर कार द्वारा दुर्गापुर के लिए चले तो पिछली वर्षा के कारण सड़कें भीगी हुई थीं। हवाओं में रात की ठंडक थी। वर्षा की नमी थी। पिछली वर्षा के कारण वृक्षों की पत्तियां धुलकर चमकती हुई लहरा रही थीं। लौटते समय वन्दना के बजाए अब अमर ही कार चला रहा था।

कार जब दुर्गापुर में प्रविष्ट हुई तो अचानक दूर ही से ठाकुर नरेन्द्र सिंह की कोठी के सामने गांव की एक भीड़ एकत्र देखकर वन्दना तथा अमर चौंक पड़े। भीड़ में उन्हें खाकी वर्दी

100

में अनेक पुलिस के व्यक्ति भी दिखाई पड़े। वन्दना का दिल धक से कर गया। अमर का दिल भी एक अज्ञात भय के कारण कांप गया।

अमर ने कार कोठी के लॉन में रोकी। गांववासियों ने उन्हें कार से उतरने से पहले ही घेर लिया। एक ओर से अमर तथा दूसरी ओर से वन्दना कार से बाहर आई।

'क्या बात है इंस्पेक्टर साहब?' अमर ने इंस्पेक्टर से तुरन्त पूछा, 'यहां इतनी भीड़ क्यों लगी है?'

इंस्पेक्टर ने एक बार वन्दना को देखा, सहानुभूति की दृष्टि से फिर अमर से बोला - 'ठाकुर साहब की हत्या हो गई है।'

'क्या?' अमर को विश्वास नहीं हुआ।

वन्दना के दिल पर मानो बिजली गिर पड़ी। मुखड़ा जलकर सफेद पड़ गया था। उसका शरीर ऊपर से नीचे तक कांपने लगा। एक पग पीछे हटते हुए उसने मानो स्वयं से कहा 'नहीं-नहीं-, ऐसा कभी नहीं हो सकता। नहीं।' उसने नहीं के संकेत पर सिर हिलाते हुए मानो स्वयं को संतोष देना चाहा। उसका स्वर भी कांप रहा था। वह बहुत जोर से चीखी, 'नहीं।' फिर दीवानों के समान दौड़ते हुए उसने बरामदे की सीढ़ियां पार कीं और कोठी के अन्दर प्रविष्ट हो गई।

'आप वन्दना जी के साथ रहिए।' इंस्पेक्टर ने अमर को राय दी - 'इस समय कोठी में उनका अपना कोई नहीं है। ठाकुर साहब की लाश भी पुलिस पोस्टमार्टम के लिए ले जा चुकी है। रिपोर्ट मिलते ही---।'

अमर ने कुछ और सुनने की आवश्यकता नहीं समझी। इंस्पेक्टर की बात अधूरी छोड़कर वह पलटा और कोठी के अन्दर प्रविष्ट हो गया।

वन्दना ठाकुर नरेन्द्र सिंह के शयन कक्ष में कालीन पर बेसुध पड़ी हुई फूट-फूटकर रो रही थी। स्त्रियां उसे पकड़कर तसल्ली दे रही थीं, 'समझा रही थीं परन्तु वन्दना पर अपनी राय प्रकट करती हुई कह रही थी - 'हमें क्या, पुलिस को भी विश्वास है कि यह अत्याचार तुम्हारे खानदानी शत्रु शेर सिंह का है। मरने वाला तो बेचारा मर गया परन्तु अब भी अमर ने ने तुम्हारे पूर्वजों का बदला उससे नहीं लिया तो निश्चय ही तुम्हारे दादाजी की आत्मा को कभी शांति नहीं मिलेगी।'

अमर दरवाजे पर खड़ा उसकी बातें सुनकर सोच में डूब गया था। प्रौढ़ स्त्री की बातें उसके दिल को छू गई थीं। उसके पीछे पुलिस इंस्पेक्टर भी उपस्थित था।

अमर कमरे के अन्दर प्रविष्ट हुआ। वन्दना के समीप ही वह नीचे कालीन पर बैठ गया। वन्दना ने उसे देखा तो उसकी आंखों में आंसुओं की धारा बढ़ गई। सिसकियों से उसके होठ ही नहीं सारा शरीर कांपने लगा। उसका मन करता था कि वह अमर की छाती से लिपट जाए। छाती पर सिर रखकर वह फूट-फूटकर रो पड़े। प्रेमी की छाती में मुखड़ा छिपाकर आंसू बहाने

से किस प्रेमिका को ढांढस नहीं मिलती है? परन्तु वह उसी प्रकार चुपचाप आंसू बहाने पर विवश थी। अमर उसके लिए सब कुछ था परन्तु अभी वह उसका पति नहीं था। गांववासियों के समक्ष उसके सम्बन्ध खुले हुए थे। सभी जानते थे कि ठाकुर नरेन्द्र सिंह, अमर तथा वन्दना का रिश्ता पसंद करते थे। फिर भी गांव की स्त्रियों के सामने वन्दना कुंवारी थी तथा अमर उसके लिए पराया।

कुछ देर आंसू बहा लेने के बाद वन्दना को तसल्ली मिल गई तो वह अपनी बची हुई सिसकियों तथा होंठों की कम्पन पर काबू पाने का प्रयत्न करने लगी। पुलिस इंस्पेक्टर ने वन्दना को खामोश देखा तो अमर से कहा - 'शेरसिंह के आदमियों ने तीन बजे घनी वर्षा आरम्भ होने के बाद ही किसी समय आक्रमण किया था। ठाकुर साहब की मांग के अनुसार हमने दो कांस्टेबल उनकी सुरक्षा तथा कोठी की चौकीदारी के लिए लगा दिए थे परन्तु शायद वर्षा के कारण उन दोनों कांस्टेबलों को कोठी के बरामदे में शरण लेनी पड़ गई थी। इस बीच वर्षा के शोर का लाभ उठाकर शेर सिंह के आदमियों ने कोठी पर आक्रमण कर दिया। उन्होंने कांस्टेबलों को गोलियों का निशाना बनाया। फिर ठाकुर साहब की हत्या कर दी। घनी वर्षा के कारण गांववासी या हम घोड़ों की टाप का स्वर नहीं सुन सके। वर्षा के कारण बादल गरज रहे थे इसलिए जब गोलियां चलीं और गूंज थाने तक पहुंची तो हमने यही सोचा कि बिजली कड़क रही है। आक्रमण की सूचना हमें गांव के शोरगुल द्वारा तब पहुंची जब वर्षा के रुकने तथा सुबह निकलने के बाद कोठी की महाराजिन कोठी पहुंची और बरामदे में दो सिपाहियों की लाश देखकर मस्तिष्क का संतुलन खोती हुई चीखती-चिल्लाती वापस भाग खड़ी हुई।'

इंस्पेक्टर की बातें सुनते-सुनते वन्दना अपनी हिचकियों तथा सिसकियों पर पूर्णतया काबू पा चुकी थी। अमर भी खामोश था।

अन्तिम संस्कार के लिए जब ठाकुर नरेन्द्र सिंह की लाश वापस मिली तो चिता के सामने अमर ने मन-ही-मन प्रतिज्ञा की कि ठाकुर साहब की आत्मा को शांति पहुंचाने के लिए जब तक वह शेरसिंह से बदला नहीं लेगा, शांति की एक सांस नहीं लेगा।

अंतिम संस्कार अगली सुबह हुआ था। उसके बाद भी गांववासी कोठी में आते रहे। समझाते रहे कि वन्दना को यह गांव छोड़कर सदा के लिए लंदन में अपनी मां के पास चले जाना चाहिए। नारी को बदले की भावना में जलकर क्रोध की आग बुझाने के बजाए अपने घर की चिन्ता करनी चाहिए।

अमर को भी गांववासियों ने कुछ ऐसा ही समझाया कि उसे भी वन्दना के साथ लंदन चले जाना चाहिए। जब पुलिस शेर सिंह का कुछ नहीं बिगाड़ सकी तो वह क्या कर सकता है?

काफी देर बाद जब गांववासी उन्हें अकेला छोड़कर चले गए तो अमर ने वन्दना को अपनी छाती से लगा लिया। वन्दना को भी इसकी बहुत अधीरता के साथ प्रतीक्षा थी। अपने

प्रेमी की बांहों में समाकर छाती से लगती हुई वह एक बार फिर फूट-फूटकर रो पड़ी। आंसू बहाते हुए उसने अमर की कमीज भिगो दी। अमर ही अब संसार में उसके लिए सब कुछ था। उस पर अपने दिल की तड़प प्रकट नहीं करती तो किस पर करती? अमर ने उसे संतोष दिया। उसकी लटों में अंगुलियां फेरीं, उसके आंसू अपने हाथों से पोंछे। उसके गाल प्यार से थपथपाए। उसके दुःख में वह बराबर का साझेदार था। वन्दना को मन का संतोष मिलने लगा।

'वन्दना-।' अचानक अमर ने कहा - 'तुम्हारे पास अपना पासपोर्ट तथा अन्य कागजात पहले ही उपस्थित हैं। तुम---' अमर सकुचाया। परन्तु फिर उसने कहा - 'तुम ऐसा करो कि अपनी मां के पास लंदन चली जाओ।'

वन्दना ने आश्चर्य से अमर को देखा।

'हां वन्दना---।' अमर ने कहा - 'गांववाले ठीक ही कहते हैं। लंदन में तुम्हारा जीवन बिल्कुल सुरक्षित रहेगा।'

'क्यों? क्या तुम मेरे साथ नहीं चलोगे?' वन्दना स्वयं गांववालों के सुझाव से प्रभावित थी।

'नहीं वन्दना।' अमर ने कहा - 'इस समय मेरा तुम्हारे साथ जाना उचित नहीं होगा। अब मेरे सामने पहले से भी अधिक जिम्मेदारियां आ गई हैं। जब तक मैं इन्हें पूरा नहीं कर लूंगा यहां से कभी नहीं जाऊंगा।'

'तुम मेरे प्यार की खातिर इन जिम्मेदारियों को भूल जाओ।' वन्दना ने उसे उसकी जिम्मेदारियों से मुक्त करते हुए समझाया - 'भूल जाओ कि मैंने या दादाजी ने तुमसे कोई आशा की थी, शेर सिंह से बदला लेने के लिए तुम पर विश्वास किया था, तुम से वफादारी में उसे जीवित या मुर्दा स्थिति में गिरफ्तार करने की मांग की थी। मैं अब और अधिक दुःख नहीं सहन कर सकती। मैंने अपने जीवन का सब-कुछ खोने के बाद तुम्हें पाया है इसलिए तुम्हारे जीवन को खतरे में नहीं डाल सकती। मेरे साथ तुम भी लंदन चलो।'

'वन्दना-' अमर ने वन्दना के गाल पर हथेली रखकर उसकी आंखों में झांका। बोला, 'क्या तुम चाहती हो कि यहां से जाने के बाद तुम्हारा प्रेमी एक कायर तथा डरपोक व्यक्ति कहलाए? लोग उसके नाम पर थूकते हुए यह कहें कि देखो, जिसके लिए ठाकुर नरेन्द्र सिंह ने इतना सब कुछ किया वह अपना वचन भूलकर भाग निकला? और फिर क्या यहां से जाने के बाद मैं अपनी ही दृष्टि में नहीं गिर जाऊंगा? तुमसे कभी दृष्टि मिलाकर बात कर सकूंगा? और फिर वन्दना-' अमर ने एक सांस लेने के बाद कहा, 'तुम्हारे पास तो इस समय तुम्हारे पासपोर्ट के साथ सभी कागजात तैयार हैं। मुझे तो अभी यह सब प्राप्त करने में समय लग जाएगा। और तब तक तो क्या मैं अब एक दिन भी तुम्हें यहां रोककर किसी प्रकार का भय मोल नहीं ले सकता। मैं चाहता हूं कि तुम आज ही लंदन के लिए रवाना हो जाओ, परन्तु यह बात यहां किसी को ज्ञात नहीं होनी चाहिए, न गांववासियों को और न पुलिसवालों को।'

वन्दना ने अमर को आश्चर्य से देखा।

'हां वन्दना।' अमर ने कहा, 'मैं तुम्हारे यहां से जाने की बात छिपाए रखना चाहता हूं ताकि शेर सिंह समझे कि तुम कोठी में उपस्थित हो।'

वन्दना ने अमर की बात की गहराई समझी। उसे यह भी यकीन हो गया कि हजार समझाने के पश्चात् अमर अपनी जिद नहीं छोड़ेगा। वह एक आत्मसम्माननीय व्यक्ति है। उसने हार मानना कभी नहीं सीखा। फिर भी यदि अमर के पास पासपोर्ट होता, अन्य कागजात होते तो वह से अपने प्यार की सौगंध देकर अवश्य लंदन जाने पर बाध्य कर देती। विवश होकर उसने अमर के सुझाव पर अपना दिल झुका दिया।

हवाई जहाज का टाइम टेबल वन्दना के पास उपस्थित था। लंदन जाने वाले जहाज का समय भी उसे ज्ञात था इसलिए अमर की इच्छाओं का आदर करते हुए उसने उसी शाम अंधकार के बढ़ते ही अमर के साथ हवाई अड्डे के लिए गांव छोड़ दिया। हवाई जहाज में सीट मिल गई। नहीं मिलती तो हवाई अड्डे के होटल में ठहरकर वन्दना अगली सुबह लंदन जानेवाला जहाज पकड़ लेती। टिकट और पासपोर्ट की सारी औपचारिकता पूरी करने के बाद जहाज छूटने में समय बहुत कम रह गया था। फिर जब दो दिलों के बिछुड़ने की घड़ी आई तो वन्दना बहुत उदास थी। मन कर रहा था कि वह अमर को भी साथ ले चले। परन्तु यह कैसे संभव था?

'लंदन जाकर मुझे भूल तो नहीं जाओगी।' अमर ने वन्दना का हाथ पकड़कर कहा, कुछ मुस्कराते हुए। उसके स्वर में मजाक भी सम्मिलित था तथा गम्भीरता भी।

वन्दना के होंठ कांपे। गला भर आया। उसने कहा, 'मुझ पर विश्वास नहीं है तो मुझे अपने पास रोक लो।'

'पगली।' अमर ने प्यार से अपनी अंगुलियों द्वारा वन्दना का कपोल थपथपाया। बोला, 'विश्वास नहीं होता तो स्वार्थी बनकर वास्तव में तुझे रोक लेता।'

वन्दना ने कोई उत्तर नहीं दिया। अमर से बिछुड़ने का एहसास करके उसका दिल अभी से ही फटा जा रहा था।

सहसा माइक्रोफोन पर पुकार हुई। हवाई जहाज को छूटने में अब अधिक देर नहीं थी। यात्रियों को जहाज में बैठ जाने की आज्ञा दी गई थी।

वन्दना ने अमर को देखा। उसकी आंखों में झांका। उसने इसके पहले इस अधिकता से कभी इच्छा नहीं की थी परन्तु अब अवश्य चाहा कि बिछुड़ने से पहले अमर उसे अपनी बांहों में समा कर सबके सामने ही प्यार कर ले। वन्दना के दिल के इस उमड़ते तूफान की लहरें उसके होंठों की कम्पन बन गई।

अमर ने वन्दना के होंठों पर कांपती लहरें देखीं तो दिल के अन्दर उमड़ते तूफान का भी अनुमान लगा लिया। परन्तु जब वह वन्दना के विश्वास को 'फिरदौस' के एकांत कमरे में ठेस

नहीं पहुंचा सका था तो इस समय कैसे पहुंचाता? उसने अपनी दो अंगुलियां वन्दना के कांपते होंठों पर रखते हुए बेकाबू होती लहरों को रोक दिया। फिर उसने अपनी अंगुलियां उठाकर अपने होंठों पर रखते हुए चूम लिया। वन्दना के होंठों का स्पर्श उसे मिल गया और शायद वन्दना को उसके होंठों का भी।

सहसा यात्रियों को जहाज में अपनी सीटों पर पहुंचने की अन्तिम पुकार हुई। वन्दना की आंखों में आंसू आ गए। परन्तु अमर ने दिल पर पत्थर रखते हुए उसे हंसकर विदा करना उचित समझा।

वन्दना का हवाई जहाज छूटने के बाद काफी रात हो गई थी इसलिए अपनी योजना को अगले दिन पूरा करने के लिए अमर वहीं शहर के एक होटल में ठहर गया। अगली सुबह वह शहर के सर्वोच्च पुलिस अधिकारी से उनके दफ्तर में मिला। पुलिस अधिकारी ने उसे आदर सम्मान के साथ अपने सामने खाली कुर्सी पर बिठाया तो अमर ने कुछेक क्षण सांस लेने के बाद उन्हें अपना परिचय देते हुए रामकहानी बताई।

'मैंने वन्दना को पिछली रात लंदन भेज दिया है परन्तु नहीं चाहता कि यह भेद किसी को ज्ञात हो।' अमर ने कहा, 'कोठी में उसकी उपस्थिति का एहसास दिखाते हुए मैं चाहता हूं कि डाकू शेर सिंह या उसके आदमी वन्दना का अपहरण करने के लिए कोठी पर आक्रमण करने को प्रलोभित होते रहें। परन्तु ऐसा वह आसानी से तभी कर सकते हैं जब उनके दिल से यह भय निकल जाए कि दुर्गापुर पहुंचने पर उन्हें वहां की पुलिस का सामना करना पड़ेगा।'

पुलिस अधिकारी कुछ समझे और कुछ नहीं भी समझे। मस्तक पर बल डालकर सोचते हुए वह अपनी कुर्सी पर पीठ टेक कर आराम से बैठ गए। फिर उन्होंने पूछा, 'तुम कहना क्या चाहते हो?' +

'मेरी आपसे विनती है कि यदि आप दुर्गापुर की पुलिस चौकी को कुछ दिनों के लिए बन्द कर दें या वहां से सारी ही पुलिस हटा लें तो डाकुओं को वन्दना का अपहरण करने की खुली छूट मिल सकती है।' अमर ने कहा, 'जब डाकू आक्रमण करेंगे तो मैं किसी भी प्रकार उनके आदमियों में सम्मिलित होने की सफलता अवश्य प्राप्त कर लूंगा ताकि उनके गुप्त अड्डे का पता चला सकूं।'

'लेकिन-' पुलिस अधिकारी ने मेज पर झुकते हुए कुछ सोचकर पूछा, 'ऐसा तुमने उस समय क्यों नहीं किया जब दुर्गापुर में पुलिस का जरा भी प्रबंध नहीं था?'

'तब तक मुझे इस बात का आभास नहीं था कि शेर सिंह वन्दना के अपहरण में अधिक रुचि रखता है।' अमर ने कहा, 'मैं यह समझता था कि शेर सिंह ठाकुर नरेन्द्र सिंह के वंश का केवल नाम और निशान मिटा देना चाहता है। इसीलिए मैं उनके साथ उनकी पोती का रक्षक बनकर दिन-रात उनके साथ रहता था। शेर सिंह से बदले की भावना मेरे अपने दिल के अन्दर भी है क्योंकि वह मेरे भी माता-पिता का हत्यारा है।'

पुलिस अधिकारी अमर की बात सुनकर सोच में पड़ गए। अमर का प्रस्ताव अच्छा था। गांववासी ही नहीं, पुलिस भी शेर सिंह के आतंक से तंग आ चुकी थी। शेर सिंह को जीवित या मुर्दा गिरफ्तार करने के लिए पुलिस कुछ भी करने को तैयार थी।

'ठीक है-' पुलिस अधिकारी ने कहा, 'हम शीघ्र ही दुर्गापुर की पुलिस चौकी को हटाने का प्रबंध कर देंगे। परन्तु जब तुम्हें शेर सिंह के अड्डे का पता चल जाएगा तो तुम हमें तुरन्त कैसे सूचना दोगे?'

मैं चाहता हूं पुलिस चौकी के हटने के बाद आपके कुछ एक पुलिस इंस्पेक्टर्स तथा पुलिस कांस्टेबल सादी वेश-भूषा में ठाकुर नरेन्द्र सिंह की कोठी के मेहमान बनकर रहें, बन्दूकों की पूरी तैयारी के साथ। पुलिस की अनुपस्थिति में शेर सिंह दुर्गापुर में दिल के उजाले में एक बार आक्रमण करने का परिणाम भोग चुका है इसलिए निश्चित है कि उसका जो भी आक्रमण होगा वह रात के समय ही होगा। मैं चाहता हूं कि जब डाकुओं का आक्रमण हो तो उनका सामना अचानक तथा उनकी आशा के विपरीत करके उन्हें घेरा जा सके। इन पुलिसवालों का दुर्गापुर के वासियों के लिए बिल्कुल अपरिचित होना आवश्यक है ताकि हमारी योजना पर किसी गांववासी को भी संदेह नहीं हो सके। घेराव करने के बाद जब आक्रमणकारियों पर अचानक गोलियों की वर्षा होगी तो उनका साहस टूट जाएगा। उनके बीच भगदड़ मच जाएगी। घबराहट में सब भाग निकलना चाहेंगे और तब उनके गिरोह में चुपचाप अंधकार का सहारा लेकर सम्मिलित होते हुए मुझे कोई परेशानी नहीं होगी।' अमर ने पुलिस अधिकारी की बात का उत्तर देते हुए कहा, 'मैं डाकुओं के गिरोह में सम्मिलित होकर अपना घोड़ा सबसे पीछे रखूंगा। रास्ते में थोड़ी-थोड़ी दूर पर मैं मरकरी जैसा नकली पदार्थ भी गिराता जाऊंगा। यह पदार्थ प्रकाश की बहुत हल्की-सी झलक पाकर भी चमक उठेगा। मैं चाहूंगा कि मेरे जाने के बाद मेरी पहले से दी आज्ञा का पालन करते हुए पुलिसवाले जीप का डिपर जलाए दूर से मेरा पीछा इसी पदार्थ की चमक का सहारा लेकर करते रहें। मेरा पीछा करते समय, उनके पास जीप में, 'वायरलेस' का होना अत्यन्त आवश्यक है जिससे पुलिसवाले आपको सूचित करते रहें कि मैं डाकुओं के गिरोह में डाकू बनकर सम्मिलित होने में सफल हो चुका हूं। फिर आपको भी तुरन्त अपने जत्थे सहित पूरी तैयारी के साथ मेरे पीछे-पीछे आती पुलिस से जा मिलने के लिए निकल पड़ना होगा। वायरलैस के द्वारा आपको जंगल में मेरे फेंके चमकीले पदार्थ आपको अपनी मंजिल तक पहुंचाने में पूरी सहायता दे देंगे। मेरे निर्देशन के अनुसार मेरा पीछा करती पुलिस चट्टान की सुरंगों से पहले ही जंगल ही में एक स्थान पर रुक जाएगी। उधर जब मैं शेर सिंह के अड्डे का पता चलाकर वापस अपनी प्रतीक्षा करती पुलिस के पास आऊंगा तो मुझे यकीन है कि आप भी वहां उपस्थित होकर अपने जत्थे सहित तैयार मिलेंगे। तब हम तुरन्त ही शेर सिंह के अड्डे पर पहुंचकर घेराव डाल देंगे। ऐसा न हो कि वह अपने आदमियों सहित थोड़ा-सा भी समय पाकर भाग निकलने में सफल हो जाए' अमर खामोश हो गया।

पुलिस अधिकारी अमर की योजना सुनकर हैरान रह गए। अमर ने मानो उनके सामने एक जासूसी उपन्यास का अध्याय खोल कर रख दिया था। तथा प्रस्ताव में मानो एक महत्त्वपूर्ण

पात्र का अभिनय निभाने की उन्हें चुनौती दी थी। इसलिए उन्होंने अमर का साथ देना स्वीकार कर लिया। बोले, 'ठीक है, शाम को पांच बजे एक बार तुम मुझसे भेंट कर लेना। मैं तुम्हारी भेंट पुलिस के एक होनहार इंस्पेक्टर से करा दूंगा। उसके बाद हम इस योजना पर ध्यान देते हुए तुम्हारी इच्छानुसार पूरी सहायता करने का प्रयत्न करेंगे।'

'धन्यवाद सर, धन्यवाद - बहुत-बहुत धन्यवाद।' अमर ने कहा और खड़े होकर चलने को तैयार हुआ। उसने कहा, 'आप विश्वास कीजिए सर, अपनी इस योजना द्वारा मैं आपको कभी निराश नहीं होने दूंगा।'

'आई विश यू बेस्ट ऑफ लक।' पुलिस अधिकारी ने जोश से भरे इस नवयुवक से खड़े होकर हाथ मिलाया। फिर उसे जाने की आज्ञा दे दी।

दफ्तर के बाहर अपनी कार में बैठने के बाद अमर के अन्दर सबसे पहले आज का समाचार पत्र देखने की इच्छा तीव्र हुई। शाम पांच बजे पुलिस अधिकारी से मिलने की प्रतीक्षा में उसे अपना समय काटना था। वह अपने होटल पहुंचा। कमरे के द्वार का परदा अच्छी तरह फैलाने के बाद उसने समाचारपत्र के मुख-पृष्ठ की तस्वीर फिर देखी। नीचे दी गई पंक्तियों में वन्दना की प्रशंसा पढ़ी तो दिल प्रसन्नता से इस प्रकार गर्वित हो गया मानो समाचारपत्र में छपी सारी प्रशंसाएं उसके अपने विषय में थीं। जज़्बात से बेकाबू होकर उसने तस्वीर में वन्दना के होंठों को चूम लिया तो ऐसा लगा मानो वास्तव में उसे वन्दना के होंठों का स्पर्श प्राप्त हो गया हो। फिर पलंग पर आड़े-आड़े लेटकर वह वन्दना की तस्वीर देखता हुआ उसके विचारों में तल्लीन हो गया।

* * *

उस रात लगभग ग्यारह बजे अमर जब दुर्गापुर में कोठी पहुंचा तो उसकी कार के पीछे-पीछे सादी वेश-भूषा में पुलिस की दो जीप थीं। गांव में पूरी तरह सन्नाटा छाया था।

कोठी पहुंचने के बाद अमर ने सबसे पहले पुलिस की जीप को कोठी के पीछे पुराने तथा वर्षों से बन्द गिराजों के अन्दर छिपाकर सुरक्षित कर दिया। उसके बाद कोठी का प्रवेश द्वार खोलकर बत्तियां जलाईं। पुलिसवालों के रहने का आरामदेह प्रबंध किया। कोठी इतनी बड़ी थी कि एक पुलिस चौकी क्या पुलिस हेडक्वार्टर कोठी में समा सकता था। उसके बाद उसने कोठी की ऊपरी मंजिल की चारों कोनों की बालकनी पर एक-एक सिपाही को चौकीदारी के लिए खड़ा कर दिया, एक विशेष निर्देशन देकर, कि यदि डाकू आक्रमण करने कोठी पर आएं तो उन्हें कोठी के अन्दर प्रवेश करने से नहीं रोका जाए। केवल उनके आने की सूचना अन्दर पहुंचाई जाए। कोठी के अन्दर आने के बाद डाकुओं पर गोलियां अचानक चलेंगी। और फिर जब वह अपनी जान बचाकर भागें तो उस समय भी केवल हवाई फायर चलाकर उनको हताहत कर दिया जाए। इसके बाद अमर एक नवयुवक इंस्पेक्टर के पास शयनकक्ष में चला

107

गया। शयन कक्ष में अतिरिक्त पलंग थे। एक पलंग इंस्पेक्टर को देने के बाद दोनों लेटे-लेटे आनेवाली घटनाओं पर ध्यान देते हुए योजना बनाने लगे।

अगले दिन जब कोठी का द्वार गांववासियों को खुला मिला तो उन्होंने कोठी में आना आरम्भ कर दिया। तब कोठी के बरामदे में अमर सादी वेश-भूषा में खड़े कुछेक पुलिसवालों के साथ बातें कर रहा था। अमर ने गांववासियों को देखा तो अपने साथियों को छोड़कर उसने गांववासियों को बरामदे में ही रोक दिया। उनके स्वागत में उसने सभ्यता तथा नर्मी बरती ताकि उन्हें उसकी योजना पर सन्देह न हो। बरामदे में ही उसने कालीन बिछाई और उनके साथ बैठकर बातें करने लगा, गांववासियों की बातों से उसे पता चला कि दुर्गापुर की पुलिस चौकी पिछली ही शाम बन्द कर दी गई है और सारे ही सिपाही गांव छोड़कर जा चुके हैं।

'क्यों?' अमर ने वास्तविकता जानने के पश्चात् अनजान बनकर आश्चर्य प्रकट किया।

'कोई कहता है कि दुर्गापुर में रहकर पुलिसवाले शेर सिंह के अत्याचार का शिकार नहीं बनना चाहते, तो कोई कहता है जिस बजट का प्रस्ताव रखकर यहां पुलिस चौकी बनाई गई थी उसे सरकार ने मंजूर ही नहीं किया।'

'ओह।' अमर ने खेद प्रकट किया। बोला - 'यह तो बहुत बुरा हुआ।' अमर को ज्ञात हुआ कि पिछली रात गांव में सन्नाटा क्यों छाया हुआ था।

'हां---' दूसरे गांववासी ने कहा - 'परन्तु हम सरकार से अपने गांव के लिए पुलिस चौकी की मांग अवश्य करेंगे। हम आखिर कब तक शेर सिंह के अत्याचार सहन करते रहेंगे?'

'तुम लोग घबराते क्यों हो?' अमर ने कहा - 'शेर सिंह के अत्याचार से बचाने के लिए मैं जो तुम्हारे साथ हूं।'

'अरे बेटा-' सहसा एक बूढ़े गांववासी ने कहा, 'अब तुम वन्दना रानी के जीवन की सुरक्षा करोगे या पूरे गांव की?'

'कैसी है वन्दना बिटिया?' सहसा दूसरे प्रौढ़ व्यक्ति ने पूछा - 'उस पर ठाकुर साहब की हत्या का गम कुछ कम हुआ कि नहीं?'

'अब तो वह काफी ठीक है।' अमर ने वन्दना की वास्तविकता भेद में रखते हुए कहा - 'परन्तु परसों उसका स्वास्थ्य बहुत गम्भीर हो गया था। अब भी उसे आराम की पूरी आवश्यकता है। डॉक्टर की आज्ञा है कि वन्दना से किसी को भी कुछ दिनों तक बिल्कुल मिलने नहीं दिया जाए।' अमर ने बरामदे के किनारे सादी वेश-भूषा में खड़े पुलिसवालों को देखा।

'यह कौन लोग हैं?' सहसा उन्हें देखकर एक गांववासी ने पूछा।

'इनमें एक डॉक्टर साहब हैं तथा दूसरा उनका सहायक।' अमर ने कहा - 'वन्दना के स्वस्थ होने तक यह दोनों यहीं रहेंगे ताकि वन्दना की देखरेख में कोई कमी नहीं हो। अन्य तीन नवयुवक मेरे मित्र हैं। जब तक वन्दना स्वस्थ होकर लंदन नहीं चली जाएगी मैं इन्हें अपने पास

ही रखूंगा। शेर सिंह के आक्रमण के समय कम-से-कम इन मित्रों से मुझे कुछ सहायता तो मिल ही जाएगी।'

'तो क्या तुमने निश्चित कर लिया है कि वन्दना बिटिया को अवश्य लंदन भेज देंगे?' एक गांववासी ने पूछा।

'बिल्कुल निश्चित कर चुका हूं।' अमर ने कहा, 'बस उसके स्वस्थ होने भर की देर है। उसे यहां अधिक रखकर मैं उसके जीवन पर अब किसी भी प्रकार का भय मोल नहीं ले सकता।'

'यह तो बेटा तुमने वास्तव में बहुत बुद्धिमानी की बात सोची।' गांववासी ने अमर की दूरदर्शिता की सराहना की। और गांववासी चले गए।

और खुशकिस्मती से दो दिन बाद ही अमर की यह अनोखी योजना एक बहुत बड़ा रंग लेकर आ गई जिसकी प्रतीक्षा अमर को मानो दो दिन से नहीं, वर्षों से थी।

शेर सिंह को जब अपने आदमियों द्वारा ज्ञात हुआ कि वन्दना स्वस्थ होते ही लंदन के लिए भारत छोड़ देगी तो उसने उसका अपहरण करने के लिए अधिक प्रतीक्षा नहीं की। दो दिन बाद ही उसने पूरे प्रबन्ध के साथ कोठी पर आक्रमण करने के लिए अपने आदमियों को भेज दिया था, पुलिस की देखरेख से गांव वंचित था फिर भी उसने किसी प्रकार का भय मोल न लेते हुए कोठी पर अपने आदमियों को आक्रमण के लिए सुबह साढ़े तीन बजे भेजा था जो गांववासियों के लिए दिन-भर खेतों पर कड़ी मेहनत करने के बाद निद्रा का सबसे सुहाना समय होता है।

कोठी पर डाकुओं का आक्रमण हुआ तो अमर की योजना के अनुसार ही सारा काम सादी वेश-भूषा की पुलिस ने अंजाम दिया। कोठी की ऊपरी मंजिल पर बालकनी में खड़ी तैनात पुलिस ने डाकुओं को कोठी में प्रविष्ट होने दिया। फिर दनादन डाकुओं पर चारों ओर से ऐसी गोलियां चलीं कि डाकू हताश होकर भागने का रास्ता ढूंढने लगे। कुछेक डाकू मारे गए तो कुछेक जीवित भी गिरफ्तार कर लिए गए। गिरफ्तार डाकुओं में अमर के कद अनुसार एक डाकू को अलग कमरे में ले जाया गया जहां अमर ने उसके सारे वस्त्र पहन लिए। अपनी दोनों रिवॉल्वरों की पेटी उसने गोलियों सहित कमर से बांधी। फिर डाकू की बंदूक कंधे से लगाकर वह जैसे ही डाकुओं के भेष में तैयार हुआ, पुलिसवालों ने कुछेक बचे डाकुओं को बड़े सुन्दर तथा नाटकीय ढंग से कोठी से भाग निकलने का अवसर दे दिया। डाकुओं ने कोठी से अपनी जान का पीछा छुड़ाकर जब वापसी का रास्ता थामा तो अमर भी उन सबके पीछे-पीछे साथ था। रात का अंधकार था। ऊपर से बचे हुए डाकू परास्त और हताश थे। अपनी जान बचाकर भागते समय किसी की ओर देखने की आवश्यकता ही नहीं महसूस की। यूं भी चट्टान की सुरंग के अन्दर अड्डे पर पहुंचने से पहले सभी डाकुओं की आंखों पर पट्टी बांध दी जाती थी इसलिए उनके गिरोह में धोखा देकर सम्मिलित होने वाला सुरंग के अन्दर पट्टी बांधते समय तुरन्त पहचाना जा सकता था।

परन्तु अमर ने इसकी चिन्ता नहीं की थी। डाकुओं के साथ भागते समय वह जानता था कि उसके थोड़ी-थोड़ी दूर पर फेंके नकली मरकरी जैसे पदार्थ की चमक का सहारा लेकर पुलिस की जीप दूर से उसका पीछा कर रही है।

डाकुओं के गिरोह के साथ वह चट्टान के सामने आया तो एक ओर पानी का झरना रात के अंधकार में तारों का प्रतिबिम्ब लिए झिलमिला रहा था, डाकुओं के पीछे-पीछे वह एक सुरंग में प्रविष्ट हुआ, सुरंग में बिल्कुल अंधकार था, अमर ने इसे अपने प्रति लाभदायक ही समझा। सुरंग के अन्दर सब घुड़सवार खामोश खड़े किसी विशेष बात की प्रतीक्षा कर रहे थे। वह भी उनकी खामोशी में सम्मिलित हो गया। उसकी आंखें जंगली चीते के समान अंधकार में इधर-उधर घूरती हुईं सतर्क थीं। सहसा एक जंगली पक्षी जैसे स्वर की घंटी बजी, रास्ता साफ होने का यह संकेत था। सुरंग के अन्दर पत्थरों के मध्य छुपने के कुछ सुरक्षित स्थान बने हुए थे। पक्षी का स्वर सुनकर कुछेक डाकू इन स्थानों से बाहर निकल आए। सभी के एक हाथ में बन्दूकें थीं, तो दूसरे हाथ में तारे समान टिमटिमाती छोटी-छोटी टॉर्च। इसको देखते ही सारे घुड़सवार नीचे उतरे तो अमर ने भी ऐसा ही किया। छोटी-छोटी टॉर्च की टिमटिमाहट ने सुरंग के अन्दर हल्का प्रकाश फैला दिया था इसलिए अमर अन्य डाकुओं से हटकर और पीछे खड़ा हो गया। सहसा टॉर्च लिए डाकू आगे बढ़े। घोड़े से आए डाकुओं के मुखड़े पर प्रकाश फेंककर उन्हें पहचानते हुए उनकी आंखों पर पट्टी बांधने लगे। अमर का दिल धक-धक करने लगा। अपनी पेटी की रिवॉल्वर पर हाथ फेरते हुए उसने सुरंग के बाहर देखा। सुबह का अंधकार था। पौ फटने में अभी बहुत देर थी। उसने अपने घोड़े की लगाम हाथों में सख्त कर ली।

तभी टॉर्च लिए एक डाकू अमर के पास भी आया। उसके मुखड़े पर उसने टॉर्च का हल्का-सा प्रकाश फेंका। अमर को वह नहीं पहचान सका तो अपनी आंखों पर जोर देकर टॉर्च को अमर के मुखड़े के और समीप किया। अमर की छाती के नीचे अन्धकार हो गया। डाकू के मुखड़े पर भी अंधकार था। डाकू ने अमर को न पहचान कर जैसे ही अपनी बन्दूक कंधे से उतारनी चाही वह अचानक अपनी कनपटी से नीचे गर्दन से सटी रिवॉल्वर की चुभन महसूस करके चौंक गया।

'जबान से एक शब्द भी निकाला तो गोली गर्दन से पार हो जाएगी।' अमर अंधकार का सहारा लेकर डाकू की गर्दन पर रिवॉल्वर रखे दबे स्वर में कह रहा था।

डाकू के हाथ अपने कंधे पर रखी बन्दूक की ओर बढ़ते-बढ़ते रुक गए। उसे पसीना आ गया।

'पट्टी बांधो।' अमर ने उसी प्रकार डाकू की गर्दन पर रिवॉल्वर की नली सटाए हुए कहा, 'लेकिन जरा आंखें बचाकर।'

डाकू ने कांपते हाथों से अमर की आज्ञा का पालन किया। परन्तु फिर उसे मानो एक संतोष प्राप्त हो गया। उसने सोचा, उसके आदमियों के साथ यह व्यक्ति एक बार अड्डे के अन्दर प्रविष्ट हो गया तो जीवित रहने का प्रश्न ही नहीं उठेगा। अमर ने अपने घोड़े की लगाम छोड़कर उसी हाथ द्वारा अपनी आंखों की पट्टी को ठीक किया। फिर जब सब डाकू सुरंग से बाहर निकलने लगे तो अमर ने अपने साथ के डाकू को उसी प्रकार दबे स्वर में आज्ञा दी, 'मुझे सबके पीछे-पीछे ले चलो। और याद रखना, यदि चालाकी बरतने का जरा भी परिवर्तन किया तो---' अमर की अधूरी बात ही डाकू को दोबारा सावधान करने के लिए बहुत थी।

सुरंग के बाहर निकलने के बाद सब डाकू झरने के सामने आए तो अचानक झरने का पानी रुक गया। झरने के बाद चट्टानों में एक द्वार खुला। द्वार के अन्दर एक लम्बी सुरंग थी जिसके अन्दर अगल-बगल झागदार बत्तियां जल रही थीं। सारे डाकू द्वार में प्रविष्ट होकर आगे बढ़ने लगे तो अन्त में अमर की भी बारी आई। अमर बहुत ध्यान से सुरंग के अन्दर देख रहा था परन्तु एक हाथ उसका रिवॉल्वर पर तैयार था तथा दूसरा हाथ घोड़े की लगाम थामे सख्त था। शेर सिंह के अड्डे के अंदर प्रविष्ट होने का रास्ता उसे मिल चुका था इसलिए उसने सुरंग के अंदर प्रविष्ट होने का रिस्क लेना बुद्धिमानी नहीं समझी। इससे पहले कि उसके सामने चलता डाकू उसे लेकर सुरंग के द्वार में प्रवेश करे, अमर ने तुरन्त रिवॉल्वर निकालकर एक गोली अपने सामने डाकू की पीठ पर दाग दी। एक धमाका हुआ। गूंज सुरंग के अंदर प्रविष्ट होकर दूर तक चट्टान की दीवारों से टकराती चली गई। धमाके के कारण चट्टानों के बाहर दरारों में आसपास के वृक्षों पर बैठे पक्षी चीखकर उड़ते हुए क्षितिज पर छा गए। उनकी चखचख चियूं-चियूं तथा चीं-चीं के स्वर से सारा जंगल भयभीत होकर कांप उठा।

गोली का धमाका होते ही अमर के सामने का डाकू एक लाश बनकर वहीं गिर पड़ा था। सुरंग के द्वार के अन्दर सभी डाकू पहुंच चुके थे। धमाके ने सबके अन्दर खलबली मचा दी। इससे पहले कि सब यह बात जान सकें कि धमाके की वास्तविकता के पीछे क्या भेद है, अमर बिजली के समान घोड़े पर सवार होकर चट्टानों के क्षेत्र से बाहर निकलकर अंधकार में जाने कहां लुप्त हो गया था। वास्तविकता का आभास करने के बाद डाकुओं ने अमर का पीछा करना चाहा। परन्तु सुरंग के बाहर निकलने से पहले ही सुरंग का द्वार अन्दर से बन्द हो चुका था। द्वार के बाहर एक झरना एक बार फिर अपने रंग पर आकर गिरता हुआ शोर मचाने लगा।

झरने के पीछे चट्टान का द्वार शेर सिंह ने बन्द किया था। जो अपने सुरक्षित कमरे में एक टेलीविजन जैसे यन्त्र के सामने बैठा बहुत बेचैनी के साथ झरने के द्वार में प्रविष्ट होते अपने आदमियों के मध्य वन्दना तलाश कर रहा था। आशा के विपरीत जब वन्दना उसे नहीं दिखाई पड़ी तो उसने अमर का पीछा करवाने के बजाए चट्टान का द्वार अन्दर से बन्द कर दिया था। वह जानता था कि अब उसका खेल समाप्त हो चुका है। इस खेल को कभी-न-कभी तो समाप्त होना ही था इसलिए किसी प्रकार का रिस्क न लेकर उसने इस खेल को आज ही समाप्त कर

देने का इरादा कर लिया। परन्तु उसके भविष्य में क्या लिखा था वह नहीं जानता था। होनी को किसने टाला है।

* * *

अमर जब जंगल में अपनी प्रतीक्षा करती पुलिस के पास पहुंचा तो सुबह की दूधिया चमक हल्के-हल्के क्षितिज पर बसेरा कर रही थी। वहां पुलिस अधिकारी भी अपने जत्थे सहित पहुंच चुके थे। सभी को अमर की चिंता सता रही थी। अमर के घोड़े की टाप सुनकर सब सतर्क हो गए थे। अमर जब उनके सामने घोड़े पर से उतरा तो बुरी तरह हांफ रहा था।

'शेर सिंह के खुफिया अड्डे का पता चल गया है।' अमर ने उसी प्रकार फूलती सांसों के साथ पुलिस अधिकारी को बताया - 'अब हमें उस अड्डे को घेरने में एक मिनट भी देर नहीं करनी चाहिए। आइए मेरे साथ।' अमर ने मानो पुलिस अधिकारी को ही आज्ञा दे दी।

पुलिस वालों की आंखों की चमक बढ़ गई। लपक कर सब पुलिस की गाड़ियों में बैठ गए। अमर अपने घोड़े पर सवार हो गया। वह आगे बढ़ा तो पुलिस की गाड़ियां भी उसके पीछे-पीछे जंगल का रास्ता काटती हुई आगे बढ़ने लगीं।

अमर पुलिस के जत्थे के साथ सुरंगों वाली चट्टान के पास पहुंचा तो सुबह के दूधिया वातावरण में और चमक आ गई थी। झरने के सामने वह अपने घोड़े से उतरा तो पुलिस अधिकारी तथा अन्य पुलिस कर्मचारी भी पुलिस गाड़ियों से उतरकर उसके पास चले आए। अमर ने पुलिस अधिकारी से कहा - 'खुफिया अड्डे का मुख्य द्वार इसी झरने के पीछे है परन्तु इसे खोलने के लिए डाइनामाइट से उड़ाना पड़ेगा।' उसने झरने की ओर संकेत किया।

पुलिस अधिकारी ने ही नहीं, सभी पुलिसवालों ने झरने की ओर बहुत आश्चर्य से देखा। वे तो कभी सोच भी नहीं सकते थे कि इस झरने के पीछे भी कोई द्वार हो सकता है। पुलिस अधिकारी की आज्ञा पर झरने के अन्दर प्रविष्ट होकर चट्टान की दीवार डाइनामाइट द्वारा उड़ाने का तुरन्त प्रबन्ध किया गया।

डाइनामाइट का धमका हुआ - बहुत तेज स्वर के साथ। सुबह की खामोशी में जैसे ज्वालामुखी फट गया हो। चट्टान की दीवार के टुकड़े-टुकड़े हो गए। देखते ही देखते झरने के गिरते पानी का शोर कम होने लगा। झरने की दीवार पतली हो गई। पुलिसवालों ने देखा, झरने का पानी समाप्त होते ही उनके सामने एक सुरंग खुल गई थी। उन्हें ऐसा लगा मानो वह किसी 'अरेबियन नाइट्स' पर आधारित कोई जादू भरी फिल्म देख रहे हों।

पुलिस अधिकारी की आज्ञा पर सर्चलाइट से काम लेते हुए कुछेक पुलिसवालों ने सुरंग के अंदर प्रवेश किया। अमर के साथ पुलिस अधिकारी भी थे।

सुरंग के अंदर कुछ दूर चलने के बाद एक लोहे का द्वार मिला। पुलिस ने इसे भी डाइनामाइट करके उड़ा दिया इसके अंदर जब सारे पुलिसवाले प्रविष्ट हुए तो सर्चलाइट की

112

चमक में यहां का एक अलग ही संसार देखकर भौंचक्के रहे गये । चट्टान की मजबूती से घिरा चट्टान के अन्दर यह काफी लम्बा तथा चौड़ा हॉल था जिसके एक किनारे डाकुओं के रहने के लिए अत्यन्त सुन्दर तथा छोटे-बड़े क्वार्टर बने हुए थे। देखने से ही पता चलता था कि आराम के साथ इनमें कुछेक अय्याशी की वस्तुओं से भरपूर हैं। क्वार्टर सभी खाली तथा सुनसान पड़े थे। सारे-के-सारे डाकू इतनी जल्दी कहां चले गए? कुछ पता ही नहीं चल रहा था। इस हॉल के अन्दर इधर-उधर चट्टानी दरारों से पानी प्रविष्ट होकर फैलता जा रहा था।

सर्चलाइट के झागदार प्रकाश में पुलिस अधिकारी को इस लम्बे-चौड़े हॉल के बाद एक लोहे का मजबूत बन्द दरवाजा फिर दिखाई दिया। पुलिस ने आज्ञा पाकर इसे भी डाइनामाइट से उड़ा दिया। पुलिसवाले आरम्भ से ही अपनी बंदूकें ताने हर खटके को निशाना बनाने को तैयार थे। सबने इस द्वार के अन्दर प्रवेश किया। यहां भी एक नया संसार था, वैज्ञानिक दृष्टि से पुलिसवालों की समझ से बिल्कुल बाहर। यहां कहीं 'जूं' तो कहीं 'सूं' का स्वर आता सुनाई पड़ रहा था। धुआं-धुआं समां-सा था चारों ओर। हर वस्तु बिखरी पड़ी थी। ऐसा लगता था मानो शेर सिंह ने अपने ही हाथों से डाइनामाइट द्वारा अड्डे को उड़ाकर नष्ट कर देने का प्रयत्न किया था। पुलिस वालों ने सर्चलाइट की सहायता से एक-एक कोने की छानबीन की। फिर भी किसी व्यक्ति की लाश हाथ नहीं लगी। इसके बाद इधर-उधर अनेक द्वार ऐसे थे जो हाथ के एक ही झटके से खुल गए। पुलिस ने हर कमरे की तलाशी ली। सभी कमरों में वैज्ञानिक वस्तुएं थीं - एक-से-एक अच्छी मशीनें परन्तु डाइनामाइट द्वारा सभी के पुर्जे-पुर्जे उड़ाकर उन्हें नष्ट कर दिया गया था।

समीप का दरवाजा खोलकर अमर, पुलिस अधिकारी तथा अन्य कुछ पुलिस वाले दूसरे कमरे में प्रविष्ट हुए। यहां का वातावरण अत्यन्त गरम था। एक प्रकार की गैस से सबका दम घुटने लगा। परन्तु गैस में इतना प्रभाव नहीं था जो जानलेवा सिद्ध होता क्योंकि गैस की मशीन डाइनामाइट के धमाके के कारण अब काम नहीं कर रही थी। धमाके के कारण गैस चैम्बर का फायर प्रूफ धातु से बना मजबूत द्वार कहीं-कहीं से चिटक गया था। द्वार के जोड़ों में दरारें पड़ गई थीं जहां से बची-खुची गैस बाहर आ रही थी। परन्तु पुलिस अधिकारी ने इस गैस का मुकाबला अपने आदमियों की जान पर खेलकर करना बुद्धिमानी नहीं समझी। पलटकर कमरे से बाहर निकलते हुए उन्होंने चीखकर सबको आज्ञा दी, 'बाहर निकलो - तुरन्त।'

पुलिस अधिकारी के पीछे-पीछे उनके सभी आदमी तथा अमर लपककर इस कमरे से बाहर निकल आए। पुलिस अधिकारी ने द्वार को तुरन्त बन्द कर दिया। गैस का प्रभाव कम हो गया। पुलिस अधिकारी एक क्षण वहीं खड़ा सोचता रहा।

कुछ क्षणों के बाद पुलिस अधिकारी ने समीप का दूसरा द्वार खोला। यह कमरा भी डाइनामाइट द्वारा नष्ट किया जा चुका था। परन्तु फिर भी यह अपनी अनुपम सुन्दरता ऐश और आराम की गवाही दे रहा था। उसकी छत कहीं-कहीं से टूटकर फर्श पर बिखरी पड़ी थी। गर्द

की धुंध अब भी फैली हुई थी। एक ओर टेलीविजन जैसा एक बड़ा-सा सेट था - धमाके के कारण टूटा-फूटा। अद्भुत ढंग की मशीनें टूटकर बिखरी पड़ी थीं। सहसा सर्चलाइट के झाग में पुलिसवालों की दृष्टि फर्श पर पड़ी जहां दो लाशें रक्त में डूबी हुई थीं। सभी इन लाशों की ओर खिंच आए। पुलिस अधिकारी ने देखा, इन दो व्यक्तियों की हत्याएं पीठ में गोली लगने के कारण हुई थीं। पुलिस अधिकारी की आज्ञा पर सर्चलाइट कमरे के अन्य स्थानों पर फेंकी जाने लगी। तभी एक किनारे दीवार से लगे तथा फर्श पर टेढ़ी पड़ी एक बड़ी फ्रेमदार तस्वीर को देखकर पुलिस अधिकारी चौंक पड़े। वह तस्वीर के समीप आए। तस्वीर परिचित थी। डाकू शमशेर सिंह की एक तस्वीर पुलिस के रिकॉर्ड में भी दर्ज थी। पुलिस का कौन जिम्मेदार व्यक्ति शमशेर सिंह को नहीं पहचानता था।

सर्चलाइट की झलक में पुलिसवालों की दृष्टि दीवार पर आड़ी होकर टंगी एक और फ्रेमदार तस्वीर पर पड़ी। सब के साथ पुलिस अधिकारी का ध्यान भी इधर खिंच आया। यह तस्वीर शमशेर सिंह के छोटे से परिवार की थी, उसकी पत्नी तथा बीच में बैठे उसकी नन्ही सन्तान की - शेर सिंह की, जब वह दो-तीन वर्ष का होगा। शेर सिंह की सूरत को कोई नहीं पहचानता था इसलिए सब बहुत ध्यान से उसकी बचपन की तस्वीर को ही देखते हुए उसके जवान रंग-रूप का अनुमान लगाने लगे।

अचानक एक हल्की-सी कराह उठी। पुलिसवाले चौंक गए। सर्चलाइट ने तुरन्त 'कराह' का पीछा किया। एक ओर कुर्सी पर बैठा व्यक्ति अपने सामने की मेज पर सिर ढलकाए शायद जीवन की अन्तिम सांसें ले रहा था। सबने उसकी ओर बढ़ जाना चाहा परन्तु तभी अनुभवी पुलिस अधिकारी की दृष्टि सर्चलाइट की चमक में कुर्सी के नीचे जा पड़ी। बम? अपने साथियों को धक्का देते तथा अपनी जन की चिन्ता न करके कर्त्तव्य निभाते हुए पुलिस अधिकारी बम की ओर लपके। बम उठाकर उन्होंने तुरन्त दौड़ते हुए समीप का द्वार खोला और फिर बिना एक क्षण गंवाए बम दूर फेंक दिया। एक धमाका हुआ। धमाका जोरदार था, इतना अधिक कि आसपास की वस्तुएं टुकड़ों में उड़कर बिखर गईं।

फिर सब कुर्सी पर बैठे ढलके व्यक्ति के समीप पहुंचे। उस व्यक्ति के सिर से रक्त निकलकर बहते हुए कान और गर्दन के पास जम गया था। उसके सिर के बाल लम्बे थे। पुलिस अधिकारी ने लटों से पकड़कर उसका मुखड़ा अपनी ओर किया। मुखड़े पर झाड़ी समान तितर-बितर मूंछें तथा दाढ़ी थी - रक्त में डूबी हुई। सारा मुखड़ा ही रक्त में डूबा हुआ था। रक्त की पपड़ियां जम गई थीं। जाने कौन-सा व्यक्ति था यह? कोई भी तो इसे नहीं पहचानता था।

इसी बीच अमर की दृष्टि अपरिचित व्यक्ति के गले में पड़े लॉकेट पर पड़ी। उसने तुरन्त झटककर लॉकेट उसके गले से बाहर खींच लिया। उसने लॉकेट खोला तो पुलिस अधिकारी की दृष्टि भी लॉकेट की ओर उठ गई। लॉकेट के अन्दर एक तस्वीर थी। तस्वीर को देखते ही

पुलिस अधिकारी तथा अमर की आंखों की चमक बढ़ गई। दोनों ने दीवार पर टेढ़ी टंगी फ्रेमदार तस्वीर देखी - शमशेर सिंह के छोटे-से परिवार की तस्वीर। लॉकेट के फ्रेम में भी बिल्कुल वही तस्वीर थी। अमर तथा पुलिसवालों को इस व्यक्ति का परिचय मिल गया। आखिर शेर सिंह कानून के पंजों से नहीं बच सका। कानून से बचने के लिए उसने निश्चय ही आत्महत्या का प्रयत्न किया होगा, आसपास के बम के धमाकों ने उसे घायल करके बेहोश भी कर दिया परन्तु जो बम उसने विशेष तौर पर अपनी मृत्यु के लिए सुरक्षित रखा था वह समय से न फूटकर उसे धोखा दे गया था। इंकार कर गई थी। पुलिस अधिकारी ने उसकी जान सुरक्षित करने के लिए उसे पुलिस की कड़ी निगरानी में अस्पताल भेजने का प्रबंध कर दिया।

फिर पुलिस अधिकारी ने अमर से हाथ मिलाकर इतनी बड़ी सफलता पर उसे बधाई दी। उसके कंधे पर प्यार से हाथ रखकर उसने कहा, 'तुमने अपने साहस तथा बल के सहारे जिस प्रकार हमारी सहायता करते हुए कानून का साथ दिया है उसे पुलिस विभाग कभी नहीं भूलेगा। इसके साथ ही शेर सिंह को सजा होते ही मैं उस पर रखे सारे इनामात सरकार द्वारा तुम्हें दिला दूंगा। तुम्हें किसी बात की चिन्ता करने की आवश्यकता नहीं पड़ेगी।'

अमर ने गम्भीर स्वर के साथ कहा, 'मेरा इनाम यहां नहीं है। मेरा इनाम तो लंदन में है - सुरक्षित। आज मेरे दिल पर से एक बहुत बड़ा बोझ उतर गया है क्योंकि मैं ठाकुर नरेन्द्र सिंह को दिया वचन पूरा करने में कामयाब हुआ हूं। आज उनकी ही नहीं उनके बेटे तथा उनकी पत्नी की आत्मा को भी शांति प्राप्त हो गई होगी। आज मैं अपने कर्त्तव्य की परीक्षा में खरा उतरा हूं। अपने इरादों में मैं सफल हुआ हूं। अब मेरे प्यार को साकार रूप मिलने से कोई नहीं रोक सकता। मुझे और कुछ भी नहीं चाहिए। अमर का स्वर जाने किस जज़्बात के दबाव में आकर भीग गया।

* * *

शेर सिंह की गिरफ्तारी की सूचना दुर्गापुर गांव में ही नहीं अन्य सभी गांव तथा शहर में जंगली आग के समान पहुंच गई। अस्पताल के अन्दर शेर सिंह को होश में लाने के लिए पुलिस की कड़ी निगरानी में रखा गया था। परन्तु फिर भी जनता की घनी भीड़ अस्पताल पर टूट पड़ना चाहती थी।

अमर दुर्गापुर पहुंचा तो वहां के निवासियों ने उसके स्वागत में उसे जीप से उठाकर अपने कंधे पर बिठा लिया। उसकी जय-जयकार करने लगे। स्त्रियां घर से मिठाइयां लेकर उसका मुंह मीठा कराने को लपक आईं। अब न शेरसिंह रहेगा न उसका भय।

उस रात अमर को अपने गांववासियों से बहुत देर बाद फुर्सत मिली। काफी रात बीत गई थी फिर भी उसने सबसे पहले वन्दना को पत्र लिखा। पत्र में उसने शेर सिंह की गिरफ्तारी से संबंधित सारी घटना का उल्लेख किया। उसने वन्दना को यह भी लिखकर बताया कि सारे

115

शहर में शेर सिंह की गिरफ्तारी का क्या प्रभाव पड़ा है। 'वन्दना', उसने लिखा, 'अब किसी में भी शेर सिंह के आतंक का कोई भय नहीं रहा। अब तो निश्चय ही तुम्हारे दादा-दादी जी, तुम्हारे पिता की आत्मा की भी शांति प्राप्त हो गई होगी।

'तुम भी प्रसन्न हो ना वन्दना? अब तुम्हारा अतीत भूलकर भी तुम्हारे समीप नहीं फटकेगा। अब मैं होऊंगा, तुम होगी, और हमारा प्यार होगा, एक सुन्दर घर, जिसे चाहो तो लंदन में बस सकती हो या यहां भारत में, अपनी पुरानी कोठी को ही स्वर्ग का नया रूप देकर। मैं अब तुम्हारे साथ हर स्थिति में, हर स्थान पर रहकर बहुत सुखी रहूंगा - बिल्कुल निश्चिंत। समाज के सामने ऐसे प्यार की नींव डालेंगे जिसकी कोई उपमा नहीं होगी।

चाहो तो अत्याचार के इस दरिन्दे को देखने के लिए तुम भारत आ सकती हो। अभी वह अस्पताल में है परन्तु स्वस्थ होने के बाद मुकदमा चलेगा। फिर अदालत उसे फांसी की सजा देकर उसके पापों के बोझ से इस धरती को मुक्त कर देगी।

तुम्हारा और केवल तुम्हारा,
अमर

पत्र लिखने के बाद अमर उसी प्रकार कुछ देर तक सोचता रहा। वन्दना इस पत्र को पाते ही आकाश में झूला-झूल जाएगी। उड़कर उसकी बांहों में चली आने को तड़प उठेगी। शेर सिंह को गिरफ्तार कराकर उसने मानो वन्दना के जीवन की एक साध पूरी कर दी थी।

* * *

सुबह के लगभग ग्यारह बजना चाहते थे। अस्पताल से बाहर अब भी जनता का समूह एकत्र था। अस्पताल के एक विशेष वार्ड के अन्दर पुलिस की कड़ी निगरानी में शेर सिंह अब भी बेहोश अपने पलंग पर पड़ा हुआ था। उसके मुखड़े के घाव को अच्छी तरह धोने तथा साफ करने के लिए डॉक्टर को उसकी दाढ़ी-मूंछ की शेव करानी पड़ गई थी। शेव होने के बाद उसके मुखड़े की लालिमा चमक उठी थी। रंग-रूप निखर आया था।

शेर सिंह के कमरे में डॉक्टरों के अतिरिक्त पुलिस अधिकारी, एक इंस्पेक्टर तथा अमर भी उपस्थित था। गिरफ्तारी के बाद शेर सिंह की प्रतिक्रिया देखने के लिए अमर से अधिक कौन इच्छुक होता। दुर्गापुर से वह अस्पताल के लिए सुबह-ही-सुबह चल पड़ा था। सभी शेर सिंह के होश में आने की प्रतीक्षा बहुत बेचैनी के साथ कर रहे थे।

सहसा शेर सिंह की आंखें फड़फड़ाई। वार्ड के अन्दर उपस्थित सभी लोगों की आंखें शेर सिंह के मुखड़े पर चिपक गई। कान सतर्क हो गए। शेर सिंह ने अपने मस्तक पर बल डाला, कुछ अधिक ही जोर देकर, मानो दर्द के कारण उसका सिर फटा जा रहा है। अचानक वह अपने दोनों हाथों से अपना सिर पकड़ता हुआ एक झटके के साथ उठकर बैठ गया। उसने अपनी आंखों पर जोर देकर कमरे के वातावरण को परखा। आंखें बंद करके उसने अपने सिर

116

को एक बार जोर से झटका दिया। आंखों के साथ उसने मस्तक पर बल डालकर दोबारा जोर दिया और फिर आश्चर्य से अपने समीप के लोगों को देखा। उसने पूछा - 'कौन हैं आप लोग? मुझे यहां क्यों लाया गया है?'

कमरे में उपस्थित सभी ने आश्चर्य से एक-दूसरे का मुंह देखा। शेर सिंह के इस विचित्र व्यवहार का कारण कोई समझ नहीं सका।

'क्या चाहते हैं आप लोग?' शेर सिंह ने दोबारा पूछा। फिर खिसियाकर मानो स्वयं पर ही चीख पड़ा - 'क्या चाहते हैं आप लोग?' शेर सिंह ने अपना सिर दोनों हाथों से पकड़कर झिंझोड़ दिया। अचानक सिर पर बंधी पट्टी का एहसास करके वह चौंक गया। पट्टी पर हाथ फेरते हुए उसने आश्चर्य प्रकट किया। बोला - 'यह क्या है? पट्टी? मैं कहां हूं? मैं---।'

'तुम एक अस्पताल में हो।' सहसा डॉक्टर ने उसकी समस्या दूर करते हुए कहा।

'अस्पताल?' शेर सिंह को मानो विश्वास नहीं हुआ। उसने सख्ती के साथ चिड़चिड़ेपन से पूछा - 'यहां मुझे कौन लाया है? क्यों लाया है?'

'यहां तुम्हें हम लेकर आए हैं।' सहसा पुलिस अधिकारी ने कहा - 'जिस समय हमने तुम्हें तुम्हारे अड्डे पर गिरफ्तार किया उस समय तुम घायल स्थिति में बेहोश थे। इसलिए तुम्हें हम यहां ले आए।'

'अड्डा? गिरफ्तार?' शेर सिंह के लिए यह बात पहेलियों जैसी थी। 'आप कैसी बातें कर रहे हैं?'

'हम तुम्हारी बातें कर रहे हैं शेर सिंह की - डाकू शेरसिंह की।' पुलिस अधिकारी ने उसकी ओर झुकते हुए कुछ सख्ती से कहा।

'डाकू शेर सिंह की?' शेर सिंह ने पूछा - 'डाकू शेर सिंह से मेरा क्या सम्बन्ध है?'

'सम्बन्ध नहीं है।' पुलिस अधिकारी ने कहा - 'तुम स्वयं डाकू शेर सिंह हो।'

'डाकू शेर सिंह?' शेर सिंह ने आश्चर्य से कहा - 'यह नाम आज मैं जीवन में पहली बार सुन रहा हूं। मैं डाकू शेर सिंह नहीं हूं। मैं---मैं---।' शेर सिंह ने बातों के बहाव में अपना परिचय देना चाहा, परन्तु उसे मानो स्वयं याद नहीं था कि वह कौन है। उसने पूछा - 'मैं कौन हूं? कौन हूं मैं?' शेर सिंह खिसियाकर फिर चीख पड़ा।

पुलिस अधिकारी ने बहुत आश्चर्य के साथ डॉक्टर को देखा। डॉक्टर शेर सिंह को देखते हुए बहुत गम्भीर सोच में डूबा हुआ था। उसने अपने साथ खड़े अन्य डॉक्टरों को देखा। फिर उनसे बातें करने के लिए बगल के वार्ड में प्रविष्ट हो गया जो इस समय खाली पड़ा हुआ था।

'क्या बात है डॉक्टर?' पुलिस अधिकारी ने डॉक्टर के समीप पहुंचकर पूछा, 'शेर सिंह ऐसी हरकत क्यों कर रहा है?'

'लगता है सिर की गहरी चोट ने उसकी याददाश्त खो दी है।' डॉक्टर ने अपनी राय दी।

'जी नहीं।' तभी अमर ने कहा - 'उसकी याददाश्त खोई नहीं है बल्कि वह याददाश्त खोने का नाटक कर रहा है।'

'इसका मतलब यह हुआ कि जब तक वह अपनी याददाश्त खोने का नाटक करता रहेगा, उसे सजा नहीं हो सकती।' पुलिस अधिकारी असमंजस में पड़ गए।

'क्यों?' अमर ने पूछा - 'आखिर उसे सजा क्यों नहीं हो सकती जबकि सभी जानते हैं कि वह एक भयानक डाकू है, लुटेरा है, अगणित लोगों की हत्याएं करके उसने उनका चिह्न तक मिटा दिया है?'

'अभियुक्त को सजा सुनाने से पहले उसका पूरे होश और हवास में होना अत्यन्त आवश्यक है ताकि उसे भी अपनी सफाई में कुछ कहने का अवसर प्राप्त हो सके।'

अमर शेरसिंह की चाल पर खिसियाकर रह गया। कमबख्त को इतनी कठिनाई के बाद गिरफ्तार किया तो एक नई समस्या खड़ी कर दी।

कुछ दिनों बाद शेर सिंह स्वस्थ हो गया। सरकार ने उसे सेन्ट्रल जेल भेज दिया जहां से वह मुकदमे की कार्यवाही के लिए पुलिस की कड़ी सुरक्षा में अदालत पहुंचाया जा सकता था। शेर सिंह की जमानत का कोई प्रश्न नहीं उठता था। उसके तो नाम से ही मानव का कलेजा कांप जाता था। फिर उसकी जमानत के लिए कोई सोचता भी कैसे? पुलिस अधिकारी ने शेर सिंह के केस में व्यक्तिगत रुचि ली क्योंकि शेर सिंह को उसके अड्डे पर छापा मारकर वही गिरफ्तार करने वाला था। वह जानता था कि शेर सिंह की याददाश्त नहीं खोई है, फिर भी वह उसे चौंकाने के लिए, उसकी आंखों में उसकी वास्तविकता की प्रतिक्रिया देखने के लिए शेर सिंह को अपने जत्थे की सुरक्षा में उसके पुराने खुफिया अड्डे तक ले गया। अड्डे की उजाड़ स्थिति की सैर कराई परन्तु शेर सिंह पर किसी बात का कोई प्रभाव नहीं पड़ा। हर वस्तु को वह यूं देखता रहा मानो उसने यह सब पहली बार देखा है। पुलिस अधिकारी को शेर सिंह की सधी हुई चालाकी पर बहुत क्रोध आया। वह मन मारकर रह गया।

शेर सिंह की याददाश्त वापस नहीं आई थी फिर भी अदालत की ओर से उस पर कानूनी कार्यवाही करने की पूरी तैयारी हो गई। सरकारी वकील ने इस बात का दावा किया था कि डाकू शेर सिंह सजा-ए-मौत से बचने के लिए अपनी याददाश्त खोने का नाटक कर रहा है परन्तु वह अदालत के सामने शेर सिंह से पेचीदा प्रश्नों के द्वारा उसके इस नाटक का भंडा फोड़ देगा। अदालत ने शेर सिंह के बचाव में भी एक वकील का प्रबन्ध कर दिया।

फिर मुकदमा चला। हथकड़ियों के साथ शेर सिंह को अदालत में पेश किया गया तो सारा शहर उसे देखने तथा उसका मुकदमा सुनने के लिए टूट पड़ा। सभी के होंठों पर शेर सिंह के प्रति तिरस्कार था, आंखों में घृणा समाई हुई थी। अदालत में पुलिस अधिकारी तथा अमर भी उपस्थित थे। सरकारी वकील ने शेर सिंह से प्रश्न पूछना आरम्भ किया।

'नाम?'

'मुझे नहीं मालूम।' शेर सिंह ने गम्भीरतापूर्वक कहा।

'पिता का नाम भी नहीं मालूम?' सरकारी वकील ने सब-कुछ जानते हुए पूछा।

'जी नहीं।' शेर सिंह ने सरकारी वकील की आंखों में देखने के बाद अपना मुखड़ा खिसियाकर दूसरी ओर फेर लिया।

'मैं तुम्हें बताता हूं कि तुम किसकी सन्तान हो।' सरकारी वकील ने एकदम से जोश में आकर कहा - 'तुम देश के एक भयानक अपराधी, एक निर्दयी हत्यारे डाकू शमशेर सिंह की संतान हो। तुम स्वयं एक भयानक अपराधी हो, हत्यारे हो।'

'आई ऑब्जेक्ट योर ऑनर।' सहसा बीच में खड़े होकर वकीले-सफाई ने न्यायाधीश का ध्यान दिलाते हुए आपत्ति प्रकट की। बोला - 'सरकारी वकील को अभियुक्त पर बिना कोई दोष सिद्ध हुए ऐसी बात कहने का कोई अधिकार नहीं पहुंचता है।'

'यह मैं नहीं कानून कह रहा है, जनता कह रही है, वे लोग कह रहे हैं जो इस अभियुक्त के अत्याचार के शिकार हुए हैं।' सरकारी वकील ने न्यायाधीश के कुछ कहने से पहले ही अपनी बात कह दी। न्यायाधीश संतुष्ट हो गए। सरकारी वकील शेर सिंह की ओर फिर मुड़ा। उसने अपना अधूरा छूटा वाक्य पूरा करते हुए कहा - 'तुम्हारा नाम शेर सिंह है - डाकू शेर सिंह।'

'शेर सिंह, शेर सिंह।' शेर सिंह नाम सुनता खिसियाता हुआ जोर से बड़बड़ा उठा। उसने कहा - 'इस नाम को सुनते-सुनते मैं तंग आ गया हूं। आखिर आप लोग मानते क्यों नहीं कि मैं इस नाम से अनभिज्ञ हूं। मैं नहीं जानता आप लोग किस शेर सिंह का नाम मेरे सिर थोप देना चाहते हैं?'

'इसे पहचानते हो?' सहसा सरकारी वकील ने अपनी पॉकेट से एक लॉकेट निकाला। इसे वह शेरसिंह की आंखों के सामने लाया।

'नहीं।' शेर सिंह ने इंकार किया।

'और इन्हें?' सरकारी वकील ने लॉकेट खोलकर तस्वीर शेर सिंह को दिखाई।

शेर सिंह ने 'नहीं' के संकेत पर सिर हिला दिया। बोला, 'मैंने इन लोगों को कभी नहीं देखा और न ही इनके विषय में कुछ जानता हूं।'

'हूं।' सरकारी वकील कुछ निराश-सा हो गया। विवश होकर और अधिक जांच-पड़ताल करने के लिए जब सरकारी वकील ने अदालत से अगली तिथि का निवेदन किया तो अदालत ने मुकदमे की तिथि एक मास के लिए स्थगित कर दी।

मुकदमे की अगली तिथि भी शीघ्र ही समीप आ गई। एक मास बीतते देर ही कितनी लगती है?

शाम का समय था। अगले दिन शेर सिंह के मुकदमे की तिथि थी। अमर दुर्गापुर की कोठी के बरामदे में अकेला बैठा चुपचाप अगले दिन के मुकदमे के विषय में ही सोच रहा था। इस एक मास के अन्दर सरकारी वकील ने शेर सिंह के होंठों से सच्चाई स्वीकार कराने के लिए

जाने क्या जांच की होगी और जाने क्या तैयारी की होगी। यदि सरकारी वकील के प्रश्नों के लपेट में आकर शेर सिंह ने अब भी अपने नाटक का लिबास नहीं छोड़ा तब क्या होगा?

सहसा कोठी के मुख्य द्वार में प्रविष्ट होकर एक टेलीग्राम वाले को बरामदे के सामने अपनी साइकिल खड़ी करता देखकर अमर चौंक गया। साइकिल खड़ी करता देखकर अमर चौंक गया। साइकिल खड़ी करने के बाद तार वाले ने अमर को सलाम किया और फिर तार का लिफाफा उसके नाम निकालता उसकी ओर बढ़ गया। अमर को उसने तार थमाते हुए हस्ताक्षर लिए और फिर चल पड़ा। अपनी वापसी की ओर तो अमर ने लिफाफे से तार बाहर निकाला। पढ़ा तो खुशी से चौंककर खड़ा हो गया। आंखों पर विश्वास ही नहीं हो रहा था। वन्दना अगली सुबह ही इस शहर के हवाई अड्डे पर पहुंच रही थी। हवाई जहाज के पहुंचने का समय नौ बजे था। अमर ने प्रसन्नता से बेकाबू होकर तार को चूम लिया। आखिर वन्दना के मन में उसकी सफलता ने अपने प्यार का रंग दिखा ही दिया। अब वह उसके बिना नहीं रह सकती। वह आ रही है। वन्दना आ रही है। अमर का दिल हुआ वह खुशी से नाच उठे।

रात में बहुत देर से सोने के पश्चात् अमर सुबह जल्दी उठ गया। नहा धोकर वह हवाई अड्डे पहुंचा तो कुछ देर बाद अपने निश्चित समय पर हवाई जहाज हवाई अड्डे पर उतरा। स्टैंड पर खड़े अमर का दिल प्रसन्नताओं से धड़कने लगा। जहाज के रुकने के बाद अन्य यात्रियों के साथ वन्दना भी निकास द्वार से बाहर निकली तो अमर को ऐसा लगा मानो वन्दना जहाज से नहीं किसी बादल के टुकड़े से बाहर आ रही हो। वन्दना के होंठों पर ऐसी खिलखिलाती मुस्कान थी मानो अपना लक्ष्य पूरा होने के बाद सारा संसार जीत लिया हो। अमर का दिल खुशी से उछलने लगा। वन्दना को तुरन्त ही अपनी छाती में समाने के लिए उसकी बांहें फड़कने लगीं। ऐसा लग रहा था मानो एक युग के बाद वह वन्दना से मिलने वाला था। सहसा वन्दना की दृष्टि अमर पर पड़ी। अमर ने तुरन्त खिलखिलाकर हाथ लहराते हुए वन्दना का स्वागत किया। वन्दना ने भी ऐसा ही कर दिया। उसके बाद जब दो प्रेमी आपस में मिले तो ऐसा मिले मानो दो दीवाने मिलते हैं।

हवाई अड्डे पर अपने सामान का 'क्लीअरेंस' लेते हुए वन्दना को कुछ देर हो गई। अमर ने जब उसे बताया कि आज ही अदालत में दस बजे शेर सिंह की पेशी है तो वन्दना ने चाय तक पीने में रुचि नहीं ली। वह अदालत में चलकर उस व्यक्ति को देख लेना चाहती थी जिसका खानदान उसके खानदान का जानी शत्रु था, जिसके डाकू बाप शमशेर सिंह ने उसके उत्पन्न होने से पहले ही उसके पिता की हत्या कर दी थी। पिता के गम में उसकी दादी भी चल बसी थी। शेर सिंह रोहित का हत्यारा था। उसने तो उसके बूढ़े दादा के जीवन पर भी दया नहीं खाई। अदालत जाते समय अमर ने जब रास्ते में वन्दना को बताया कि शेर सिंह गिरफ्तारी के बाद अपनी याददाश्त खोने का नाटक करते हुए स्वयं को मृत्युदण्ड से बचाने का प्रयत्न कर रहा है तो वन्दना शेर सिंह की चालाकी पर झल्लाकर रह गई।

‘परन्तु घबराने की कोई बात नहीं है। अमर ने उसे विश्वास दिलाया। कानून के हाथ बहुत लम्बे हैं। जब शेर सिंह अपने अड्डे पर पकड़ा जा सकता है तो उसका नाटक समाप्त होकर उसे मृत्युदण्ड मिलने में भी अधिक देर नहीं लगेगी।’

अदालत की इमारत के सामने अमर ने कार रोकी। वन्दना को लेकर जब वह इमारत के अन्दर प्रविष्ट हुआ तो अदालती कार्यवाही का समय आरम्भ हो चुका था। सहसा अदालत के अन्दर प्रविष्ट होते ही अमर की दृष्टि एक परिचित सूरत पर पड़ी। खन्ना? अमर चौंक गया। खन्ना अदालत के अन्दर बिल्कुल अन्तिम बेंच पर किनारे बैठा था। अमर के पग खन्ना के समीप ही रुक गए। खन्ना ने अमर को देखा। परन्तु जैसे ही उसकी दृष्टि वन्दना पर पड़ी वह चौंक कर खड़ा हो गया, इस प्रकार मानो उसने वन्दना को नहीं उसका प्रेत देख लिया हो।

‘तुम?’ अमर के होंठों से अनायास ही निकल पड़ा।

‘हां।’ खन्ना ने कनखियों से वन्दना को देखने के बाद कहा जो उसकी ओर से निश्चिंत कठघरे में खड़े अभियुक्त को देख रही थी। खन्ना ने मानो अपनी सफाई देते हुए कहा, ‘शेर सिंह का नाम बहुत सुन रखा था। इस बार आया और पता चला कि शेर सिंह की तिथि भी अदालत में आज ही है तो सोचा कि क्यों न ऐसे भयानक व्यक्ति को भी देखता चलूं।’

अमर ने कोई उत्तर नहीं दिया। शेर सिंह को देखने तथा उसका मुकदमा सुनने के लिए जाने कितने और लोग पहले ही अदालत में उपस्थित थे। उसने वन्दना को देखा। वन्दना की दृष्टि अदालत के अन्दर एक कटघरे में बन्द अपराधी पर गोंद के समान चिपकी हुई थी। अपराधी का सिर नीचे झुका हुआ था इसलिए वह उसे देखने में असमर्थ थी। फिर भी उसका दिल अचानक ही जाने क्यों छाती के अन्दर धक-धक करने लगा था। इसी बीच खन्ना ने आने वाले भय का अनुमान लगाया। वन्दना ने भारत वापस लौटकर तथा अदालत में अपनी उपस्थिति देकर उसकी आशाओं पर पानी फेर दिया था। अमर की उसकी ओर से निश्चिंत था। खन्ना चुपचाप उनकी दृष्टि बचाकर वहां से खिसक गया।

सहसा न्यायाधीश पधारे। अपनी न्याय की कुर्सी पर वह बैठे। मेज पर रखी फाइल को खोलकर देखने के बाद उन्होंने आज के मुकदमे की कार्यवाही आरम्भ करने की आज्ञा दे दी। सरकारी वकील आज और भी अधिक पेचीदा प्रश्न शेर सिंह से पूछने की तैयारी करके आया था। उसने खड़े होकर अदालत से निवेदन किया कि अभियुक्त को कटघरे से निकालकर ‘बॉक्स’ में लाया जाए। उसके निवेदन का तुरन्त आदर हुआ। शेर सिंह खड़ा हुआ। थका-मांदा तथा जीवन से हारा वह उसी प्रकार सिर झुकाए ‘बॉक्स’ की ओर बढ़ा तो वन्दना के दिल की धड़कन और तेज हो गई।

तभी सरकारी वकील ने शेर सिंह से कहना चाहा, ‘अभियुक्त शेर सिंह---’

'मैं कह चुका हूं कि मुझे शेर सिंह कहकर न पुकारा जाए।' सहसा शेर सिंह ने अपना मुखड़ा ऊपर उठाकर सरकारी वकील को देखते हुए कहा, 'जब मैं स्वयं नहीं जानता कि मैं कौन हूं तो---'

वन्दना ने स्वर सुना तो उसे ऐसा लगा मानो उसके वर्षों से तरसते कानों के अन्दर शहद की मिठास टपककर दिल की गहराई में उतर गई। तभी उसने शेर सिंह का उठा मुखड़ा देखा तो आंखों पर विश्वास नहीं कर सकी। दिल की धड़कनें अपनी चरम सीमा पर पहुंच गईं। अपने होश और हवाश क्षण भर के लिए खोकर उसने और भी सख्ती के साथ अमर की बांह थाम ली - एक नहीं दोनों हाथों से। अमर ने वन्दना को देखा। परन्तु वन्दना ने उसकी जरा भी चिन्ता नहीं की। वह बहुत जोर से चीखी, 'रोहित'। वन्दना ने एक झटके के साथ अमर का हाथ छोड़ दिया। दौड़ती हुई वह अभियुक्त के पास जा पहुंची। खुशी से बेकाबू होकर वह कांपते स्वर में बोली, 'रोहित, तुम जिंदा हो? तुम जिंदा हो रोहित?' वन्दना को अपनी आंखों पर विश्वास ही नहीं हो रहा था। अभियुक्त के सामने जाकर उसने तुरन्त अभियुक्त की छाती में समा जाना चाहा परन्तु विटनेस बॉक्स उसकी रुकावट बन गया। वन्दना ने तब अपना हाथ बढ़ाकर अभियुक्त का हाथ पकड़ लिया। उसकी हथेली अपने दोनों हाथों के बीच रखकर वन्दना ने अपनी आंखों पर रख लिया। होंठों पर उसकी मुट्ठी को रखकर उसने सबके सामने ही दीवानों के समान चूमना आरम्भ कर दिया। फूट-फूट कर वह रो पड़ी। वह तो कभी स्वप्न में भी नहीं सोच सकी थी कि जो उसका पहला प्यार है वह मरने के बाद फिर जी उठेगा। इस प्यार के जी उठने के बाद वह कैसे स्वयं को रोक सकती थी?

'कौन हैं आप? कौन हैं?' अभियुक्त ने वन्दना से अपना हाथ छुड़ाए बिना ही पूछा। बोला, 'मैंने आपको पहचाना नहीं।'

'मैं---' वन्दना ने सिसकियों के मध्य कांपते होंठों द्वारा अभियुक्त को देखा। बोली, 'मैं वन्दना हूं।'

'वन्दना?' अभियुक्त ने अपने मस्तिष्क पर जोर दिया।

'हां, तुम्हारी वन्दना।' वन्दना ने कहा, 'याद करो, जिस रात हम दोनों दुर्गापुर में अपनी कोठी पर पहुंचे थे तो शेर सिंह के आदमियों ने कोठी पर आक्रमण कर दिया था। तब तुम उन डाकुओं का पीछा करते हुए---'

वन्दना कह रही थी परन्तु अभियुक्त का मस्तिष्क कहीं और काम कर रहा था - बहुत तेजी के साथ। वन्दना नाम ने उस पर जादू जैसा प्रभाव डाला था। वह मानो स्वयं से कहने लगा, 'वन्दना---वन्दना---रोहित - वन्दना।'

अचानक अभियुक्त के मस्तिष्क की सारी कड़ियां एक साथ ही खुल गईं। उसके मस्तिष्क को एक बड़ा झटका लगा। उसे चक्कर आ गया। अचेत होकर वह वहीं विटनेस बॉक्स में गिर

पड़ा। गिरते समय भी होश गंवाते-गंवाते उसके होंठों पर केवल एक ही नाम था - वन्दना--- वन्दना - वन्दना-

अभियुक्त और कोई नहीं रोहित ही था। शेर सिंह अब भी कानून की पहुंच से बाहर था।

सन्! अदालत के अन्दर सन्नाटा छा गया। लोगों ने सोचा था क्या और क्या हो गया। सरकारी वकील की कार्यवाही का सारा प्रयत्न धरा का धरा रह गया। पुलिस अधिकारी की भी समझ में नहीं आया कि यह सब कैसे हो गया? भौंचक्के-से सब रोहित को देखते ही रह गए जिसका हाथ विटनेस बॉक्स से निकालकर अपनी आंखों पर रखते हुए वन्दना अब भी सिसकियों के साथ आंसू बहा रही थी।

अदालत के द्वार के पास अमर चुपचाप खड़ा वन्दना को देख रहा था। रोहित को देखकर वन्दना पर जो प्रतिक्रिया हुई थी उसका एहसास करके अमर का दिल टूट गया था। रोहित को देखकर वन्दना ने जिस झटके से उसका हाथ छोड़ा था उसने अमर के सपनों के महल को गिराकर चकनाचूर कर दिया था। उसका हाथ छोड़कर वन्दना जिस तेजी के साथ रोहित की ओर लपक गई थी उसने अमर के दिल पर छाले उत्पन्न कर दिए थे। वन्दना के आंसू रोहित के प्रति बहते देखकर अमर के दिल पर पड़े छाले फूट पड़े।

अमर के होंठों पर एकदम तोड़ती मुस्कान आ गई - फीकी और बेजान मुस्कान। अब इस अदालत में उसकी क्या आवश्यकता रह गई थी। उसने एक गहरी सांस ली। पलटा। फिर भारी कदमों के साथ अदालत से बाहर निकल गया, सिर झुकाए उस जुआरी के समान जो एक ही दांव में अपना सब-कुछ खेलने के बाद हार जाता है।

अमर सड़क पर आया। मन मानो एक ओर चलता चला गया। दिल टूट कर टुकड़े-टुकड़े हो चुका था। दर्द सहा नहीं जा रहा था। मन एकांत में फूट-फूट कर रो लेने को तड़प रहा था परन्तु वह एकांत की तलाश में कहां जाए और कहां नहीं, कुछ समझ में नहीं आ रहा था। परिस्थितियों ने उसे प्यार के ऐसे मोड़ पर ला पटका था जहां से मंजिल न आगे दिखाई देती थी न पीछे।

काफी दूर तक अपने गम की लाश उठाकर भटकते-भटकते अमर एक ऐसे स्थान पर पहुंचा जहां सड़क पर काफी भीड़ एकत्र थी। अमर ने थोड़ा-सा कतराकर निकल जाना चाहा परन्तु तभी अपना नाम सुनकर चौंक पड़ा।

'अमर भैया?' कोई उसे पुकार रहा था।

अमर ने रुककर इधर-उधर देखा। एक युवक उसके सामने आ खड़ा हुआ।

'आपने मुझे पहचाना?' युवक ने मुस्कराकर पूछा।

अमर ने अपने गम का लबादा झटककर फेंकते हुए युवक को ध्यान से देखा। युवक कमल कुमार था, 'फिरदौस' की प्रतियोगिता में वन्दना के साथ सबसे अच्छा नृत्य करने का विजेता। अमर के होंठों पर एक बेजान मुस्कान खेल गई। उसने 'हां' करके सिर हिला दिया।

'समाचारपत्रों में डाकू शेर सिंह कांड के अन्तर्गत आपकी प्रशंसा पढ़कर आपसे मिलने को बहुत मन करता था।' कमल ने कहा। फिर पूछा, 'वन्दना दीदी कैसी हैं?'

'ठीक हैं।' अमर के दिल में एक चुभन उठी। उसने एक गहरी सांस ली। वन्दना का विषय बदलने के लिए उसने इधर-उधर देखा। सड़क के बीच में एक कार बस से लड़कर सामने बिल्कुल पिचक गई थी। दुर्घटना भयानक लगी। उसने पूछा, 'यहां किसी की दुर्घटना हो गई है?'

'अरे हां।' कमल को मानो याद-सा आया। उसने कहा, 'वह जो उस दिन 'फिरदौस' की प्रतियोगिता में दीदी के साथ पहला इनाम जीतने वाला एक व्यक्ति नहीं था, अरे वही खन्ना, उसे तो आप भी जानते हैं, कार द्वारा उसकी दुर्घटना हो गई है। बहुत सख्त चोट आई है। लोग उसे समीप के अस्पताल में ले गए हैं। पता नहीं बेचारा बचेगा भी या नहीं?'

'ओह।' मानवता के नाते अमर को दुःख हुआ। उसने कमल से अधिक बातें नहीं कीं। वन्दना का विषय उठते ही कहीं दिल की बात जबान पर न आ जाए। वह अपने अनजाने रास्ते की ओर बढ़ गया।

राह चलते अचानक अमर को ध्यान आया दुर्गापुर की कोठी में उसके लिए कोई जगह तो रही नहीं। अब तो उस कोठी को आबाद करने वाला केवल रोहित है। रोहित की मुस्कराती आंखों के तले वन्दना के प्यार के दीपक जलेंगे और जलकर भस्म होने वाली बात होगी वह - अमर। फिर भी अमर टैक्सी द्वारा कोठी पहुंचा। वह जानता था कि रोहित की बेहोशी के बाद अदालत ने तुरन्त रोहित को अस्पताल भेज दिया होगा। वन्दना उसके पास होगी। कोठी पहुंचकर अमर ने अपना सामान एकत्र किया, केवल अपनी वस्तुएं लीं जो वह यहां साथ लेकर आया था। वन्दना की दिलाई एक भी वस्तु उसने नहीं रखी। और फिर दुर्गापुर छोड़ दिया। आखिर उसने वन्दना के पूर्वजों का बदला अब तक लिया भी कहां है? शेर सिंह अब स्वतन्त्र था - कानून की पकड़ से दूर। वह जब चाहे तब अत्याचार करना आरम्भ कर सकता था।

अमर अपने असफल प्यार के परिणाम की पुष्टि करना चाहता था इसलिए कुछ दिनों के लिए वह शहर के एक साधारण होटल में ठहर गया। शायद वन्दना उसके निःस्वार्थ तथा असीम प्यार को ध्यान में रखकर उससे मिलना पसंद करे। क्यों? यह तो अमर स्वयं भी अनुमान नहीं लगा सका। कभी-कभी आशा के विपरीत भी आशा बंध जाती है, तो कोई क्या करे?

अगली सुबह जब अमर ने आज का ताजा समाचारपत्र उठाया तो एक सनसनी भेद पर से पर्दा हटा। बेहोशी के बाद अस्पताल में होश आते ही रोहित की याद वापस आ गई। पत्रकारों की उपस्थिति में रोहित ने पुलिस को बयान देते हुए बताया कि वह डाकू शमशेर सिंह के छोटे भाई का लड़का है। स्वतन्त्रता के बाद उसके चाचा शमशेर सिंह अपने छोटे भाई से मिले थे।

उन्हें अपनी डाकाजनी तथा आगे चलकर प्रगति करने वाली अन्तर्राष्ट्रीय स्मगलिंग की योजना बताई थी। शमशेर सिंह ने उन्हें अपने खुफिया अड्डे का नक्शा दिखाकर विश्वास दिलाने का प्रयत्न किया था कि पुलिस नाक रगड़ती रह जाएगी, परन्तु उसके अड्डे का पता कभी नहीं चला सकेगी। तभी अचानक रोहित के घर के समीप पुलिस के आ जाने पर शमशेर सिंह को भाग निकलना पड़ा था। भागते समय शमशेर सिंह ने अपने अड्डे का नक्शा भाई के पास छोड़ दिया था ताकि वह शमशेर सिंह के गैंग में सम्मिलित हो जाए।

परन्तु रोहित के पिता को अपने बड़े भाई का गैर-कानूनी जीवन पसन्द नहीं आया। उनसे बचने के लिए वह लंदन चले गए। साथ में अड्डे का नक्शा भी लेते गए। उनका विचार था कि नक्शे द्वारा एक बार भाई से मिलकर वह उनके जीवन में सुधार लाने का प्रयत्न करेंगे तथा उन्हें भारत छोड़कर लंदन में बस जाने का सुझाव देंगे परन्तु जब शीघ्र ही उन्हें लंदन में एक प्रतिष्ठित स्थान प्राप्त होने लगा तो यही सोचकर वह सकुचाने लगे कि शमशेर सिंह के नाम वारंट है, भारत में वह डाकू के नाम से विख्यात है। यदि लंदन में आने के बाद शमशेर सिंह को किसी ने पहचान लिया तो उनकी अपनी सारी प्रतिष्ठा मिट्टी में मिल जाएगी।

रोहित के पिता ने मरने से पहले एक बार सारी ही बातें अपने तथा शमशेर सिंह के विषय में रोहित को बता दी थीं, इस प्रकार मानो एक डाकू का भाई होने के कारण उनकी छाती पर पाप का मनों बोझ था। ऐसा न हो कि उनके बेटे को उनकी मृत्यु के बाद पता चले कि उसका पिता एक हत्यारे डाकू का भाई था तो उसे अपने पिता से घृणा हो जाए। उन्होंने उसे उस नक्शे के विषय में भी बताया था जो उनके बॉक्स में अब तक पड़ा हुआ था। उन्होंने इच्छा की थी कि उनके मरने के बाद वह उस नक्शे को जला देगा।

परन्तु जब रोहित ने अपने पिताजी की मृत्यु के बाद एक दिन उनके बॉक्स से नक्शा निकालकर जला देना चाहा तो जलाने से पहले उसकी दृष्टि यूं ही सरसराकर नक्शे की रेखाओं पर पड़ गई। तब रोहित 'आर्किटेक्ट' की विशेष शिक्षा प्राप्त कर रहा था। उसके अंदर आरम्भ से ही किसी नक्शे को एक बार देख लेने के बाद अपने मस्तिष्क के परदे पर उतारकर सुरक्षित कर लेने की एक अद्वितीय विशेषता थी। नक्शे के अन्दर जब उसे एक झलक में अद्वितीय कला दिखाई पड़ी तो उसकी आंखें इसमें चिपक गईं। नक्शा किसी असाधारण वैज्ञानिक के मस्तिष्क का एक जीता-जागता नमूना था। रोहित सब-कुछ भूलकर नक्शे की पेचीदगी में खो गया और जब इसकी बारीकियों पर ध्यान करके वह उठा तो उसके ज्ञान में वृद्धि ही नहीं हुई बल्कि नक्शा उसके मन और मस्तिष्क की किताब पर नक्श भी हो चुका था।

वन्दना से लंदन में भेंट होने के बाद उसने यह नहीं बताया था कि वह भारत के एक विख्यात डाकू का भतीजा है, विशेषकर ऐसी स्थिति में जब उसे पता चला कि वन्दना उसके चाचा की पुरानी जागीर बेलापुर के समीप दुर्गापुर गांव की ही रहनेवाली है। वन्दना को अपनी वास्तविकता बताकर वह उसे किसी भी स्थिति में नहीं खोना चाहता था।

वन्दना के दादाजी की मृत्यु के बाद वह एक रात भारत में नरेन्द्र सिंह की कोठी पहुंचा था तो नरेन्द्र सिंह बेहोश पड़े थे, उसी रात डाकुओं ने कोठी पर आक्रमण कर दिया। आक्रमण में कोठी की निर्दोष नर्सें तथा निजी सैक्रेटरी की हत्या हो गई। रोहित से यह अत्याचार सहन नहीं हो सका। गांव के शोरगुल से उसे पता चला कि आक्रमणकारी डाकू शेर सिंह के आदमी थे - डाकू शमशेर सिंह के बेटे शेर सिंह के आदमी। सुबह के अन्धकार में उसने डाकुओं का दूर से पीछा किया। फिर अड्डे से काफी दूर रुक गया। डाकू लुप्त हो गए तो उसने अपने मन और मस्तिष्क की किताब खोली। शमशेर सिंह के अड्डे का नक्शा दर्ज था। इसके सहारे वह अड्डे के अन्दर डाकुओं ने पकड़ा तो उसने बताया कि वह शेर सिंह का चचेरा भाई है। तब शेर सिंह के दो विशेष व्यक्तियों ने शेर सिंह के निजी कमरे में पहुंचा दिया था।

शेर सिंह से भेंट करते समय रोहित तैश में था। उसने शेर सिंह को धिक्कारा। उसे उसने धमकाया था कि यदि वह स्वयं को कानून के सुपुर्द नहीं करेगा तो वह पुलिस के सामने उसके अड्डे का भेद खोल देगा। उसके अड्डे का नक्शा तो वह अपने पिता की अन्तिम इच्छानुसार जला चुका है परन्तु उसके मस्तिष्क में नक्शे की एक-एक रेखाएं सदा ताजा रहेंगी। रोहित शेर सिंह का चचेरा भाई था। इसलिए उसका रंग-रूप शेर सिंह से थोड़ा बहुत मिलता-जुलता भी था। अन्तर था तो केवल आयु का, परन्तु शेर सिंह के सुन्दर व्यक्तित्व ने उसकी आयु का यह फासला भी कम कर दिया था।

शेर सिंह के दिल पर रोहित की बातों का कोई प्रभाव नहीं पड़ा। इसके विपरीत जब उसे याद आया कि स्वतन्त्रता के बाद उसके पिता शमशेर सिंह के प्रस्ताव को तुच्छ समझ ठुकरा के रोहित के पिता ने अपना जीवन अलग कर लिया था तो उसे क्रोध आ गया। उसने रोहित को अपने साथ वाले निजी कमरे में बन्दी बना दिया। दूरदर्शिता से काम लेकर, यह सोचते हुए कि यदि कभी उसकी किसी भूल के कारण पुलिस को उसकी सूरत की पहचान प्राप्त हो जाएगी तो वह अपना बचाव करते हुए अपने स्थान पर रोहित की हत्या करके उसका शव प्रस्तुत कर देगा। वास्तविकता लाने के लिए वह रोहित का मुर्दा मुखड़ा थोड़ा घायल भी कर देगा। यही कारण था कि शेर सिंह ने रोहित के कपड़े पहनाकर किसी और की सिर कटी लाश नदी में फेंक दी थी ताकि पुलिस रोहित के भ्रम में उसकी तलाश करने का विचार छोड़ दे। और हुआ भी ऐसा ही। यूं भी रोहित को वन्दना के अतिरिक्त भारत में कोई नहीं पहचानता था क्योंकि जिस रात वह वन्दना के साथ दुर्गापुर में कोठी पर आया था उसी रात आक्रमण पड़ गया था और उसी सुबह के अन्धकार में रोहित शेर सिंह के अड्डे के लिए निकल चुका था। आक्रमण के समय रात की भगदड़ में उसे ध्यान से देखकर पहचानने का प्रश्न ही नहीं उठता था। यही एकमात्र कारण था कि वन्दना की अनुपस्थिति में अदालत के अन्दर भी उसे कोई नहीं पहचान सका था।

शेर सिंह ने रोहित को बन्दी बनाने के बाद उसे बता दिया था कि वह उसे क्यों तथा किस दिन के लिए जीवित रखे हुए है। रोहित के सामने वह पुलिस को मूर्ख तथा स्वयं को बुद्धिमान प्रकट करते हुए मानो उसे याद दिलाता रहता था कि यदि रोहित के पिता ने उसके पिता के प्रस्ताव को तुच्छ समझकर गिरोह में सम्मिलित होने से इन्कार नहीं किया होता तो आज उसकी स्थिति यह नहीं होती।

शेर सिंह की दृष्टि वन्दना पर लगी हुई थी। शेर सिंह अपने दो विशेष व्यक्तियों से भी छिपकर चट्टान के पीछे नदी की ओर एक खुफिया रास्ते से रात के समय अक्सर बाहर निकल जाता था। बाहर के वातावरण में भी वह खूब अय्याशी करता था, अपने असली रूप में। असली रंग-रूप में उसके विशेष दो व्यक्तियों के अतिरिक्त उसे कोई नहीं पहचानता था। उसने जब वन्दना को 'फिरदौस' की रजत-जयंती वाली रात में देखा तो उस पर दीवाना हो गया था। वन्दना ने जब प्रोग्राम के अन्त में उसके साथ नृत्य करने से स्पष्ट इन्कार कर दिया तो वह क्रोध में उसका शत्रु बन बैठा था। अपने अड्डे पर आकर उसने रात ही में 'फिरदौस' की सारी घटना बताते हुए कहा था कि वह वन्दना की प्रतीक्षा करे। वन्दना को उठाकर उसके अड्डे पर पहुंचा दी जाएगी। अपने अपमान के बदले में वह उसकी लाज लूटेगा। फिर जब उसका दिल वन्दना से भर जाएगा तो वह उसे दुर्गापुर की सीमा पर नग्न स्थिति में छोड़ देगा। वन्दना की लाज लूटते समय रोहित अपनी आंखों से देखेगा, परन्तु वन्दना उसे नहीं देख सकेगी।

समाचारपत्र में रोहित ने अपने बयान में कहा था - 'फिर शीघ्र ही एक दिन तड़के शेर सिंह को जाने कैसे ज्ञात हो गया कि उसके अत्याचार के दिन पूरे हो गए हैं। उसके अड्डे पर अब पुलिस कभी भी छापा मार सकती है। पुलिस का भय दिखाकर मेरे देखते-देखते उसने सारे ही डाकुओं को उनके परिवार सहित पुलिस से बचाने का बहाना बनाकर गैस-चैम्बर में छिपा दिया। गैस-चैम्बर का बटन दबाने के बाद उसने अपने दोनों विशेष व्यक्तियों द्वारा मुझे कैदखाने में हथकड़ियां पहनाई। फिर हथकड़ियों की चाभी लेने के बाद उसने बहुत चालाकी तथा स्फूर्ति के साथ धोखा देते हुए अपने ही उन दोनों व्यक्तियों की हत्या कर दी। उसके बाद वह मुझे रिवॉल्वर की नोक पर अपने विशेष कमरे में लेकर आया। मुझे उसने राजसी कुर्सी पर बिठाया, अपने गले का लॉकेट उतारकर उसने मेरे गले में पहनाने से पहले कहा कि जब पुलिस आएगी तो यह अड्डा बम द्वारा नष्ट हो चुका होगा। बदले में पुलिस को तुम्हारी लाश मिलेगी। तुम्हें पहचाना जाएगा तो केवल शेर सिंह के नाम से। विशेषकर ऐसी स्थिति में जब तुम्हारे गले से पुलिस को यह लॉकेट प्राप्त होगा। तब मैं सारा धन समेट कर यहां से बहुत दूर निकल जाऊंगा और लोग तुम में शेर सिंह को मुर्दा समझकर भूल जाएंगे।'

अपने होटल के अंदर समाचारपत्र पढ़ते समय अमर को याद आया, शेर सिंह को राजसी-कुर्सी के नीचे रखे बम को यदि पुलिस अधिकारी ने उठाकर दूर नहीं फेंका होता तो

आज वास्तव में रोहित की लाश को शेर सिंह की लाश समझकर पुलिस इस केस का अन्त कर देती। शेर सिंह जितना भयानक तथा क्रूर था उतना ही बुद्धिमान और चालाक भी था।

'उसके बाद शेर सिंह ने मेरे गले में अपना लॉकेट पहनाया।' अमर ने रोहित का बयान समाचारपत्र में पढ़ा, 'फिर अपनी रिवॉल्वर की मुठिया द्वारा मेरे सिर पर एक गहरी चोट की। मुझ पर बेहोशी छाने लगी। बेहोश होते-होते मैंने महसूस किया, शेर सिंह मुझे हथकड़ियों के बंधन से मुक्त कर रहा था।'

समाचारपत्र में पुलिस अधिकारी का एक प्रश्न था। 'रोहित जी, यह माना कि शेर सिंह ने स्वयं को आपसे छिपा रखने की कोई आवश्यकता नहीं समझी होगी क्योंकि आप उसके निजी बंदी थे। आपको वहां से मृत्यु ही छुटकारा दिला सकती थी इसलिए उसे आपसे कोई भय नहीं था। फिर भी आप उसके अंदर कोई ऐसी पहचान बता सकते हैं जिसके द्वारा पुलिस को उसकी गिरफ्तारी में सहायता मिले? अब आप ही एक ऐसे व्यक्ति बचे हैं जिसने उसे बहुत समीप से कई दिनों तक देखा है।'

'हां-।' रोहित का उत्तर था - 'उसकी दाहिनी हथेली में किसी वस्तु से कटने से एक नए चांद जैसा दाग पड़ा हुआ है जिसे पहली बार देखने के बाद मैंने यही समझा था कि यह दाग उसकी असाधारण हस्तरेखा है।'

नए चांद जैसा दाग? असाधारण हस्तरेखा? समाचारपत्र में यह बात पढ़ते ही अमर का माथा ठनका। उसकी आंखों के सामने 'फिरदौस' की रजत-जयंती वाली वह रात थिरक उठी जब खन्ना से भेंट करके हाथ मिलाते समय उसकी दाहिनी हथेली उसकी अपनी हथेली में गड़-सी गई थी। हाथ अलग करते हुए अमर ने ध्यान भी दिया था। खन्ना की हथेली के मध्य नए चांद जैसा दाग था जिसे वह स्वयं खन्ना की असाधारण हस्तरेखा समझ बैठा था। नए चांद जैसा दाग? असाधारण हस्तरेखा। अमर को अधिक सोचने की आवश्यकता नहीं पड़ी। उसके मन के संदेह की पुष्टि करने के लिए खन्ना के पिछले सारे ही व्यवहार बहुत थे। मुकदमे की कार्यवाही सुनने के लिए भी वह अदालत में इसी कारण पहुंचा था क्योंकि उसे ज्ञात था कि रोहित मृत्यु से बचने के पश्चात् अपनी याद्दाश्त खो चुका है। ऐसी स्थिति में रोहित क्या स्वयं को नहीं पहचानता? अपनी पहचान के लिए वह अन्य लोगों से पहले ही निश्चिंत था। अमर ने समाचारपत्र एक ओर फेंका। फिर तुरन्त होटल से निकलने की तैयारी करने लगा। खन्ना की कार दुर्घटना के विषय में उसे कमल कुमार की कही बातें याद थीं - 'बहुत चोट आई है। लोग उसे समीप के अस्पताल में ले गए हैं। समीप के अस्पताल।'

टैक्सी द्वारा अमर खन्ना के दुर्घटना स्थल पर पहुंचा। फिर समीप के अस्पताल पहुंचते उसे अधिक देर नहीं लगी। शीघ्र ही उसे अस्पताल में यह भी पता लग गया कि कार की दुर्घटना में पिछले दिन आया व्यक्ति किस वार्ड में है। वह लपककर वार्ड में पहुंचा। एक व्यक्ति के सिर पर पट्टी लिपटी हुई थी। एक ही दृष्टि में वह उसे पहचान गया। खन्ना आंखें बन्द किए बेहोश पड़ा

हुआ था। अमर ने तुरन्त फोन किया। फोन पुलिस अधिकारी ने ही रिसीव किया। वह कहीं जाने की तैयारी कर रहे थे। अमर ने उन्हें सारी ही घटना कह सुनाई। पुलिस अधिकारी तुरन्त अस्पताल के लिए चल पड़े। अमर बहुत बेचैनी के साथ उनकी प्रतीक्षा खन्ना के वार्ड में उसके पलंग के समीप ही बैठा कर रहा था। पुलिस अधिकारी को देखकर वह खड़ा हो गया। परन्तु फिर उनके इशारे पर चुपचाप अपने स्थान पर दोबारा बैठ गया। पुलिस अधिकारी भी अमर के बगल में बैठ गए, खन्ना के बिल्कुल समीप।

सहसा मरीज के शरीर में अचानक बहुत जोर की कम्पन उत्पन्न हुई। पीड़ा की तड़प मानो उसे बेहोशी में भी पागल किए दे रही थी। मरीज ने बहुत सख्ती के साथ अपने दांतों द्वारा निचले होंठों को काटा। उसकी बन्द आंखें सख्ती के साथ भिंच कर और बन्द हो गई। फिर अचानक खुल गई। फिर कब, कहां से तथा किस मकसद के लिए उसके अन्दर क्षण भर के वास्ते होश और हवास में सोचने-समझने की शक्ति आ गई थी। उसने अमर को देखा।

दीपक बुझने से पहले अपनी सारी चमक के साथ एक बार अवश्य फड़फड़ाता है। खन्ना को देखकर अमर को ऐसा ही लगा। बिना एक क्षण गंवाए उसने मरीज को पुकारा - 'शेर सिंह?' अमर के इन शब्दों ने मानो मरीज को भी कुछ कहने का अवसर दिया था।

मरीज एक क्षण अमर को उसी प्रकार देखता रहा। फिर उसकी पलकों का बोझ बन्द होने लगा। अमर के दिल की धड़कनें तेज हो गई। क्या सफलता के इस मोड़ पर आने के पश्चात् वह खाली हाथों वापस चला जाएगा? परन्तु तभी जैसे मरीज के अन्दर क्षण भर के लिए एक बार फिर जान लौट आई। उसने अमर को देखा। शायद उसने अब अमर को पहचाना था, शायद अब उसके कानों में अमर के शब्द गूंज रहे थे। शेर सिंह?

मरीज ने अमर के प्रश्न के उत्तर में हल्के से हां के संकेत पर सिर हिला दिया। इसके साथ ही उसकी आंखें बन्द होने लगीं - हो गईं, सदा के लिए। उसके होंठों पर एक आह तड़पी फिर उसके होंठ स्थिर हो गए।

अमर ने पुलिस अधिकारी को देखा। पुलिस अधिकारी को मरीज का इकरारनामा मिल चुका था। उसने अमर की पीठ पर हाथ रख दिया।

* * *

शाम का समय था। दुर्गापुर की ओर पुलिस की एक जीप चली जा रही थी। जीप पुलिस का एक ड्राइवर चला रहा था, पुलिस अधिकारी का ड्राइवर, जिसके बगल में अमर बैठा हुआ था, बहुत खामोश। उसका दिल नहीं कर रहा था कि वह दुर्गापुर जाए, बल्कि मन चाह रहा था कि वापस अपनी अज्ञात मंजिल की ओर चलता हुआ वह चुपचाप भटक जाए। परन्तु वह वापस नहीं जा रहा था। वह दुर्गापुर जा रहा था। केवल एक बार के लिए - अन्तिम बार, वह भी अपने शुभचिंतक पुलिस अधिकारी के कहने के कारण। आखिर वन्दना से मिलने में बुराई

129

ही क्या थी? वन्दना उससे अन्तिम बार भी नहीं मिलना पसंद करेगी? पुलिस अधिकारी को मानो विश्वास था कि जिस अमर ने वन्दना के लिए इतना सब कुछ किया वह उसे देखते ही सब-कुछ भूल जाएगी, भूलकर उसकी छाती से लिपट जाएगी। उससे कहेगी कि वह उसके बिना नहीं रह सकती।

अमर ने भी आशा के विपरीत कुछ ऐसी ही बातें सोच ली थीं। वन्दना को उसने कभी प्यार की एक निशानी, प्यार की याद की यादगार समझकर एक अंगूठी दी थी। अपने मन के संतोष के लिए वह यह देखना चाहता था कि वन्दना पर उसके प्यार की निशानी की अब क्या प्रतिक्रिया है? वह उस अंगूठी को अब भी अपनी आंखों से लगाती है या नहीं? उसे होंठों से लगाकर दिल का संतोष प्राप्त करती है या नहीं? उसकी दी हुई अंगूठी उसे उसके प्यार का एहसास दिलाती है या नहीं? उसके मन और मस्तिष्क पर छाई रहती है या नहीं?

जीप कोठी के सामने रुकी। अमर जीप से नीचे उतरा। एक दृष्टि द्वारा उसने कोठी को देखा - बहुत ध्यान से। उसके प्यार की यादगार, शायद उसके प्यार की मजार थी यह। कोठी मजार समान ही सूनी पड़ी थी - खामोश, मानो कोठी के वातावरण ने अपनी सांसें रोक रखी हों।

अमर ने भारी कदमों से बरामदे की सीढ़ियों को पार किया। वह बरामदे के द्वार पर पहुंचा। जवानी में पग रखने के बाद जब वह पहली बार इस कोठी के द्वार पर आया था तो उसे वन्दना मिली थी। आज यहां कोई भी नहीं था। उसने दरवाजे पर थपकी दी, तब भी उसके स्वागत में कोई नहीं आया। उसने अनिच्छुक होकर कमरे के अंदर झांका। कमरे के अंदर जलती शमा का प्रकाश सिसक रहा था। सिसकियां हवा के बहाव पर तड़पते होंठों की कंपन बन जाती थीं। कोठी सुनसान थी। कोठी में मानो कोई रहता ही नहीं था। परन्तु अमर को ज्ञात था कि रोहित को अस्पताल से छुट्टी मिल गई है। वह वन्दना के साथ उसकी कोठी में रह रहा है। अमर के लिए तो अब यह कोठी पराई हो चुकी थी। जिस कोठी के दरवाजे उसके लिए सदा खुले रहते थे आज उसके एक दरवाजे पर थपकी देकर आज्ञा मांगने के बाद भी उसे कोई प्रवेश नहीं दे रहा था। अमर ने वापस लौट जाना चाहा। परन्तु तभी अचानक उसकी दृष्टि सामने द्वार से कुछ हटकर एक मेज के ऊपर रखी किसी चमकती हुई वस्तु पर पड़ी। उसकी दृष्टि मानो स्वयं ही उस ओर आकृष्ट होकर चिपक गई। चमकती हुई वस्तु जलती शमा की लहराती लौ में चकाचौंध बन गई थी। शायद शमा रो रही थी। या फिर शमा जलाकर मेज पर रखी वस्तु की ओर ही किसी ने उसका ध्यान खींचने का प्रयत्न किया था? अमर कुछ नहीं जान सका। परन्तु उसके दिल की धड़कनें अवश्य बढ़ गईं। बिना अधिकार ही उसके पग कमरे के अंदर उठ गए। वह मेज के समीप पहुंचा। शमा के प्रकाश में उसने देखा, शमा के कदमों तले एक अंगूठी रखी है - उसकी दी हुई अंगूठी, प्यार की निशानी। अंगूठी के ऊपर पिघली शमा की एक बूंद आंसू बनकर टपक गई थी। अमर को उसके प्यार का उत्तर मिल गया। उसके निःस्वार्थ प्यार पर असफलता की मुहर लग गई थी। उसके दिल के अन्दर एक कसक उठी - बहुत ही सख्त। दर्द

बर्दाश्त नहीं हुआ तो आंखों में आंसू छलक आए। होंठ सिसकियों के साथ कांप उठे तो उसने इन्हें दांतों तले दबा लिया।

उसने अंगूठी उठाई। अंगूठी के साथ जो उसे शमा के आंसू का एक तोहफा मिला था, उसने उसे भी साथ ही रख लिया। फिर वह पलटा। चुपचाप दबे पगों वह कमरे से बाहर निकला। सीढ़ियां उतरकर वह लॉन में आया। जीप में बैठा। दिल कह रहा था कि वन्दना उसे कोठी के किसी-न-किसी भाग में खड़ी छिपकर अवश्य देख रही है। शायद आंसू भी बहा रही है। नारी का जब पहला प्यार ही अन्तिम प्यार होता है तो वह बीच में कैसे किसी और को जगह दे सकती है? शायद इसीलिए वह उसका सामना नहीं कर सकी जिसने परिस्थितियों का शिकार होकर अनेक स्वप्न दिखाए थे। अमर ने पलटकर कोठी की ओर एक बार भी नहीं देखा। फिर उसने ड्राइवर से कहा, 'वापस चलो।' अमर का गला दिल के आंसुओं से भर आया था।

जीप आगे बढ़ी और फिर कुछ दूर जाकर शाम की धुंध में गुम होने लगी।

कोठी की सबसे ऊंची मंजिल पर वन्दना चुपचाप अमर को जाता हुआ देख रही थी। उसके समीप ही रोहित भी खड़ा था। रोहित को वह अपने तथा अमर के विषय में एक-एक बात बता चुकी थी। वन्दना की आंखों में आंसू थे। अमर को जाता देखकर उसके होंठों पर सिसकियां आने को तड़प उठी थीं। अमर को गम की घाटी में सदा के लिए ढकेलकर वह स्वयं खुशियों की चट्टान पर खड़ी हो गई थी। आखिर उसके प्यार के महल की नींव अनजाने में अमर की ही मजार पर क्यों बनी? परन्तु परिस्थिति ही ऐसी थी। कोई क्या कर सकता था। भाग्य का लिखा कौन मिटा सकता है? रोहित उसका पहला प्यार था। रोहित के प्यार की छाप उसके कुंवारे दिल पर पहली बार लगी थी, इसलिए इस छाप का गहरा होना स्वाभाविक ही था।

अमर की जीप जब शाम की धुंध में गर्द का गुब्बारा उड़ाती हुई बहुत दूर जाकर वन्दना की दृष्टि से ओझल हो गई तो वन्दना के आंसू गालों पर बह आए। सिसकियों पर वह काबू नहीं कर सकी तो अपनी दोनों हथेलियों में मुंह छिपाते हुए फूट-फूटकर रो पड़ी। रोहित वन्दना के दिल की स्थिति से परिचित था। उसे वन्दना पर दया आई। नारी दिल के हाथों कितनी मजबूर होती है। परन्तु यह एक वक्ती जज़्बा था। वह जानता था कि वन्दना अमर को एक दिन अवश्य भूलने में सफल हो जाएगी। वह वन्दना को इतना प्यार देगा कि वन्दना अमर को भूले से भी याद करना छोड़ देगी। नारी को समय के साथ बदलना ही पड़ता है। यह तो समय की पुकार है।

रोहित ने वन्दना का मुखड़ा अपने हाथ की दो अंगुलियों द्वारा ऊपर उठाकर अपनी आंखों के सामने किया। अन्धकार में वन्दना की आंखों के आंसू मोतियों के समान टिमटिमा

रहे थे। उसने बहुत प्यार के साथ कहा, 'इन बहुमूल्य आंसुओं को इस प्रकार मत बहने दो! इन्हें रोक लो। अब यह मेरी अमानत हैं - केवल मेरी।'

वह रात वन्दना के लिए कितनी दुःखदायी रात थी।

परन्तु जब अगला दिन आया तो सुबह इतनी ही साफ और चमकदार थी जितनी पिछली रात की काली तथा घनेरी लटें।

अपना नाइट गाउन पहने वह टहलती हुई कोठी के बरामदे में आ निकली। हवाएं स्थिर थीं। वातावरण खामोश था। सरसराती दृष्टि से वन्दना की आंखें कोठी के सामने उजड़े हुए लॉन पर उठ गईं। उसकी आंखें ठिठक गईं! सूखे हुए पौधों में अचानक जाने कैसे अगणित फूल खिल आए थे। वन्दना के पग बिना अधिकार ही उठकर बरामदे की सीढ़ियां उतरते हुए इन पौधों के समीप पहुंच गए। फूलों को वह ध्यान से देखने लगी। रात शबनम के आंसू रोई थी। शायद शबनम के घने आंसुओं ने ही इन पौधों को सींचा था ताकि इन्हें नया जीवन प्राप्त हो सके। कलियां, फूल-पत्तियां और टहनियां सभी शबनम के आंसुओं से तर थीं। फिर भी कलियों के होंठों पर मुस्कान थी। फूल के होंठों पर सुगंधित जीवन का एक नया संदेश था। पत्तियों में लहराती ताजगी थी और टहनियों में भी इनको सदा संभाले रखने की मजबूत झूम। वन्दना देखती ही रह गई समय के इस परिवर्तन को जो कितनी तेजी के साथ सागर के रेले के समान आया था और उसके सिर पर से निकल भी गया, उसे अपनी लपेट में लेकर डुबाने के बजाए यह रेला स्वयं किनारे से टकराकर चूर-चूर हो गया परन्तु उसे जीवन के एक नए किनारे पर छोड़ गया था। वन्दना सोचे बिना नहीं रह सकी - अमर का जीवन स्वयं भी तो एक प्यासी शबनम था। क्षितिज के जाने किस छोर से वह आया था। अमर ने उसके जज्बातों की प्यास बुझा दी परन्तु स्वयं प्यासा रहकर चला गया। प्यासी शबनम के समीप उसका जीवन क्षितिज से टूटकर अब भी हवा के जाने किस रास्ते पर भटक रहा है। जाने इस प्यासी शबनम की किसी अन्य ताजे फूल को मुस्कान प्राप्त होगी भी या नहीं? या फिर कहीं ऐसा तो नहीं कि यह प्यासी शबनम अपने ही अरमानों की चिता पर टपककर सदा के लिए प्यासी ही भस्म हो जाएगी?

*** समाप्त ***